空间理论视域下
抗战时期小说研究

KONGJIAN LILUN SHIYUXIA
KANGZHANSHIQI XIAOSHUO YANJIU

张谦芬

——

著

社会科学文献出版社
SOCIAL SCIENCES ACADEMIC PRESS (CHINA)

目 录

绪论
抗战记忆与文学书写的研究与思考

抗日战争是中华民族反抗侵略、抵御外侮的正义战争。从1931年"九一八事变"到1945年抗日战争胜利，全国上下各民族、各阶级、各党派、各团体共赴国难、同仇敌忾，以鲜血与生命维护了国家的独立、民族的尊严。14年艰苦卓绝的抗战历程，不仅推动了民族的觉醒，激发了全民族团结抗敌的巨大力量，而且加快了民主的进程，改变了中国社会政治力量的格局。同时，作为第二次世界大战最早也最大的战场之一，中国在世界反法西斯战争中发挥了举足轻重的作用。这场中华民族与外来侵略者的殊死决战，促进了知识分子对中国式自强道路的思考，促进了文学对社会现实、民族命运、国家前途的关注。民族危机下所催生的社会思考和文学实践，在几十年后的今天仍然具有启示价值。怎样记忆抗战、怎样书写抗战，都需要回到抗战时期的历史氛围和文学现场中，并由此进一步思考文学书写怎样唤起历史记忆，又怎样参与历史记忆的建构。

一　抗战母题的历史资源和文学史价值

一场持续了14年的战争改变了中国许许多多个人的生活和家庭的命运。抗战是不能湮没的个人记忆，也是"中华民族从传统走向现代、从自在走向自觉、从散漫走向团结、从沉沦走向复兴的伟大转折和精神丰碑"。① 抗日战争的历史是整个中华民族最深刻的记忆，是形成民族认同、激发民族情感的酵母，是不能遗忘的民族遗产，对于维护世界和平也别有价值。

（一）抗日战争是不能遗忘的历史记忆

战争是极端的暴力行为，身处其中的人们必然留下深刻的记忆。中国人民对于抗日战争的记忆是沉重的，是充满血与火的。然而，与第二次世界大战其他战区的各类记录相比，中国人对这场战争全方位的记录较迟才得到重视，中华民族抵抗日本侵略的历史没有得到充分讲述，中国在"二战"中的贡献更没有得到充分阐述。虽然战时中国经济上的力量较薄弱，但中国在世界历史舞台上承担了区域性乃至全面性的重要责任。抗日战争也是中国现代化历程的重要一步，是中国抵抗外来侵略取得完全胜利的民族解放战争。关于抗日战争的集体记忆也一直是民族认同建构的重要资源。抗日战争的历史在时间的长河中已越来越远，但抗战记忆对个人、民族和世界和平都有着重要的意义。

凡从 20 世纪三四十年代走过来的中国人都有一段自己的抗战记忆，其深深影响着他们的个人生活，也影响着他们此后做人、为文和治学的态度。关于抗战时期的回忆，上至党政领导者下至平民百姓都有自己的表述，内容涉及社会生活的方方面面，是那一段民族生活的全息照片。抗战时期的生活实录、日记、家书，以及战后的相关口述、影像表达等，都是宝贵的抗战记忆。在不断讲述中，抗战是一段难以远去、无法尘封的历史。

特殊的抗战体验给予许多中国人珍贵的文化记忆。冯至在文章中曾深情地回忆抗战时期的生活："如果有人问我，'你一生中最怀

---

① 王文兵、郭华：《抗战精神是中华民族复兴的精神动力》，《中国矿业大学学报》（社会科学版）2015 年第 5 期。

念的是什么地方?'我会毫不迟疑地回答,是'昆明'。如果他继续
问下去,'在什么地方你的生活最苦,回想起来又最甜?在什么地方
你常常生病,病后反而觉得更健康?什么地方你又教书,又写作,
又忙于油、盐、柴、米,而不感到矛盾?'我可以一连串地回答:
'都在抗日战争时期的昆明。'"① 翻看回忆文章,像冯至这样的表达
在抗战一代知识分子中很常见,作家孙犁则文学化地称在抗战中看
到了"真善美的极致"。抗战时期的生活成为亲历者难以忘怀的记
忆,也是值得不断挖掘的文化宝藏。如西南联大作为中国高等教育
的奇迹,也成为抗战回忆一再书写的重要内容,不仅有汪曾祺的
《泡茶馆》《跑警报》《翠湖心影》等一系列散文,也有鹿桥的长篇
小说《未央歌》和宗璞的系列小说《野葫芦引》(《南渡记》《东藏
记》《西征记》《北归记》)等。同样,抗战记忆也是许多家庭的精
神财富,"一个村庄的抗战记忆""家书中的抗战记忆""老照片中
的抗战记忆"等主题在许多图书中都有记录,"亲历""幸存""私
人"等词语让艰苦困顿的抗战生活在回忆中熠熠生辉。这便是弥足
珍贵的抗战文化资源。

　　抗日战争 14 年中,中华民族反抗侵略取得胜利的过程积累了绝
地求生的宝贵资源,形成了值得后世不断汲取的精神源泉。"抗日战
争是中华民族复兴的转折点","自鸦片战争被迫打开国门,到抗日
战争取得最终胜利,历时百年之久。百年中,中国经历了一个被迫
进入国际社会、从国际社会的边缘进入中心地带的转变过程。抗日
战争使中国与世界重新认识了彼此"。② 国势倾颓之际,战争给予古
老民族以凤凰涅槃般的浴火重生。朱自清曾谈到侵略者的轰炸唤醒了
民众的国家意识:"轰炸使得每一个中国人,凭他在那个角落儿里,

---

　　① 冯至:《昆明往事》,《新文学史料》1986 年第 1 期。
　　② 王建朗:《大国之路的起点:抗日战争与中国国际地位的变迁》,《光明日报》2010 年
　　　 8 月 31 日。

都认识了咱们的敌人；这是第一回，每一个中国人都觉得自己有了一个民族，有了一个国家。"① 亡国灭种的威胁推动了现代民族国家意识的凸显，置之死地而后生的历史情境点燃了民族情绪。知识分子在外侮中愤而期望战争荡涤中国社会的黑暗之处，聂绀弩在南京失陷后说，如果这能够促成国人的觉醒，加强"抗战到底的决心，于民族解放运动的前途有莫大的利益"，"失掉的是南京，得到的将是无穷"。② 战争是被动的、痛苦的，但是中国取得了抗战的最终胜利，这结束了中国自鸦片战争以来遭受外敌入侵的面貌，加快了中国民众现代意识的觉醒。对内而言，抗日战争剧烈地震荡了当时中国的政治体制、经济体系和社会面貌；对外而言，抗日战争大大地促进了中国社会与世界的广泛接触与深度对话，提高了中华民族的国际地位。

抗战记忆一直在私人生活中广泛存在，但在公众领域被唤醒、被上升为整个中华民族的国家记忆经历了一个过程。20 世纪 80 年代后，随着对"爱国主义教育""抗日战争胜利纪念""世界反法西斯战争胜利纪念"等话题的讨论，抗战纪念在公共话语空间中不断受到重视，成为主流意识形态、社交媒体、民间记忆的重要内容。研究数据表明，主流媒体关于抗日战争的报道在 20 世纪 80 年代后呈上升趋势，相关报道在"整十"周年纪念活动的影响下数量猛增。对《人民日报》抗日战争报道数量峰值的统计是："1965（抗日战争胜利 20 周年）报道数量 35 篇，1985（抗日战争胜利 40 周年）98篇，1995（抗日战争胜利 50 周年）145 篇，2005（抗日战争胜利 60周年）318 篇，2015（抗日战争胜利 70 周年）271 篇。"③

---

① 朱自清：《论轰炸》，《朱自清散文全集》，北京：中国致公出版社 2001 年版，第646 页。
② 聂绀弩：《失掉南京得到无穷》，《聂绀弩杂文集》，北京：生活·读书·新知三联书店 1981 年版，第 165 页。
③ 吴莹杰：《建国以来〈人民日报〉关于"抗日战争"的报道情况研究》，南京师范大学 2016 届硕士学位论文。

不仅政府部门对抗战重要事件的纪念仪式隆重，大众对关于抗战的影视作品也较为追捧。《我的抗战》之类的抗战纪录片传播甚广、影响甚大。有关抗战的话题也是网络媒体的热点话题。各种媒介上，抗战历史的热度一直很高，在不同向度不断被开掘，报刊、网络上以"发现抗战""抗战实录""抗战揭秘"等为主题的系列文章非常吸引读者的眼球。在一些网站上有不少诸如"抗战时有多少历史真相被掩盖？""抗战惨案解密：××××"之类的帖子引起跟帖热议，更有因对历史不同的观点而展开的激烈争论。

这些关于抗战历史具体细节的争论，表明抗战历史受关注，有进一步梳理的必要。这也是革命历史资源继承中需要直面的问题。德里达说："唤起记忆即唤起责任。缺少一项，怎么思考另一项？"①关于抗战，需要以中正的立场、温热的心灵回到历史现场。首先，应以中正的立场充分认识抗战期间第二次国共合作的伟大意义和深远影响，以"天下为公，民族至上"的态度展现中国抗战的全貌。社会学家指出，历史记忆在民族共同体的建构中极为重要。"任何社会秩序下的参与者必须具有一个共同的记忆。对于过去社会的记忆在何种程度上有分歧，其成员就在何种程度上不能共享经验或者设想。"共同记忆的缺失使代际交流受到阻隔，"跨越不同的世代，不同系列的记忆经常以暗示性背景叙述的形式，互相遭遇。这样一来，不同辈分的人虽然以身共处某一个特定场合，但他们可能会在精神和感情上保持绝缘，可以说，一代人的记忆不可挽回地锁闭在他们这一代人的身心之中"。②由此来说，应有全国战场的许多回忆可以充实到世界反法西斯东方主战场的材料中，有多样化、立体化的

---

① 〔法〕雅克·德里达：《多义的记忆——为保罗·德曼而作》，蒋梓骅译，北京：中央编译出版社1999年版，第1页。
② 〔美〕保罗·康纳顿：《社会如何记忆》，纳日碧力戈译，上海：上海人民出版社2000年版，第3页。

抗战英雄进入民众的视野。中国不应该是"沉默的战胜国""被遗忘的盟友",中华民族维护世界和平的历史应该成为国人共同的记忆。其次,应以温热的心灵体察战火蔓延下乡土中国的生灵涂炭和自卫自救。假如抗战历史在后来人的意识中只是一种符号,历史便与"人"隔绝了,只有人的温度才能赋予历史柔韧的质地。从生命、人性的角度对宏大的、集体的抗战历史进行具体化,有助于在共同的苦难记忆中巩固民族共同体的联系。民间的私人记忆及社交媒体的交流对官方主流宣传具有补充的作用。怎样表达抗战胜利的荣光与屈辱受难的体验,怎样处理好个体生死与家国存亡之间的关系,怎样呻呼个体生命在战争中所遭受的身体痛楚与精神创伤,所有关于抗战的功绩记忆、创伤记忆都要归结于对战争本身的反思。只有中正、温热的抗战记忆才能在个人与民族、官方与民间、大陆与台湾之间获得共鸣。

战争会毁坏文化,但抗日战争却促使国人反观自己的文化传统。因此,携带深厚民族记忆的抗战历史应该成为新的民族文化传统,其中蕴含着中国人关于生命、关于民族、关于人文精神的现代思考。在后现代思潮的冲击下,娱乐至死的消费文化往往在"戏说""笑谈"中完全否定本民族的文化和历史。这看似是对一元化的政治图解的批判,但也走进了民族虚无主义的泥潭。中正、温热的抗战记忆不同于对抗战正典的颠覆和抹黑,不是对抗战神圣性、庄严性的消解。不同社会力量关于抗战的不同表述,在其他革命历史资源继承中也普遍存在。抗战文化中的浩然正气、英雄典范不容亵渎,对抗战历史进行必要的清理非常重要。在中华民族数千年的文化史中,很少有哪个时代如此密切地将个人与民族联系在一起。抗战最核心的精神资源是不畏强暴、不甘屈辱的抗战精神,个人尊严、民族解放都是题中之义。所以,在历史维度与民族维度的交汇点上熔铸中华民族的共同精神记忆,对每一个中国人都是一笔财富。

抗战是历史事件，更是精神宝库，回到具体的历史情境中理解抗战是身处和平年代的我们应持的态度。脱离历史、剥离语境，很难体会国力衰弱之时中华民族抗击外侮的复杂和艰难。在民族生存中思考个体生命的价值，在战争的劫难中体会和平的意义，是抗战历史最根本的思想资源。负责任地给子孙后代还原真实的抗战，是中国人都应致力推进的文化工程。

（二）抗战书写是需要清理的文学资源

日本侵华的历史，是中日关系中绕不过去的话题，在中国文学中反复得到呈现。关于抗战文学，主要有两个不同的指涉，一是指抗战时期的文学，二是指抗战题材的文学，二者互相交叉、紧密关联。抗战题材的文学主要创作于抗战时期、战后到现在。抗战时期文学与战争共生共长，出现了《一个连长的战斗遭遇》（丘东平）、《南京血祭》（阿垅）、《四世同堂》（老舍）等作品；20 世纪五六十年代有不少小说回顾抗战的历史，如《新儿女英雄传》（袁静、孔厥）、《苦菜花》（冯德英）、《铁道游击队》（刘知侠）、《敌后武工队》（冯志）等将抗战汇入革命历史的书写中；20 世纪 80 年代后莫言的《红高粱家族》、刘震云的《温故一九四二》、叶兆言的《一九三七年的爱情》等小说则开启了新历史主义的抗战表达。20 世纪 90 年代后抗战题材文学作品迅速增多，包括《八月桂花遍地开》《新四军往事》《遍地狼烟》《中国远征军纪事本末》等文学书写及《历史的天空》《亮剑》《我的团长我的团》等影视作品。据统计，21 世纪以来"抗战题材影视剧无论是从数量、收视率还是投资规模等方面，均成为增长最快的题材"，特别是 2011—2012 年"国产抗战大片'独霸'市场"。① 抗战题材文艺作品在普通观众和专业研究中都

---

① 裴萱：《抗战题材影视剧的文化产业学分析及理论反思》，《东北农业大学学报》（社会科学版）2014 年第 1 期。

引发了广泛的反响。

抗战题材的持续不衰，体现出个人、国家和媒体等多方力量对抗战资源的努力打捞和重新思考。梳理抗战，就是在重新面对历史、清理创伤，国家与民间都有特别的关注。首先，有不少作家出于强烈的历史责任感，希望打开尘封的抗战史实。其中不乏军人作家或军人后代作家，如徐贵祥、石钟山、何顿等，抗战题材的创作成为反抗遗忘的一种方式。如作家邓贤所言，"重新思考和写作中日战争对我而言是个沉重而艰巨的任务，不仅仅因为我本人是个抗日军人的后代"，"还因为我坚持认为，修复和还原历史真相应是每个中国作家不可推卸的重要责任和神圣使命"。[①] 其次，抗战题材文艺作品受到主流意识形态的肯定、重视和支持，成为主旋律文化工程的扶助对象，2005 年、2010 年抗战胜利的大型纪念活动推助了一批抗战题材作品的产生。再次，由于战争本身所包含的复杂元素，抗战题材也受到大众文化、商业营销的追捧。电影研究者指出，由于"'二战'是迄今全世界所有战争中对当今世界影响最大（包括影响范围和持续而直接的影响力）、战争中发生的故事最容易引起全世界观众共鸣的一次战争"，"在所有被卷入'二战'的国家中，'二战'片都已成为最重要的电影题材/类型之一"，"这种战争题材的广泛性与深远影响力就绝对地构成了商业电影/类型片跨国传播的坚实基础"。[②] 与电影相较，网络抗战文学热传，往往以"暴力美学"为主要看点。如《遍地狼烟》在网络上创下 5000 多万的点击量，搬上荧幕后也着力于激烈战争场面的铺排，剧组宣传"对狙戏占全剧 40%的比重"，"真刀真枪打造'重口味'战争戏"。紧张刺激的视觉享受带来"过瘾""痛快"之感的同时，也助推了剧作的高收视率。

---

① 邓贤：《前言：关于重写淞沪战役》，《帝国震撼》，长沙：湖南人民出版社 2010 年版，第 1 页。
② 洪帆：《试论作为电影类型的战争片》，《当代电影》2015 年第 8 期。

尽管作家的创作动因、官方的有力提倡、民间的高度关注带来了抗战题材文艺作品数量上的增加，但包括这三方在内的因素也制约了抗战书写的深入。创作者往往需要在官方与民间、审查者与观众及自我的历史观之间寻找"最大公约数"的妥协。后世关于抗战的叙述很大程度上受制于对抗战时期文学生态的片面印象，抗战书写深度的开掘还需从抗战历史本相的还原中汲取营养。影视作品每一次再记录、再讲述都是历史记忆的再实践，抗战时期文学对后世抗战题材创作、改编具有原典价值。因此，加强抗战时期文学的研究既是回顾历史也是审视当下。以大量资料复现抗战时期文学的本来面目，不仅关乎历史资源本身的呈现，也关乎后世文学对抗战题材的拓展和深化。

只有回到历史现场，在抗战时期文学的原生态中修补断裂的历史记忆，才能更好地面向未来。然而，对抗战时期文学遗产的清理、认定和评价还需进一步展开。研究界普遍认为，直到现在抗战时期文学研究仍是整个现代文学研究中相对薄弱的环节，表现为对抗战时期文学的整体评价不高。"抗战文学，只有抗战，少有文学"的习见影响久远，论者认为抗战救亡压倒了文学启蒙，认为抗战时期多为急就章，缺少文学性，"以致现有的现代文学史著述中，最薄弱的环节就是抗战时期"。①

战争对文化事业的打击是巨大的，但抗战时期到底是中国文学的繁荣期还是凋零期，颇有争议。论及战争对于文学的消极影响，司马长风在《中国新文学史》中较早称抗战时期为文学的"凋零期"，但他也指出"'凋零'并非死寂"，特别肯定抗战末期作家"萌动反映大时代的兴致，遂争写长篇小说，蔚然成风"。② 恰如

---

① 张中良：《编后记》，《中国现代文学研究丛刊》2011年第7期。
② 司马长风：《答复夏志清的批评》，《中国新文学史》上卷，香港：昭明出版社1980年版，第285页。

"国家不幸诗家幸"的古语，日本侵略者重伤中国文化的传播，大城市的出版机构、高等院校等文化部门受到战火的重点摧毁，但是文化的传承在颠沛流离中仍得赓续。在北平、上海、南京陷落后，在重庆、桂林、昆明等地又形成了新的文化中心，文学的创作、传播仍然生生不息。

从数量上来说，抗战时期的文学创作量并没有在战火的肆虐下锐减，战前的重要作家如郭沫若、茅盾、巴金、老舍、曹禺、沈从文、废名、冯至、艾青等都在战火中迎来了新的创作高峰，同时，也成长起来一批属于抗战时期的优秀作家，如赵树理、孙犁、穆旦、路翎等。据统计，仅重庆八年"出版书刊的单位共有 644 家，出书 8000 余种，出期刊近 2000 种"。① 抗战时期文学类书籍出版数量最多。据国民政府宣传部 1943 年的统计，全面抗战六年余，出版界"最显著现象"，"即文艺书籍的逐步增多"；而"再以杂志来看"，"也是同样情形"，"三十年重庆出版的杂志一百六十六种之中，纯文艺者占百分之十强（即十七种），至三十一年度，增至百分之二十一强（即二百二十种杂志中，纯文艺占四十六种）"。"从这也可以看出文艺作品之为社会所欢迎"，"而且愈是物价高涨生活困难的地方……文艺读物格外流行"。② 抗战时期小说和诗歌收获颇丰，话剧的创作更是突飞猛进。虽然全民劫难，抗战 14 年期间文学作品和文学期刊数量上仍较前一个十年有很大增长。民国时期文学出版情况的统计分析显示，全面抗战的 8 年中文学期刊的创刊数达 2030 种，每年文学期刊创刊数占整个中文刊物的 20% 以上，文学书籍的出版量是前一个十年的近两倍，尤其是抗战胜利后的 1946 年是整个晚清

---

① 唐慎翔：《抗战期间重庆的出版发行机构及图书业》，《抗战时期西南的文化事业》，成都：成都出版社 1990 年版，第 448 页。

② 潘公展：《出版界趋向的过去与将来》（一九四三年八月），《潘公展先生言论选集》，台北：文海出版社 1977 年版，第 372 页。

民国时期小说书籍出版种数最多的一年。① 这充分说明在抗战宣传的潮流中，文学创作、小说创作在数量上是突出的。

从质量上来说，对于抗战时期文学的评价不能完全依从五四新文学的内容形式标准。关于抗战时期文学有没有经典之作的讨论一直没有定论，期刊网中以"抗战""经典"为主题词检索出文章几百篇，可见这一话题的热度。相关抗战研究文章的取题诸如"抗战题材作品何以经典难现？""二十世纪抗战文学为什么没有经典作品？""抗战题材文学何以难与世界经典比肩？""抗战文学缺乏经典吗？"等明显表达出对抗战文学经典的质疑和探寻。孟繁华、房福贤等学者以"苏联的卫国战争文学、美国的二战文学"为对照，认为中国抗战文学因缺乏人性的关怀、创伤的揭示而"停留在一个很肤浅的层面"②，"没有创作出影响世界的经典作品"，中国抗战文学应从数量大国向质量强国突破。③ 然而，也有另一批学者纷纷著文呼吁关注抗战时期文学独特的经典性。抗战亲历者非常强调文学的繁荣对当时社会文化的独特贡献，郭沫若 1942 年的演讲中指出，经历 5 年全面抗战，文学非但没有遭受战火重创，反而在反侵略的文化保护战中迎来了"文学艺术活动的高潮"，他称"中国自七七抗战以来，才真正到了'文艺复兴期'"。④ 这是中国文学家对战时文学的观察和期许，而熟悉战时中国的日本人竹内好对中国文学非常关注，他说："我曾以为战争会使中国文学遭到荒废，因为中国遭受的战争灾难比日本严重多少倍。然而，经过战争的中国文学，竟令人惊异地更加清新娇艳，更具有艺术性，简直令人震惊。我第一次懂得了

---

① 邓集田：《中国现代文学的出版平台——晚清民国时期文学出版情况统计与分析（1902—1949）》，华东师范大学 2009 届博士学位论文。
② 孟繁华：《战争本质的国族叙事与个人体验——中国、西方战争文艺"历史记忆"的差异性》，《山东社会科学》2006 年第 4 期。
③ 房福贤：《从抗战文学大国到抗战文学强国》，《山西大学学报》（哲学社会科学版）2014 年第 5 期。
④ 郭沫若：《中国战时的文学与艺术》，《半月文萃》第 1 卷第 3 期，1942 年。

战争也可以深化人类的灵魂。"① 竹内好曾多次到中国,战时作为日本士兵进入侵华战场,他这种从历史现场走来的文学评论视角尤其应引起注意。因此,重新打开抗战时期文学的完整版图,真正逼近中国抗战时期文学的精神内核,研究者们还有许多工作可做。抗战文学研究专家张中良反复呼吁"重新认识抗战文学的历史地位",他深情论述道:"抗战文学既有抗战,也有文学,抗战是中华民族惊天地泣鬼神的绝地反抗,文学是广袤深邃流光溢彩的审美世界。"② 对抗战时期文学的中肯评价与真正继承首先需要的是对这份遗产的认真清理,需要从具体的历史情境中研究抗战时期文学作品的产生、流传和影响。

二 抗战时期文学经典的生成和流传

在中国现代文学的研究中,20 世纪 40 年代文学的研究难度最大,而抗战时期文学未能成为文学史中自成体系的独立部分,对抗战时期作家作品的评价变化也非常大,引起的争议也比较多。在不同时期、不同文学观下,对抗战时期文学的评价存在着很大的分歧。《二十世纪中国文学大师文库》和《亚洲周刊》"20 世纪中文小说100 强书单"以及"百年百优"、"百年中国文学经典"等丛书的遴选都产生了不同的经典名录。在不同的排名中,大师榜中罗列作家变化较大的有沈从文、张爱玲、周作人、赵树理、钱锺书、艾青、萧红、师陀、徐讦、冯至、穆旦等,这些作家创作的成果集中于抗战前后,而周作人、沈从文评价的潮起潮落也与他们在抗战中的言行有关。这集中凸显了如何认定抗战时期不同作家文学成就的大问题。

---

① 〔日〕竹内好:《中国文学与人道主义》,转引自〔日〕中野美代士《从小说看中国人的思考样式》,若竹译,北京:北京十月文艺出版社 1989 年版,第 128 页。
② 张中良:《重新认识抗战文学的历史地位》,《中国现代文学研究丛刊》2014 年第 9 期。

直到现在，如何认定抗战时期的文学经典、抗战时期文学经典的标准是什么，仍然存在许多分歧。在解读抗战时期重要作家作品时亟须形成公认的评价基点，同时，抗战时期文学经典是一个开放的动态体系，需要结合时代因素考察哪些经典在当时受到推崇；不能从经典普泛的美学法则空论文学经典的内在艺术魅力。中国现代文学研究中，抗战时期文学评价的潮涨潮落不断变更着人们对中国现代文学、20 世纪 40 年代文学及抗战文学的认识，也促使人们不断思考现有文学标准的有效性。过去近一个世纪以来，抗战时期文学经典对象的动荡不定直接影响着对许多作家，诸如钱锺书、赵树理、张爱玲等的深入评价，也涉及对茅盾、巴金、沈从文、老舍、萧红等作家 20 世纪 40 年代文学创作成就的准确考量。抗战时期文学的再解读、再定位，对文学史的建构提出了新的课题。以什么样的标准给哪些作家、给哪些作品派发进入文学史的通行证，以怎样的标准衡定作家的价值地位，成为文学史编撰中处理抗战时期文学部分时首先遇到的问题。

（一）抗战时期文学经典思考的焦虑

抗战时期的文学创作在民族战争的血雨腥风中展开，政治性、民族性、民间性是作家们必须面对的几个核心方面。抗战时期文学经典之所以成为经典，不仅与其本身的文学性有关，而且与产生经典、阐释经典的环境紧密相关。可以说，抗战时期文学经典的意义和价值是在与文学空间的对话中产生的，同时，也是在与时代的进一步对话中不断变更的。

在抗战时期，文艺理论家们对"伟大的作品"一直怀有很高的热情，"经典""伟大的作品"等是各类理论文章中的热点词。虽然战时物质条件、生活环境给作家的创作造成了极大的限制，许多作家在贫病之中不能得到基本的生活保障，但这些没有削减作家们对战时文学经典问题的关注、思考和创作的努力。在各种因素的掣肘下，抗战时期文艺理论家们对文学经典的思考和期待分歧较大，往往各执一端，对文学创作产生不同的影响。

抗战初期，人们对文学经典问题的态度基本上是否定的。面对战争，人们最集中的关注点是生存，文学的政治作用被放在首位，而不是文学以及与之相关的文学经典问题。很多文人最基本的看法是在抗战背景下，文学经典的意义并不是特别重要，最重要的是民族救亡的鼓动和宣传。"国家临到争生死存亡的关头，民族受着了空前未有的浩劫，一切都应该为了前线"①，这种认识不仅是郭沫若个人的文学选择和自我定位，而且是对每一位爱国知识分子都极具感召力的时代期待。作家们既不把文学经典作为战时必需，也认为在战争环境中难以产生优秀的作品。在《战时的小说》一文中，郁达夫表达了大部分作家的共识，认为"在战争未结束以前，或正在进行中的现在"，"绝没有产生大小说"的可能。② 而对于沦陷区文学，评论者更普遍地认为抗战时期是文学发展的低气压阶段，"战时的文学是文学运动的一条畸路，真正伟大作品的产生，该是战后的"。③在这种战争与文学对立关系的认识下，抗战时期有许多作家弃笔从戎，留在文学阵营中的作家们也自觉要求"纯文学让位"、尽力剿杀"抗战无关论"的干扰，积极进行抗战宣传的各种创作尝试。一些沦陷区作家更是韬光养晦，基本暂停了文学创作。

当然，也并非完全没有作家对文学经典有所努力。中华全国文艺界抗敌协会号召作家们从鼓动抗敌的目的出发，提出"最辛酸，

---

① 郭沫若：《抗战以来的文艺思潮》，《郭沫若全集文学编》19 卷，北京：人民文学出版社 1992 年版，第 385 页。
② 郁达夫：《战时的小说》，《二十世纪中国小说理论资料》第 4 卷，北京：北京大学出版社 1997 年版，第 22 页。
③ 楚天阔：《谈现在文学的内容和形式》，《中国沦陷区文学大系》（评论卷），南宁：广西教育出版社 1998 年版，第 15 页。

最悲壮，最有实效，最不自私的文艺，就是我们最伟大的文艺"①。不过，在这种发散热情、宣泄悲愤的时代鼓动中，作家们对文学的时代功利价值予以极大的包容，聂绀弩的话典型地表达了这种情绪。他说，一方面"从文学的观点上看，我希望有伟大的作品……我自己也是爱好这种作品的"，"但另一方面，虽然不是伟大的作品……像关于八百壮士的作品，从作品的价值上看，是粗糙的，没有力量的，但这些作品也有一时的影响"。② 这种对时代呼号的追求对于一些作家来说又存在艺术性不佳的困惑。比如在这期间，茅盾创作了《第一阶段的故事》，巴金创作了《火》，老舍也有《火葬》问世，作家们投入了大量的精力和巨大的热情，但它们的质量都不高，作家自己对作品的评价也不高。显然时代责任并不能自然促进文学经典的产生，对时代要求的依从和对文学经典的追寻在不少作家内心产生了尖锐冲突。

正是这种矛盾，引发了人们对战时文学经典问题的进一步思考。抗战全面爆发不到一年，"为什么没有伟大作品产生"的焦灼质疑便在文坛上被广泛讨论，大家就抗战初期对文学经典和文学创作的态度进行了反思。茅盾在回答这一问题时首先提出，应检讨"我们现在的工作方法对不对？我们在创作方向上有没有深入而正确的理解"。③ 在抗战创作公式化的明显弊端中，作家们逐步认识到文学的"伟大不是喊出来的"，"质的提高"是"目前对于抗战文学"的要求。④《七月》杂志更是专门展开了"关于伟大作品产生的讨论"，

---

① 《中华全国文艺界抗敌协会宣言》，《中国抗日战争时期大后方文学书系》，重庆：重庆出版社1989年版，第17页。

② 《抗战以来的文艺活动动态和展望》（座谈会纪录），《中国抗日战争时期大后方文学书系文学运动》，重庆：重庆出版社1989年版，第160页。

③ 茅盾：《关于〈抗战后文艺的一般问题〉》，《茅盾全集》21，北京：人民文学出版社1991年版，第365页。

④ 齐同：《伟大不是喊出来的》，《文艺阵地》第1卷第4期，1938年；祝秀侠：《现实主义的抗战文学论》，《文艺阵地》第1卷第4期，1938年。

相关的作家们表达了他们的独特思考，对"伟大作品"持一致的肯定性期待。胡风、丘东平、端木蕻良、倪平等竭力强调把"写出伟大的作品"作为"文学者的本行的工作"；指出作家"向着伟大作品行进"的过程中，需要与生活融合、将"作者的思想透进艺术形象底本质"，增加抗战文学的"宽度、深度和强度"。① 这些讨论打破了对抗战文学机械化的认识，表达了对抗战经典的呼吁和思考。

　　此后，人们对抗战文学经典的探讨进一步深入。作家们突破了对文学创作宣传价值的浅层思维方式，进入为"伟大的时代"树碑立传、促进民族自新之中。一些作家认识到战时文学不仅关系着拯救国家，也关系着建设国家。沙汀说："我们的抗战，在其本质上无疑的是一个民族自身的改造运动……将一切我所看见的新的和旧的病疾，一切阻碍抗战，阻碍改革的不良现象指明出来……在整个抗战文艺运动中，乃是一桩必要的事。"② 这是承续五四时期国民性启蒙的思路，强调文学创作对针砭痼疾、改造国人灵魂的重要性。老舍则主要着眼于中国文化的重新审视，指出"抗战时期，来检视文化，正是好时候"。他认为"抗战的目的，在保持我们文化的生存与自由"，"人存而文化亡，必系奴隶"，"在抗战中，我们认识了固有文化的力量，可也看见了我们的缺欠——抗战给文化照了'爱克斯光'"。③

　　沈从文、朱光潜等作家则是对文学的长远之功寄寓极高期望，他们从民族重建的高度来看文学经典的重要性。沈从文认为"新的国家的重造"关键在于"国民道德的重铸"，而这一切"实需要文

---

① 丘东平《在抗日革命高潮中为什么没有伟大作品产生?》、胡风《论战争期的一个战斗的文艺形式》、倪平《向着伟大作品的进行》、端木蕻良《文学的宽度、深度和强度》，在1937—1938年发表于《七月》。
② 沙汀：《这三年来我的创作活动》，《二十世纪中国小说理论资料》第4卷，北京：北京大学出版社1997年版，第63页。
③ 老舍：《〈大地龙蛇〉序》，《老舍论剧》，北京：中国戏剧出版社1981年版，第138～139页。

学作品处理，也惟有伟大文学作家，始克胜此伟大任务"。① 这与他战前以文学表现人性的主张一致，希望"在作品中铸造一种博大坚实富于生气的人格，使异世读者还可以从作品中取得一点做人的信心和热忱。使文学作品价值，从普通宣传作品而变为民族百年立国的经典"。② 这些作家坚持文学艺术的独立品格，提倡"和平静穆"的美学境界，反对作家从政，代表了无涉功利的学院派文化价值观，对抗战时期文学救亡的时代主调实有潜在的平抑作用。

如果说沈从文等的经典思考更注重远效的话，那么，另有一些知识分子从民族战争的现实困境出发，强调经典创作对民族文化保存和抗争的重要价值。这在沦陷区的特殊政治环境中尤为明显。哲非在《文化人何处去》中指出文化建设不应受战争限制，"发挥文化经营的活力问题，除文化建设的本身意义外，更包含有保存民族国家且促其强大的现实意义"。与持韬光养晦度过沦陷时期的观点相反，哲非指出战时不仅不应停止民族文化的创造，而更应曲折地加强。战争的侵略最致命的是文化的根除，文化的生产对于被侵略民族来说，不仅具有维系本民族文化的反战意义，而且对民族精神的成长起着推动作用。他说，战争对生活形态的改变必然促成"新的文化活力的诞生"，"保持文化的活力且发扬之"，可以驾驭并战胜战争对国家民族的威胁。忽略战时"文化活动的经营"，"基本心理是反对战争的"，"实际上却是支持着战争"。③ 确实，文化建设是战争中敌我双方都着意争夺的另一块阵地，也是国内各派抗战势力努力借助的重要力量。创造具有时代影响力的文学经典，在民族战争

---

① 沈从文：《一种新的文学观》，《沈从文全集》17，太原：北岳文艺出版社 2002 年版，第 172 页。

② 沈从文：《文学运动的重造》，《沈从文全集》17，太原：北岳文艺出版社 2002 年版，第 297 页。

③ 哲非：《文化人何处去》，《中国沦陷区文学大系》（评论卷），南宁：广西教育出版社 1998 年版，第 29 ~ 32 页。

背景下成为超越文艺本身的时代重任。正是这些来自不同区域、不同立场的种种观点互为补充地把抗战文学经典创作的思考引向了深入，表现出向民族传统、底层大众与作家主体寻找文学力量的努力。

（二）对话的努力与抗战时期文学经典的生成

一般来说，文学作品内在的艺术价值是其成为经典的基础，而主流意识形态的有意褒贬也掌控着经典的命运。政治性与文学性的颉颃是造成文学经典更迭的重要因素，但是能够与时代对话则是文学经典更为重要的特征。"经典，一如所有的文化产物，从不是一种对被认为或据称是最好的作品的单纯选择；更确切地说，它是那些看上去能最好地传达与维系占主导地位的社会秩序的特定的语言产品的体制化。"[①] 抗战时期，各种政治力量犬牙交错，文学很难"躲进小楼成一统"。战时文学空间外部的敞开性与内部的复杂性，呼唤着文学经典与外部世界的对话。

单就作家的物质生活和情绪心理而言，抗战环境带着杂沓而来的诸种因素深刻地影响着文学的生产。如黑格尔所说，一个民族"不能凭民族个性中的静止的一般情况提供真正史诗的题材"，而战争中的复杂情形为文学活动提供了"最适宜的史诗情境"。[②] 文学与时代、个人与民族、现代与传统在非常情境中的碰撞也有力地冶炼着作家的精神和文学的品格。因此，抗战时期文学经典的创作也拥有了与独特文学空间的深远呼应，做出了这一时代背景下独特的文学贡献。

1. 与民间生活的对话

抗战时期对文学经典的努力创作与另两个问题纠结在一起：一

---

① 转引自乐黛云、陈珏编选《北美中国古典文学研究名家十年文选》，南京：江苏人民出版社 1996 年版，第 276 页。

② 〔德〕黑格尔：《美学》第 3 卷下册，朱光潜译，北京：商务印书馆 1981 年版，第 125、126 页。

是文学如何表现战争，二是文学如何大众化。对于前者，不少作家提倡并身体力行地参与战争。火热的前线生活也确实触发了作家们不同凡响的创作，东平、穆旦、臧克家等便是。但是，大部分作家并没有军旅生活的经历。除了战争，文学还能表现什么以服务抗战，成了作家们思考的问题。萧红抗战初期指出跑警报也是战时生活以回应抗战题材匮乏的问题，这在当时应和者寡。随着抗战八股的困境加深，提倡作家关注身边现实、日常生活，以自己熟悉的方式参与战争，逐步成为文坛的主流。正如曹禺所说，"近来的抗战戏剧"故事太离奇，"反使人不置信"，"传奇式的神话化"人物在观众中的接受效果很不好，"所以取材上应该力求平凡，再在平凡中找出新意义"。① 沈从文也进一步指出，真正伟大的作家必需"'活'到这个历史每一章每一页中"，才能"写出一个时代历史场面或一群人的生命发展以及哀乐得失式样的宏章巨制"。② 一方面抗战初期即大力倡导文章下乡、文章入伍；另一方面，知识分子战前的生活被打破，战争的颠沛流离、衣食无着客观上也使作家们真正坠入了社会底层。融入抗战的生活、融入民间的生活，扩大了文人的视野，也改变了囿于知识分子内部的战前文学观。

首先，表现在创作题材的扩大。作家们所写的不仅包括正面战场与敌后的抗日题材，而且包括与抗战相关的兵役、官吏腐败、投机者囤积居奇等现状③，也包括难民逃难、生离死别的凡俗生活，这拓宽了抗战文学界定的广度。其中对日常生活的书写并非对抗战的远离，而是对"前线主义"单调书写的真实补充。这些日常书写浅言之具有实录战时生活的价值，如梅娘的作品；深言之，其中的经

① 曹禺：《关于话剧的写作问题》，《曹禺全集》第5卷，石家庄：花山文艺出版社1996年版，第140页。
② 沈从文：《明日的文学作家》，《沈从文全集》17，太原：北岳文艺出版社2002年版，第357页。
③ 参见王学振《大后方抗战文学的兵役题材》，《中国现代文学研究丛刊》2011年第7期。

典之作对战时精神氛围的写意则显示了抗战文学的另一种风貌。如一批"小人小事"的写作，《寒夜》《马伯乐》以及张爱玲的《封锁》《留情》《等》都是从作家熟悉的人物、环境写起，写作手法主要是现代的，却能与广大读者形成共鸣。这主要归于这些经典作品对战争中寒冷、阴郁、寂寞的时代氛围的渲染。

抗战时期文学对日常生活的真实记录为中国抗战留下了珍贵的历史记忆。现实的日常生活成为中国抗战文学的重要书写内容，具有特别的文学意义。日本的侵华战争把战乱频仍、灾祸不断的中国进一步推入了经济崩溃、社会混乱的境地。战争中的狂轰滥炸、日本占领时期的封锁统制使中国饿殍千里、十室九空。生存，成为比任何一个时代都更为艰难的事情。从抗战的角度来说，这些书写是以柔韧的抒情表达了反战的呻吟，与大声疾呼式的反战控诉具有不同的审美意味。巴金抗战时期的"人间三部曲"一改五四时期反封建主题的时代情绪"激流"，而表现战争背景下卑微的生与无名的死。"寒夜""病室"等意象的选用就是当时中国社会底层生活的象征。作品没有激烈的呼号，但在一群小人物怎样受苦、怎样死亡的日常书写中表达了时代控诉之情。老舍的《四世同堂》对老北京在日本铁蹄下一日艰似一日的生活书写使之成为"抗战文学经典"，其中韵梅买粮一段写得真实细致，写出了铁蹄下的屈辱生活，使次要人物拥有了难以磨灭的华彩。美国作家哈金沿用 J. W. Deforest"伟大的美国小说"的描述，提出"伟大的中国小说"应该是"一部关于中国人经验的长篇小说……使得每一个有感情、有文化的中国人都能在故事中找到认同感"。① 这种认同感最重要的内容是共同的生活经历，可以激发相近的情感体验，从而成为民族的共同历史记忆。以此言之，在抗战时期，写日常生活也是一种政治表达。

---

① 〔美〕哈金：《呼唤"伟大的中国小说"》，《青年文学》2005 年第 13 期。

　　其次，作家自身生活与大众生活的融合，一定程度上实现了文学小众与大众的化合，催生了新的底层书写，具有了广泛的时代经典价值。一方面，新文化与落后乡村的接触，使民间不再是新文学主观构筑的、缺乏主体性的"他者"。如小说《走出以后》（孙犁）、《磨麦女》（梁彦）、《乡下姑娘》（于逢）、《饥饿的郭素娥》（路翎）等正是通过对底层女性在苦难生活中获得自我意识的记录，呈现出与五四时期女性书写完全不同的立足点，延续并发展了女性解放的新文学主题。另一方面，底层作家以其清新质朴带来了文学的新气象。他们对民间生活原汁原味的呈现最终突破了从形式、语言寻求大众化的局限，实现了底层生态难得的浮出，造就了农民文学与市民文学跻身经典的可贵机遇。如果没有抗战，就不可能产生像赵树理这样的农民文学家，赵树理也不可能获得成功。孙犁说："当赵树理带着一支破笔，几张破纸，走进抗日的雄伟行列时，他并不是一名作家。""如果没有遇到抗日战争，没有能与这一伟大历史环境相结合"，赵树理能否出现是很难预料的。[①] 抗战的现实坚定了赵树理从新文学文坛向民间"文摊"的转向，这一转向在抗日敌后根据地的宣传下受到推广。赵树理所引领的文学方向打开了一个与正统文学迥异的小传统文化世界。其中所复现的农村生活场景、基层政治状况、底层伦理文化、民间文学艺术，填补了知识分子外在式书写的空白。与农民文学的出现相似，市民文学也在抗战中自我革新，加强了文学中严肃意识的表达，在商业化媒介的推助中提供了自己的抗战表达。而张爱玲、徐讦作品的畅销风靡，是因为其在融哲理、情爱、战争于一炉的故事中表达了微妙的市民心理和趣味。《小二黑结婚》《李有才板话》《受苦人》以及《倾城之恋》《风萧萧》等正是在这个层面上具有不应被忽略的经典地位。

---

① 孙犁：《谈赵树理》，《赵树理研究文集》上卷，北京：中国文联出版公司1998年版，第25页。

2. 与文化传统的对话

文学经典往往蕴含了传统的延续，也昭示着对传统的突破，即布鲁姆所说，经典需在继承与超越中克服前代大师"影响的焦虑"。抗战时期文学经典的创作需要面对古典文学和五四文学两个传统。一般认为，抗战时期文学回归传统的取向是出于功利的反现代性后退，是对五四文学传统的背弃，是"救亡压倒启蒙"的变奏。实际上，与政治上中国特色道路的寻找相呼应，抗战时期文学正是通过对民族化和现代性的双面追求，在与两大文化传统的对话中诞生了超越五四话语的经典之作。

古典文化在抗战时期文学中有大量的复活，表现为内容上对传统道德的肯定和形式上对历史典故、诗词意象及传统文学形式的借用。这些传统文化因子增强了文学的宣传效果，扩大了传播范围。但仅此还不够，只有摒弃古典传统与五四精神的二元对立，充分展开对话，才能"把先辈转化到自己的写作之中并使他们部分地成为想象性的存在"，从而获得成为经典的"原创魅力"。①

思想上，抗战时期出于向文化传统寻找民族凝聚力的需要，促使文学在五四时期反叛地方重审传统。如与离家、审父的五四情结不同，抗战时期文学对家园意识的诠释、对家庭亲情的依恋、对家族文化的反思等恰成就了契合时代心理的民族经典。孙犁说："对于我，如果说也有幸福的年代，那就是在农村度过的童年岁月。"② 作家依凭温暖的童年记忆写作了大量的小说，并不正面表现战火纷飞的现实，却表达了对家园宁静、和平生活的殷殷期待。《荷花淀》《浇园》《红棉袄》《纪念》等小说在家务事、儿女情中展现时代风云。作家在解释《荷花淀》的走红时轻描淡写地说："这篇小说引

---

① 〔美〕哈罗德·布鲁姆：《西方正典》，江宁康译，南京：译林出版社 2005 年版，第 8 页。

② 孙犁：《答吴泰昌问》，《孙犁文集》4，天津：百花文艺出版社 1982 年版，第 407 页。

起延安读者的注意，我想是因为同志们长年在西北高原工作，习惯于那里的大风沙的气候，忽然见到关于白洋淀水乡的描写，刮来的是带有荷花香味的风，于是情不自禁地感到新鲜吧。"其实，朴实清新的荷花香味就是家的味道。作者说，正是体会到农民传统的"乡土观念"和"热土难离"，才从朴素处着笔，因为"文学必须取信于当时，方能传信于后世"。① 童年记忆中乡村生活的温情是孙犁小说的内核，其小说中，普通乡村生活叙事在水淀荷香中表现出乡妇农人的恋家与卫国的统一，表现出底层民众现代民族意识从思乡恋家中的觉醒。

因此，抗战时期国统区的《憩园》和沦陷区的《茉莉香片》以及敌后根据地的《荷花淀》等小说，或眷恋，或反思，或畅想，也是从对家族文化不同角度的重新认识中建构文学经典；《寒夜》《金锁记》对中国式家庭模式、情感方式的描写，较之五四文学对家族文化的简单控诉有了更深入的剖析；《四世同堂》《呼兰河传》《果园城记》《霜叶红似二月花》等作品中的城镇意象，以及艾青诗歌中的土地意象，都以农业文明的生活场景勾连起了乡土中国的共同记忆，获得了不断流传的经典价值。

形式上，抗战时期特别关注古典和民间文学形式的借鉴研究，这也是对战时民族主义心理诉求的一种回应。强调中国小说作为"正史之余"的故事性、讨论诗化传统、分析中西文学的各自优长等等，都表现了对五四文学过于西化而进行补正的理论自觉。但创作中对传统和民间形式的简单模仿、表面回归并不能产生经典之作，而是需要实现古今、中西、雅俗文化的内在对接。流传一时的新章回小说，如《洋铁桶的故事》《吕梁英雄传》，在这方面做了有益的尝试，但过于趋旧，在出新上折损了经典性。张爱玲小说通过古典

---

① 孙犁：《关于〈荷花淀〉的写作》，《孙犁文集》4，天津：百花文艺出版社 1982 年版，第 610、613 页。

意象、说书模式等传统方式与现代小说技术的诡异结合，"自觉又自由地出入于'传统'与'现代'、'雅'与'俗'和'中'与'西'之间，并且做到了二者的平衡和沟通"。① 可以说，将现代质素本土化，是张爱玲经典小说的成功宝典。而语言上地域方言的采纳、民族口语的运用，也在对新文艺腔的批评中实现了对五四文学过于欧化的校正，使《寒夜》等作品脱去了宣泄式的浪漫抒情，显得更素朴、更蕴藉，这不仅使巴金的创作再攀高峰，也是对五四文学主情风格的反省。

抗战背景下文学内容与形式的民族化回归是对五四文学的反拨与调整，也是对五四思想武器的现实运用和深度反思。很多作家提起他们创作背后的五四影响，如张爱玲一直试图反思五四，她说，"只要有心理学家荣（Jung）所谓民族回忆这样东西，像'五四'这样的经验是忘不了的，无论湮没多久也还是在思想背景里"。② 先锋文化只有在事后与主流文化融合才能被确认，五四文化正是经过本土化的过滤才得到了整合，继而沉淀为传统的一部分。丹尼尔·贝尔指出："现代性显而易见是同作为过去了的过去的决裂，同时又把过去弹射进现在。"③ 抗战时期文学的民族化回归与两大传统的关系也应从这个思路来理解。在反叛中继承、在回归中超越，代代文学经典正是在对话中生成、积淀，参与着文学传统的生长。

（三）对话的变异与抗战时期文学经典的流传

文学经典是一个不断调整的开放体系，对于尚未定局的抗战时期文学经典来说更是如此。政治意识形态、知识分子话语权力以及

---

① 陈子善：《前言》，《私语张爱玲》，杭州：浙江文艺出版社1995年版，第1页。
② 张爱玲：《忆胡适之》，《张爱玲散文全集》，郑州：中原农民出版社1996年版，第288页。
③ 〔美〕丹尼尔·贝尔：《资本主义文化矛盾》，赵一凡等译，北京：生活·读书·新知三联书店1989年版，第148页。着重号为原文所加。

现代传播媒介通过文学史编撰、教材选文、影视改编等对经典流传产生复杂的作用。这个过程中仍需加强政治性与艺术性标准以及雅俗文学立场的有效对话，以促进经典的发掘和重审。

对于抗战时期文学经典的流传，政治标准的偏见是最大的干扰。自第一次文代会伊始，对抗日根据地文学、国统区文学、沦陷区文学差序地位的设定，就影响了新中国成立初期对抗战时期文学经典版图的全面呈现。在总体评价上，对国统区文学的梳理、研究和肯定明显不够，茅盾、老舍、巴金等老作家的战时创作成就还没有得到充分的探讨，《霜叶红似二月花》《四世同堂》《憩园》在新中国成立后 30 年中论及者甚少；沦陷区研究的不足更明显，20 世纪 90 年代末《中国沦陷区文学大系》的出版开辟了抗战时期沦陷区文学研究的生荒地。"可以说，近十余年来，改变现代文学总体画面的因素之一，是沦陷区文学的介入"，但尽管如此，除张爱玲之外，沦陷区作家作品的开掘还很不够，"远没有达到共时文学生态基本均衡的程度"。① 苏青、施济美、雷妍、古丁等盛极一时的作家几乎无人知晓。

在各政治区域内部的文学评价上，政治上的进步与落后、党派上的左右立场仍是首要标准。如《中国现代文学发展史》（黄修己著）等著作对国统区文学的论述以皖南事变为界分成前后期。如果仅从政治文化角度划分，就很难贴近抗战的现实展开作家作品阐释。深入战时形势的实际状况是深入抗战时期文学研究的基本姿势。近年，有研究者"从夏季大轰炸的角度来解释大后方文学转型"②，这颇有新意，是一种回到抗战历史现场的努力。政治意识形态的影响还表现在对文学经典的阐释上。如抗日根据地对民间文艺的改写、

① 张泉：《从沦陷区文学接受现状看加强史料工作的重要性》，《抗战文化研究》2009 年第3 辑。
② 段从学：《夏季大轰炸与大后方文学转型》，《中国现代文学研究丛刊》2011 年第 7 期。

对农民作家的推举往往在政治宣传目的下作了种种迁移。在歌剧《白毛女》的不断改编中，民间生活内容逐步为政治斗争所取代，赵树理小说中的阶级斗争描写在评论中被有意强化。国统区文学经典有的经历了政治视角下主题窄化的厄运，"雾重庆""寒夜""病室""夜上海"等的生活描写往往成了对特定政治集团极富政治象征意味的控诉。翻看巴金分别于1947年、1962年关于《寒夜》的创作谈，可以清晰地看到小说主题由"感伤主义"的战时压抑具体到"罪在蒋介石和国民党反动派"的揭露。《华威先生》《腐蚀》也都由对社会黑暗面的描绘，逐步坐实为对国民党反动统治的讽刺。这种政治控诉性的研究容易影响对民族战争背景下文学主流的理解。

也是出于对政治标准的看重，后世研究对抗战时期文学中一些艺术性欠佳的宣传品多有宽宥。《抗战时期的上海文学》对《保卫卢沟桥》的论述表现了文学史中的常见思路："如果仅仅从艺术技巧上评论和认定这部剧作（以及当时和后来许多类似的抗战文艺作品）的高低优劣，有意或无意地忽略其在特定时代社会氛围中的特殊的艺术贡献与历史价值，显然是片面的、不恰当的。"① 研究者们在文学视角与民族功利视角、政治性与艺术性之间的摇摆不定，导致大部分文学史对抗战时期文学经典的认定顾虑较多。拿较有代表性的《中国现代文学三十年》来说，抗战时期文学的介绍，除了赵树理、艾青单节论述外，其他作家大都以两页左右的篇幅做简单介绍，对作家经典地位的认定不够明晰。

随着政治意识形态统治的松动，在海外汉学研究的影响下，对文学经典的艺术性的关注促进了抗战时期文学经典的重新认定。在20世纪80年代重写文学史的声浪中，回到文学本身、回到文学内部的呼吁使抗战时期原被遮蔽的经典作品呈现了出来。夏志清的《中

---

① 陈青生：《抗战时期的上海文学》，上海：上海人民出版社1995年版，第53页。

国现代小说史》打破了原有的文学经典认识定势，对抗战文学经典的发掘具有功不可没的影响。但是，以此为缺口所形成的对"文学性"的过度强调在某些情境中又走向了另一极端。

这种极端思维的偏颇首先表现为对抗战时期文学原有经典作品的评价由原有的褒贬走向逆反，非左翼作家、非政治化作品受到热捧。张爱玲的再度走红、沈从文和钱锺书的出土、赵树理与孙犁地位的逆向运动，都部分出于这一原因。同一作家不同时期作品的评价也呈现出此种反向变化，如丁玲延安时期的《在医院中》《我在霞村的时候》，甚至散文《风雨之中忆萧红》，也因历史之同情重新受到重视，评价屡屡高过其土改题材小说《太阳照在桑干河上》。这还导致处在政治话语圈外的作家在文学史评价中不好安放，他们对时代政治的另一种表达没有得到重视。如萧红，她抗战时期的重要作品是《生死场》《马伯乐》《呼兰河传》。这三部小说的命运极有代表性：《生死场》符合抗战文学的规定，从鲁迅、胡风的评价之后，位列于大部分文学史的抗战经典中；而《呼兰河传》以其独特的艺术价值，得到茅盾"是一篇叙事诗，一幅多彩的风俗画，一串凄婉的歌谣"的评价，在 20 世纪 80 年代后期的文学史专著中得到肯定，也因其文质兼美有多段节选进入中小学教材；但是，带有另一种笔致的《马伯乐》显然处于表现抗战与远离抗战之间，处于内容的政治性与形式的艺术性之外，因此一直处在尴尬的夹缝之中，未能得到充分的关注。

这种极端更大的影响在于对文学与时代政治关系的剥离。抗战时期文学经典是在复杂的历史环境下产生的，强烈的时代感是重要的元素。在抗战期间，尽管沈从文、废名等京派文人对经典创作多有思考，但因他们秉持远离现实政治的创作态度，"向虚空凝眸"、在宗教中遁形，他们抗战时期的《烛虚》《莫须有先生坐飞机以后》等作品在经典的影响力上没有超越他们的战前作品。"只有在历史中，一部作品才能作为人们得以甄别并珍重的价值而存在。对于艺术来说……没有什么比坠落在它的历史之外更可怕的了，因为它必定是坠落在再也发现不了美学价值的混沌之中。"① 对文学经典历史感的尊重，要求欣赏主体在政治性与艺术性的对话中使经典的解读重回到诞生作品的历史氛围之中。这也关系到对中小学课本中抗战时期选文的理解。对作品抗战背景的重视不够，是抗战时期文学作品在中小学教学中的主要问题。如巴金的散文《爱尔克的灯光》和《灯》选入语文教材，20 世纪 80 年代中期之前的解读都是"灯"象征光明、象征共产党的领导，之后慢慢认为"灯"是对光明和希望的象征，这虽避免了政治化的机械附会，但存在空洞浮泛的缺憾。只有联系作家抗战书写极为艰苦的创作境况，才能体会经典作品的意蕴，才能深入体察作家精神选择的复杂取向，才能世代保存抗战中国原初的民族记忆。

抗战经典政治性与艺术性的割裂更大的危害在于反抗政治、放逐历史，以对政治的反抗扩大至对民族大义、世间正道等一切崇高信念的躲避，强调作家与政治的疏离和间隔，刻意寻找抗战文学中的"多余人"，这对文学经典也是一种有意的曲解。在抗战时期文学经典的理解中，文学与民族的共振是一个重要的底色，即孙犁所说个人与时代结合的"美的极致"。孙犁抗日小说以及其"诗意抗战"的叙事策略，应该放到这一底色上进行理解。这是抗日战争时期与解放战争时期话语环境的重要不同，也是目前文学史笼统研究 20 世纪 40 年代文学的困难所在。

在检视政治意识形态因素对文学经典的诡谲影响之外，还需警惕知识分子话语权对文学经典的左右。精英文学观在维护文学的独立性、艺术性上多有建树，但面对市民文学、农民文学及通俗文学

---

① 〔捷〕米兰·昆德拉：《被背叛的遗嘱》，余中先译，上海：上海译文出版社 2003 年版，第 18 页。

时往往成了某种话语霸权，其中的盲视需要注意。抗战时期傅雷（迅雨）《论张爱玲的小说》一文对当红的张爱玲给予了高度褒奖和严格批评，引发了两种文艺观的对话。与傅雷精英主义的文艺观不同，张爱玲在《自己的文章》中从市民文学角度对严肃文学进行了反思。但傅雷的定评仍然成了张爱玲解读中挥之不去的巨大背影，直到现在各种作品选仍秉持五四启蒙主义立场，以傅雷盛赞的《金锁记》为张爱玲代表作，而作家自己更看好的《倾城之恋》没能得到进一步认可。其实早在沦陷时期，有着大量通俗文学创作实践的谭正璧就认为《倾城之恋》比《金锁记》更具艺术性。

在赵树理的生前身后，知识分子立场的评论一直是一股压制的力量。《小二黑结婚》发表前，赵树理的创作被斥为"海派"，"甚至认为它不算文艺"。① 福柯说，话语即是权力，赵树理所代表的农民文化在延安文艺座谈会之前是不被知识分子推崇的弱势文化，其借助《在延安文艺座谈会上的讲话》、借助中国共产党在根据地的文艺整风才实现了话语权转换。直到新中国成立后，土里土气的赵树理还常常被视为文坛的异类，沈从文、丁玲等作家对赵树理小说的经典价值仍颇为怀疑，一些文学史甚至将赵树理逐出大师榜。这些评价没有充分认识到中国底层文学的传统，与西方评论对赵树理的认识完全一致，从记者贝尔登的《中国震撼世界》到海外学者夏志清的《中国现代小说史》，长达几十年的时间里，西方对赵树理的评价没有变化，"感到失望"，"找不出太多的优点来"。贝尔登坦诚地评价赵树理，"他的书倒不是单纯的宣传文章，其中也没有多提共产党。他对乡村生活的描写是生动的，讽刺是辛辣的。他写出的诗歌是独具一格的，笔下的某些人物也颇有风趣。可是，他对于故事情节只是进行白描，人物常常是贴上姓名标签的苍白模型，不具特色，

---

① 董大中：《〈小二黑结婚〉的出版史实》，《赵树理研究文集》中卷，北京：中国文联出版公司1998年版，第282页。

性格得不到充分的展开。最大的缺点是，作品中所描写的都是些事件的梗概，而不是实在的感受。我亲身看到，整个中国农村为激情所震撼，而赵树理的作品中却没有反映出来"。很有意思的是，作者也承认，"若是用西方的文艺批评标准来衡量一位中国作家，也未免太学究气了"。^① 这一评价与赵树理在解放区受到农民广泛欢迎不同，表现了欣赏趣味的雅俗差异，这是西化小说习惯与中国农民之间的距离。现在不少有识学者从民间艺术的视角加强了与赵树理之类的农民作家的对话，从不同于西方启蒙现代性的角度思考赵树理文学的另类现代意义。但在日趋城市化、现代化的今天，这些却成了完全局限于知识分子书斋的小众化研究，实与赵树理的"文摊"理想相去甚远，这是历史的吊诡。赵树理创作在中国现当代文学史中的地位沉浮是值得思考的话语现象。

在市场经济的商业大潮中，大众传媒的无形影响也逐步扩大。20世纪80年代一批经典之作的改编，显示了影视传播媒介对文学经典流传的积极推动作用。电视剧《四世同堂》《围城》等的出现，带动了抗战时期作家作品的传播热潮，虽然其中政治化的简单处理仍留有那个时代的印记。而20世纪90年代之后消费文化的兴盛，对经典的戏说、解构既否定了精英文学观，也远离了民间文学生态。如对抗战文学经典严肃主题的消解，对宏大叙事的嘲弄，对私人化情色细节的恶性挖掘，这些在抗战文学经典的影视改编中极为普遍。以获得广泛好评的2005年版电视剧《四世同堂》来说，剧中增加了大赤包、冠晓荷、蓝东阳等汉奸嘴脸的戏份，以讽刺的、闹剧的内容冲淡了原著文化批判、文化反省的意味。

清理抗战时期文学经典生成、流传的复杂因素，不仅关乎其本身，也关乎后来者对抗战历史的想象。重写与原典互为镜像的关系

---

① 〔美〕杰克·贝尔登：《中国震撼世界》，邱应觉等译，北京：北京出版社1980年版，第117页。

提醒我们，对抗战经典的阐释和发掘需要重回历史的场域，在有效的对话中复现抗战时期文学的本来面目，以丰富的潜文本推动后世文人对抗战题材的进一步创作。

三 抗战时期文学研究的现状及局限

对抗战时期文学的中肯评价与真正继承首先需要的是对抗战时期文学这份遗产的认真清理。正如学者伊丽莎白·福克斯-杰诺韦塞所说："历史并不会轻易销声匿迹，她从来没有。而她的复归可以说是乔装打扮、变化多端的，也并不比我们期望的更有裨益。"① 目前，中国抗战时期文学的重要历史地位引起了研究界的关注，在史料的梳理、价值的确立、文本的发掘等方面都有了不断的积累。然而，对抗战时期文学版图的挖掘、抗战时期文学经验的总结，仍有继续开拓的巨大空间。

（一）对抗战时期文学的界定

"抗战文学""抗战文艺"，是研究界普遍使用的概念。在 20 世纪 90 年代之前的文学史中，一般在整个 20 世纪 40 年代文学中描述"抗战文学""抗战文艺"。如较早的王瑶本《中国新文学史稿》及其后出版的丁易本《中国现代文学史略》都是如此。刘绶松《中国新文学史初稿》将全面抗战时期的文学单独一编进行阐述，直接称"抗日战争时期的文学"。到唐弢、严家炎的《中国现代文学史》则形成定律，将抗日战争时期与解放战争时期放在一起讲述。特别是由于钱理群等著的《中国现代文学三十年》影响巨大，将 1917—1949 年的文学以"三个十年"作历史分期成为中国现代文学史最为通行的编撰体例。常见的中国现代文学史著作不仅对抗战时期文学

---

① 〔美〕伊丽莎白·福克斯-杰诺韦塞：《文学批评和新历史主义的政治》，张京媛主编《新历史主义与文学批评》，北京：北京大学出版社 1993 年版，第 53 页。

的描述在用语上不尽统一，而且大多将之与解放战争时期的文学合在一个阶段来陈述，统一称为"战争背景下的文学"。

一般来说，"抗战文学"是指各个时期出现的反映抗日战争的文学作品，创作年代和题材内容上具有很大的混杂性。这种从内容出发的分类，在题材研究方面具有一定的价值，然而，这一概念含混了文学作品所产生的时代讯息，难以揭示抗日战争这一重大历史阶段对文学生成的作用影响。套用电影批评的理论，"神话的作用……始终联系着讲述神话的时代，而不是神话所讲述的时代"。① 研究抗战文学，首先需回到抗战时期文学。

聚焦抗战时期文学，可以考察抗日战争对新文学发展环境的影响，梳理战时文学制度的变化，探索战时文学生产、流通的新状态。时间上，以抗日战争 14 年为时限，以 8 年全面抗战为重点，在抗日战争的发展变化中研究抗战时期的文学。当然，因为文学的发展具有很强的承续性，对个别作家、文本的研究时间上可前后扩延。特别是展示抗战的影响，研究文本延至战后一段时间，这也是不少相关研究资料通行的做法。② 地域上，既要重点关注通常所谓国统区、根据地、沦陷区等，深入分析其内部空间特点，也要打破区划界限，关注民族战争的整体形势、氛围对文学走向和风格的影响。

抗战时期文学，应既包括表现抗战、与抗战明显有关的文学作品，也包含抗战时期产生的、非明显表现抗战的文学作品。从广义上来看，抗战时期文学包括直接或间接地表现战时生活的所有文学作品，不应仅仅局限于直接表现战争和战场的文学，还应包括不同

---

① 〔美〕布里恩·汉德森，《〈搜索者〉——一个美国的困境》，戴锦华译，《当代电影》1987 年第 4 期。

② 《中国抗日战争时期大后方文学书系》第 1 编《编辑凡例》"个别作品情况特殊，延至 1946 年 5 月"（林默涵总主编，重庆：重庆出版社 1989 年版）。苏光文的《抗战文学概观》（重庆：西南师范大学出版社 1985 年版）中以抗战胜利后 1946 年 5 月国民政府还都南京、《抗战文艺》终刊为下限。

个体日常生活中所感知到的战争。不同层面的战时生活书写都是战乱的见证，都是抗战时期文学的内容。当时祝秀侠等人即指出全面抗战初期文艺题材狭窄的偏差，说不应把"抗战文学"缩小为"战争文学"，现实主义的抗战文学是多方面的，"战时状态中的今日中国的各方面"都是抗战文学的素材。① 罗荪也曾就 1938 年文艺界的情形说，"在今日的中国，要使一个作者既忠于真实，又要找寻'与抗战无关的材料'""实在还不容易"，"即使是住房子，也还是与抗战有关的"。② 虽然当时文坛曾爆发激烈的"与抗战无关论"的论争，但反对"抗战八股"、期待文学全面反映抗战生活则是论争后的共识。抗战时期的各种文艺论争都集中于文学与民族、文学与生活、作家与时代、作家与政治等的关系问题，对这些关系的反复争论恰是关于抗战时期文学内涵的探讨。

关注整体的、多维度的抗战时期文学，有助于全面清理抗战时期文学的整体版图。现在有些研究者对抗战时期文学中的战争文学更为高看，甚至将抗战文学限定为对抗日战争的直接表现，而将更广阔的以抗战为背景的作品作模糊的评价。这种区分显然缩小了抗战时期文学的范围。范围太窄，不仅导致了中国抗战文学没有经典之作的结论，而且对反映抗战之外内容的作品一直在评价上语焉不详，往往只是有限地承认这些作品的艺术水平。吴福辉先生提议不妨建立"大抗战文学"的概念："可以包括抗战十四年（我们今年普遍已经从东北'九一八事变'发生的 1931 年开始计算了）时段里面凡直接写战事、写战争阴影下的日常生活的作品，甚至包括间接以战争的情绪、战争的思考为中心带出来的那些叙事作品和抒情诗篇，也包括战争结束之后人们不断在反思中对战事和人加以深化和

---

① 祝秀侠：《现实主义的抗战文学论》，《文艺阵地》第 1 卷第 4 期，1938 年。
② 罗荪：《"与抗战无关"》，《文学理论史料选》，成都：四川教育出版社 1988 年版，第 277 页。

再认识的作品。"① 在这一"大抗战文学"中，抗战时期文学占有重要的分量。这是战后抗战题材再书写的根由所在，具有原典价值。20世纪90年代之后抗战题材热的出现、抗战题材书写的种种突破，都与对抗战时期文学本身的认识有关。

关注抗战时期文学，还因为这一时期的文学具有特殊的文学史意义。抗日战争时期，文艺民族化的时代主潮使现代文学走向乡村、走入市井，与中国底层社会进一步接触。史学研究认为，抗日战争促进了中国社会发展的民族化定位，也"成为中国文艺现代化过程中的一个重要转折点"②。文学研究者也认为抗战爆发对中国文学的重大影响值得重新估价，提出以抗战爆发为文学史的分界，从文学创作本身的变化、审美内在特征的变化来把握文学史的走向。③ 这一文学史分期的观点充分注意到了文学活动空间变化对文学表达的影响，特别是文学民族化、大众化等经验值得好好总结。抗战时期昂扬的民族情绪使广大民众关注民族国家的命运，也使知识分子更加重视文学与时代的关系。当时激烈的文艺论争此起彼伏，"与抗战无关论""暴露与讽刺""一般与特殊""民族化与民族形式"等讨论参与人员多、涉及范围广、影响面大，充分表现了文艺界对此思考的热衷。这些论争直接影响着抗战时期文学创作的不断成熟，也形成了一份丰厚的文学理论资源，对后世文学大有裨益。因此，文学史中将抗战时期文学作为独立对象陈述、研究，具有特别的意义。

（二）抗战时期文学研究的已有成果

抗日战争是20世纪以来中国抵抗外侮的一次重大胜利，14年的

---

① 吴福辉：《战争、文学与个人记忆》，《河北学刊》2005年第5期。
② 虞和平：《抗日战争与中国文艺的现代化进程》，《抗日战争研究》2005年第4期。
③ 刘志荣：《抗战爆发：中国20世纪文学史上的重要分界线》，《复旦学报》（社会科学版）2001年第4期；陈思和：《简论抗战为文学史分界的两个问题》，《社会科学》2005年第8期。

抗战凝聚了全社会的多方力量，抗战时期文学与民族危亡中的呼号、自救紧密相连，抗战时期文学的研究与之相伴产生，受到当时评论者的密切关注。对于抗战中的文艺应该是怎样的问题，评论界一直在主动地介入、修正。比较集中的论争有"与抗战无关论"、文艺民族形式及文学大众化的讨论及"暴露与歌颂"等，及时地参与了当时文学活动的推介和引导。最早的抗战时期文学史在战争结束不久即出现，蓝海（田仲济）的《中国抗战文艺史》1947年出版。虽然作者认为该书仅是"半成品"，但其留下了鲜活的战时文艺资料。著作描述了抗战时期文艺发展的动态以及通俗文艺、新型文艺的发展情况，特别是书中所附的"抗战时期文艺大事记"具有史料价值。

在世界反法西斯战争研究的宏阔背景下，中国抗日战争文化、历史、文学的研究引起了政府与学界的重视。对中国抗战时期文学的认识首先与中国抗战历史的研究紧密相连。近年来，随着抗战历史的研究越来越深入，越来越全面的抗战史实被揭示。首先，在第二次世界大战的研究格局中，中国抗战的历史地位得到了正视。不仅中国学者以不争的史实论证了中国抗战的价值，国外学者也充分认可了中国对反法西斯战争的贡献。如英国学者拉纳·米特所著的《中国，被遗忘的盟友：西方人眼中的抗日战争全史》，就是基于"西方人对中国抗日战争的历史知之甚少"而著的。作者突破以欧洲战场为中心的传统史观，不仅补正了鲜为人知的中国抗战细节，而且"从一位西方学者的角度去发现并了解抗日战争对中国现代化转型的重要性"。[①] 其次，对于中国抗日战争的全面研究也已经展开，最大的政治立场局限正不断地得到克服。两岸史学界力避意识形态的偏见，对于正面战场和敌后战场都有了更加深入的探讨。仅知网上研究两个战场关系的论文就有大几百篇，特别是近一二十年，这

---

① 〔英〕拉纳·米特：《中国，被遗忘的盟友：西方人眼中的抗日战争全史》，蒋永强等译，北京：新世界出版社2015年版，"前言"。

方面的论述在不断深入。

以抗战历史研究为先导，抗战题材文学的创作在"文革"结束后逐步展开，21世纪之后其成为荧屏、网络的热点，而抗战时期文学的研究也在逐步展开，近年在重庆、桂林、北京、上海等地形成了较稳固的研究中心。学界对中国抗战时期文学的文本资料、杂志、制度政策等也有了进一步的梳理。特别是在重庆，以高校、图书馆、研究基地为依托，展开了抗战文学的定期研讨和资料整理的系统工作。抗战时期文学研究在老一代学者钱理群、刘增杰、苏光文、黄万华、张泉、靳明全、张中良等的引领下，在李怡、刘晓丽、段从学、李光荣、王学振、李永东、周维东等中坚学者的努力下，队伍不断壮大，研究方法等不断改进。不仅抗战文学研究受到重要报刊的普遍重视，而且出现了研究抗战历史文化的专门杂志，如《抗日战争研究》《抗战文化研究》《抗战史料研究》等。近年来，抗战时期文学研究也成为国家、省部级项目资助的重要课题。有学者在对1984—2012年中国现代文学博士论文论题的统计分析中发现，"'抗战'时期作为一个特殊的时段，也受到了一定的关注"。① 不仅其间的英雄叙事、流亡文学、文艺期刊、戏剧运动等是选题热点，而且张爱玲、老舍、沈从文、钱锺书、冯至、穆旦等作家的战时写作引起了学者们的持续关注。

在抗战历史、抗战文化研究不断掘进的过程中，抗战时期文学版图得到了梳理，史料的整理形成了阶段性的成果，陆续出版了一批资料丛书，保存了不同时期所收集的抗战时期文艺理论、文艺活动和文学作品的资料。其中大型书系有：列于《中国新文学大系》第三辑（上海文艺出版社1990年版）的20卷1937—1949年的文学，列于《中国新文艺大系》（中国文联出版公司1996年版）第三

---

① 洪亮：《1984—2012中国现代文学博士论文选题分析》，《中国现代文学研究丛刊》2013年第7期。

辑的 15 集 1937—1949 年的文学与艺术，列于《世界反法西斯文学书系》（重庆出版社 1994 年版）的 12 卷 20 世纪30—50 年代中国反法西斯斗争的文学。另外还有抗战时期的专门书系，解放区、沦陷区、"孤岛"及大后方各区域都相继出版了比较系统的文学丛书：先有 16 卷 700 万字"延安文艺丛书"（湖南人民出版社 1984—1988 年版）和 5 辑 50 册"上海抗战时期文学丛书"（福建人民出版社 1982—1985 年版）；后有《中国抗日战争时期大后方文学书系》（重庆出版社 1989 年版）10 编 20 卷 1200 万字、《中国解放区文学书系》（重庆出版社 1992 年版）9 编 22 卷 1400 万字、《中国沦陷区文学大系》（广西教育出版社 1998 年版）7 卷 8 册 540 万字、《伪满时期文学资料整理与研究丛书》（北方文艺出版社 2017 年版）3 卷 34 册近 1000 万字，还有 8 卷 14 集的《东北现代文学大系》（沈阳出版社 1996 年版）中包含的 1931—1945 年的东北文学。另外，还有孔范今主编的《中国现代文学补遗书系》（明天出版社 1990 年版），意在弥补中国现代文学出版方面的缺憾，其中收录的"补遗"之作包括抗战时期的王向辰、梅娘、徐訏、无名氏、关露、赵清阁、爵青等的作品；中国现代文学馆在 20 世纪末编辑中国现代文学百家文库（华夏出版社 1997 年版），将沦陷区作家张爱玲、梅娘、袁犀、关永吉、爵青等纳入了中国现代文学百家经典；黑龙江大学出版社推出 10 卷本"抗战时期黑土作家丛书"（黑龙江大学出版社 2011 年版），收入萧军、萧红、罗烽、白朗、舒群、金剑啸、高兰、塞克、罗荪、关沫南 10 位有重要影响的黑土作家作品集。这些都是对抗战时期文学做全面开掘工作的一份努力，不同时期、不同区域、不同角度对抗战时期文学作品的收录都在力图还原一个曾有的文学世界。特别是 2016 年国家社科规划办专门设立了抗日战争研究专项工程，建设了"抗日战争与近代中日关系文献数据平台"，整合了史料资源，为各领域的研究打下了基础。

　　抗战时期文学研究除了广泛整理作品，还对抗战时期文学资料进行了爬梳。有的资料藏于抗战时期综合书刊之中，如《国家图书馆藏民国时期抗战图书书目提要》（国家图书馆出版社 2010 年版）中的文学子目，《抗战时期期刊介绍》（社会科学文献出版社 2009 年版）及《红色档案——延安时期文献档案汇编》（60 册，陕西人民出版社 2013 年版）、《抗战文艺报刊篇目汇编》（四川省社会科学院出版社 1984 年版）、《抗战文献类编》（文艺卷 5 册，国家图书馆出版社 2010 年版）中的战时期刊文献资料；还有贵阳市档案馆对民国时期原始报刊的文献整理形成的"解密贵阳档案丛书"，其中《抗战期间贵阳文学作品选》（贵州人民出版社 2008 年版）收入不同政治立场的作家作品 200 余篇。抗战时期文学的各类专门研究资料也逐步分区域积累起来，如《抗日战争时期延安及各抗日根据地文学运动资料》（山西人民出版社 1983 年版、知识产权出版社 2010 年版）、《中国沦陷区文学研究资料总汇》（黑龙江人民出版社 2007 年版）、《东北现代文学史料》（1—9 辑，辽宁省社会科学院文学所编）等。

　　抗战 14 年的文学在文学通史中、现代文学史中逐步得到呈现，抗战时期文学史分区域、分时段地逐步丰富起来。在较早的中国现代文学史的叙述中，抗战时期文学一般都被放在 20 世纪 40 年代的时段中。在跌宕起伏的 20 世纪 40 年代，常作为特别的文学年份格外受到关注的有 1942 年、1948 年，如李书磊《1942：走向民间》（山东教育出版社 1998 年版）、钱理群《1948：天地玄黄》（山东教育出版社 1998 年版）。抗日战争时期没有在文学史上进行鲜明的分段。研究者较关注转折时代的知识分子心路历程，如钱理群的《精神的炼狱》（广西教育出版社 1996 年版）、赵园的《艰难的选择》（上海文艺出版社 1986 年版）、范智红的《世变缘常：四十年代小说论》（人民文学出版社 2002 年版）等。

　　在中国现代文学史中，作为 20 世纪 40 年代文学的一部分，抗战时期文学版图往往被分割成通常所称的"解放区""国统区""孤岛""沦陷区",各区域文学所受的关注度不均衡。总体上来说,解放区文学研究较多,国统区文学尚有很大空间,沦陷区文学研究才逐步受到重视。较早的文学史著作,如唐弢主编的《中国现代文学简编》、黄修己的《中国现代文学简史》等中,述及战时沦陷区师陀、张爱玲等作家。20 世纪 80 年代,境外中国文学史著作,如美国耿德华的《被冷落的缪斯——1937 至 1945 年上海北京的文学》(哥伦比亚大学出版社)等几部文学史中,沦陷区文学得到了进一步关注。中国台湾刘心皇的《抗战时期沦陷区文学史》(成文出版社有限公司 1980 年版)是沦陷区文学研究较早的专著,虽然观点立场上较为政治化,但在史料的搜集整理上具有开创之功。此后张泉的《沦陷时期北京文学八年》(中国和平出版社 1994 年版)和《抗战时期的华北文学》(贵州教育出版社 2005 年版)、陈青生的《抗战时期的上海文学》(上海人民出版社 1995 年版)、徐迺翔和黄万华的《中国抗战时期沦陷区文学史》(福建教育出版社 1995 年版)等著以历史主义的治学态度使沦陷区文学文学史地位和文学面貌得到了关注。在大分区的基础上,近年抗战时期文学研究区划越来越细致,分区域、分主题、分文体深入开展,根据地、大后方、国统区、沦陷区、东北地区、重庆、桂林、昆明等地域区划研究成为抗战时期文学研究中常见的手段。

(三)抗战时期文学研究的未竟突破

应该说,抗战时期文学研究的资料在不断积累、观念在不断更新,这有助于对这份文学遗产的有效继承。但是,抗战时期文学研究,"仍然是中国现代文学研究领域中最为薄弱的一个环节"[1],"抗

---

① 靳明全:《抗战文学研究的新收获——评王学振新著〈抗战时期大后方文学片论〉》,《海南师范大学学报》(社会科学版)2014 年第 2 期。

战文学方面的论文不多，有新意的更少"。① 专家指出，抗战时期文学研究存在的主要问题，"一是对抗战文学价值的估量不足，二是对正面战场题材关注不够，三是研究视野尚嫌狭窄，四是比较框架有待建立"。② 笔者以为，抗战时期文学的研究，需要注意到战争的非正常环境对文学的影响，需要重新确立新的评判标准，需要聚焦其发生发展的规律。打开文学与非文学的界限、打开几大区域文学板块的区隔、打开中国现代文学三个十年的分期定势，由外到内地把握抗战时期文学的本体特征才能进一步推进研究的深入。

首先，需要正视战争中文学发展的非常态。

一般来说，时间的淘洗也在参与着文学经典化的过程，但是抗战时期却有些特殊。战火的肆虐、生活的动荡使杂志、书籍的保存十分困难，再加上政治审查、经济压力包括通货膨胀、纸张供给等因素的影响，报刊的生存异常艰难，短命报刊甚多。有许多作品不为世人所知，不是在时间的淘洗中自然淘汰了，而是未及流传就毁于战火或者尘封于不为人知的角落。如萧红，短暂的一生从中国北部的哈尔滨一路流亡至南部的香港，漂泊的生活使作家来不及回顾、总结自己的创作。虽然萧红已经较受研究者注目，但也有不少佚文需要打捞，"新世纪以来发现和再发现的九篇萧红佚文"有一半发表于动荡的 1937 年。③

同时，战争打破了知识分子的原有群落关系，也使得文学生产突破了既有的熟人圈子和刊物平台，作家交往、作品发表的物理范围较战前扩大很多。且不说丘东平、阿垅、穆旦等作家南征北战、出生入死的非常态经历，仅以文协的召集人老舍来说，战前"我一向住在北方，又不爱到上海去，所以我认识的文艺界的朋友并不是

---

① 张中良：《编后记》，《中国现代文学研究丛刊》2011 年第 7 期。
② 秦弓：《抗战文学研究的概况与问题》，《抗日战争研究》2007 年第 4 期。
③ 郭玉斌：《萧红佚文的"待发现"》，《新文学史料》2017 年第 2 期。

很多"①，而抗战后"由青岛跑到济南，由济南跑到武汉，而后跑到重庆"，还"曾到洛阳，西安，兰州，青海，绥远"及川东川西、昆明大理等等。抗战时期的茅盾也是四处奔走，从上海到武汉、长沙、广州、香港，后经越南辗转昆明、兰州到新疆迪化（即乌鲁木齐），又经兰州、西安逃离迪化到延安、到重庆、到香港，后途经桂林、柳州、贵阳重回重庆。可以说老舍等在"八面风雨"中的"流亡"在文化人中极为普遍，重要的作家在流徙的路途之中遭逢八方事，也受到各方力量的左右，其创作的驳杂多维一改和平岁月中的固定有序。历史上永嘉之乱、靖康之乱中士大夫的南渡北迁改变了文化的版图，抗战时期因战争、灾害、政治等原因大规模的迁徙也在流动中造就了异样的文学。固定的文艺阵地、固定的文人圈子、固定的活动范围在抗战时期都发生了变化，这无疑大大增加了文学活动的变数，也增加了抗战时期文学研究的困难。

一方面，战时文学活动的变化增加了文学资料整理的困难。由于抗战时期政治势力的区隔，辐射全国的大报、大书局转移过程中逐步地方化、小型化，间以大量的地方报刊、书局的出现，抗战时期文学资料的零碎化情形很严重。据统计，"1937 年 7 月至 1945 年8 月间，新创办的文学期刊约有 1177 种，占从 1915 年 9 月《青年》杂志创刊至 1949 年 7 月第一次文代会召开这 34 年间创刊、发行的文学期刊数量的三分之一"。而不同于战前文学期刊 90% 分布于上海、北京、南京等少数几个大城市，抗战时期的文学刊物分布极为零散，由沿海向内地，由大城市向中小城市、边远山区乃至海外大规模迁移，流布空间极广。② 文学中心散落，全国性的报刊受到限制，地方性文学报刊囿于一地，在战争中流通更加艰难，相较于全国性、名编辑担纲的报刊流传面窄。李怡指出，要关注地方性文学报刊之于

---

① 老舍：《老舍自传》，南京：江苏文艺出版社 1995 年版，第 136 页。
② 丁婕：《抗战时期文学期刊研究》，《社会科学家》2012 年第 10 期。

现代文学的价值，不仅关注其对全国文学的地域补充价值，而且关注其自身的主体性价值。① 陈子善先生也特别提醒重视张爱玲与20世纪上海小报的关系，并提醒将小报作为钩沉张爱玲佚文的重要线索。在抗战结束后因地域、影响力、政治背景等被边缘化的刊物数量众多，它们包含着抗战时期重要的文化、文学信息。许多学者提出中国现代文学边缘刊物研究的重要性。即不仅要关注抗战时期重要的报纸文艺副刊和纯文学期刊，也要加强对范围广泛的"边缘性刊物"的研究，诸如地方小刊、文化专刊、纪念特刊、校园刊物及增刊、校刊、学报和异域中文报刊等众多非文学期刊的研究。

　　另一方面，战争中文学生态的重置提出了文学研究的新命题。民族战争的大背景下，抗战时期的文学活动失去了和平时期的相对稳定性，处于一种内外关系的重组之中。从外部来说，文学与地域、环境之间的关系处在变动之中，原来特色鲜明的地域文学在流动中交融、冲突、混杂；从内部来说，一个作家、一个流派、一个出版机构的文学风格也在流动中兼有继承与新变。因战争而被迫打开的文学世界迎接着时代风云与流离辗转中的种种新质。因此，有研究者提出，抗战时期的文学研究要加强整体观②，大城市的物质文明与思想文化因在战争中的大迁徙散落到边远、落后的地区，时代巨变下各区域文学、各文学群体在聚合过程中交融碰撞、互相渗透。如重庆文化、巴蜀文化、西南文化等对外来作家的重塑，又如外来思潮对西部地区的文学影响，都是文学在战争中的流变。研究学衡派的学人说道，"从人员流动、思想文化播迁的角度来动态地审视新兴出版据点与原有相关主流报刊之间沉浮兴衰的互动关系，更能深入理解抗战情境下新闻出版、文化学术的流变脉络"，他们提出打破

---

① 李怡：《地方性文学报刊之于现代文学的史料价值》，《中国现代文学研究丛刊》2010年第1期。
② 邵国义：《整体观：研究抗战文学的一个重要问题》，《兰州学刊》2006年第7期。

"中心/边缘、东南/中西部、沿海/内地、都市/乡村等现代中国发展二元格局的视野",并"特别注意到战时出版后方大转移对内地学术文化的深远影响"。① 流动的文学要求灵活的文学研究视角。

另外,抗战时期文学创作的复杂情形还体现在跨文体创作中,如老舍为了通俗宣传抗战,写过鼓词、儿歌、通俗歌谣,包括歌词,这些作品如用战前的文艺标准来进行衡量往往被认为是抗战救亡的应急之作,若从老舍旗人身份在抗战文艺活动中的强化来看,这些民间通俗文艺对于老舍而言却有着特别的家国意味,值得研究;抗战时期的文言创作及外文创作的回译等也与战前意义不同,文言创作中的民族情感寄托显然逸出了现代与保守的单一视域。

其次,需要警惕僵化政治立场对文学研究的限制。

对于抗战的历史,文学与文化的研究一直存在摆脱片面政治化影响的呼声。随着 20 世纪 80 年代后的思想解放,对抗战时期历史的认识也在逐步走出误区,关于沦陷区文学、国民政府及正面战场的叙述等都在慢慢得到研究界重视。拨开迷雾还需克服民族情绪、政党立场的局限,回到历史的空间中对抗战时期文学作客观的辨析和中肯的评价。

抗战时期的同仇敌忾、共击外侮,促进了国民的民族意识觉醒,推动了中华民族共同体的进一步巩固。民族危亡时刻激发了知识分子对时代家国、对黎民百姓的担当意识,复活了传统士大夫"天下兴亡,匹夫有责"的行为模式。老舍说,"一个读书人最珍贵的东西是他的一点气节"。② 抗战时期对文学政治性的要求不仅是官方号召,也是民情的自然诉求,"抗战高于一切",救亡成了最大的道德。

然而,民族国家的伦理立场对当时的文学创作和战后的研究都

---

① 张国功、苗旭艳:《抗战情境下主流文化学术刊物的地方化扩散》,《出版科学》2016年第 1 期。

② 老舍:《老舍自传》,南京:江苏文艺出版社 1995 年版,第 127 页。

是一种潜在的道德约束。检视抗战时期文学，很多研究者认为亡国灭种的现实困境限制了抗战书写的深度开掘，民族立场使得作家们难以从生命的、哲理的、人性的高度思考战争。而事实上，这些思考在抗战时期知识分子中是已经展开的。抗战时期著名作家的未完成稿数量众多，这是一个值得关注的现象。茅盾的《第一阶段的故事》《腐蚀》《霜叶红似二月花》、老舍的《蜕》、萧红的《马伯乐》、沈从文的《长河》、师陀的《荒野》等都是抗战时期未能完成的书稿。撇开战争所造成的主客观原因，作家知识分子和国民双重身份的焦虑，也是重要原因。政治与审美的双重要求使得抗战时期的文学创作呈现出驳杂的面貌。因此，抗战文学研究专家呼吁"确认抗战文学经典，须有实事求是的历史主义眼光"。①脱离历史情境，一味地以理论化的评价要求包括这些名家残稿在内的文学作品，则难以看到知识分子在抗战中所做的种种文学尝试。民族国家立场下的文学评价乐于传扬铁血抗战的作品，而对民族抗争之外的日常生活、哲理反思的书写研究不深入，如对张爱玲等沦陷区作家的评价，对徐讦、无名氏等畅销作家的评价都未能充分展开。对生命的敬畏、对死亡的恐惧，是人类生存的本原困境。战争的非常状态最能够催生关于死亡、关于生命的思考，冯至、师陀、废名、路翎、徐讦等作家对战争书写多向度的探索应该成为国人熟知、认可的名作。

由于民族情感和党派立场的影响，根据地、国统区、沦陷区文学受到研究关注的程度是不同的。抗日敌后根据地文学体制与新中国一脉相承，其最早得到重视，最早进入研究视野。沦陷区作家在政治判断中被全盘否定，"文化大革命"结束之后人们才开始破除偏见，不再以"汉奸文人"简单否定，开始对伪满、伪华北、汪伪等

———————————

① 张中良：《抗战文学经典的确认与阐释》，《山东社会科学》2018年第6期。

政权的军政机关刊物进行搜集。张毓茂等学者提出加强对沦陷区文学的研究，"填补现代文学研究的空白"①。1993年《中国现代文学研究丛刊》推出"沦陷区文学研究专号"，对这一部分的研究有很大推动。此后对沦陷区文学资料的积累、具体作家作品等的微观研究都有令人欣喜的收获。然而，从"要填补空白"到"如何填补空白"，还有许多工作需要做。②沦陷区文学的研究还需从细部走向宏观，不仅要关注各沦陷区的总体风貌，还应将其放在整个民族国家言说的大体系中进行统观。对沦陷区文学的研究不能剥离民族战争的大背景，也不能剥离异族统治的异态时空，应综合考察其文学审美的价值与政治表达的策略。

许多学者提出，抗战时期文学的研究需要从"整个中华民族"出发，"科学、完整、准确地展示中国抗战文学的伟大辉煌历史"③。但是，抗战时期民族矛盾、阶级矛盾甚至政党内部的矛盾错综复杂，这也导致文学的呈现是不完整的。如阿垅的《南京》完成于南京沦陷不到两年的1939年，曾获得中华全国文艺界抗敌协会征文的一等奖，但是由于揭露了国民党上层在南京保卫战中的战略失误而为当局不容，直到南京沦陷五十周年后的1987年才以《南京血祭》为名正式出版。又如卞之琳的《山山水水》创作、修改、转译历时10年，"这部小说在有印刷便利条件的国民党统治区会被认为有'政治问题'"，又在不久后的"热潮"中被"付诸一炬"，"俨然落得个六根清净"④。研究者指出，这部残缺的小说"真正意义并不是其本身的文学成就，而是卞之琳通过这部小说的创作所提出的问题，即作

---

① 张毓茂：《要填补现代文学研究的空白——以沦陷时期的东北为例》，《中国现代文学研究丛刊》1983年第4期。
② 参见张泉《试论中国现代文学史如何填补空白——沦陷区文学纳入文学史的演化形态及存在的问题》，《文艺争鸣》2009年第11期。
③ 陈青生：《树立国家主体理念 改进抗战文学研究》，《现代中文学刊》2014年第5期。
④ 卞之琳：《山山水水（片断）·卷头赘语》，《地图在动》，珠海：珠海出版社1997年版，第122～125页。

家如何处理他的文学与他所身处时代之间的关系"。① 以此观之，抗战时期文学要放在历史的诸多曲折中考察。

政治上的种种原因，使抗战时期文学的散佚、回译、异本现象很复杂。除了由于时间带来的遗忘和散落之外，抗战时期一些作家作品的传播还与文章本身的性质及刊物背景有关。有的作家因对作品内容有所担忧不予再版，不收入文集或全集。如老舍《四世同堂》中文版的残缺及英译稿的回译，是抗战时期文学中的一种独特现象。很久以来对《四世同堂》的研究都集中于民俗和国民性批判等，而老舍所坚持的作为"抗战派"的创作真实记录了战时中国政治、历史、文化的多维景观，值得关注。② 同样，老舍抗战主题的小说《鼓书艺人》只有英文版，未出中译本，新中国成立后老舍以相似的人物设置另创作的剧作《方珍珠》，变化了主题、位移了时代。这也是可以透视时代政治的一个细节。抗战时期在国共合作的大背景下，不同政治立场的知识分子在抗日民族统一战线中交往、活动必有交集。但战后有作者因顾虑文章发表的刊物背景，往往对"出身不好"的作品主动遗忘或隐匿。如新近发现冰心、柳青在国民党主办刊物上发表的作品等都未收入作家文集。③ 这些都对抗战时期文学面貌的复原、追溯留下了羁绊。萧乾在 20 世纪 70 年代末著文说，"一种奇特的现象"，"许多具有反动政治背景及倾向的报纸，其文艺副刊的编辑方针往往并不同该报社论亦步亦趋，有时甚至会背道而驰"。④ 这种说法是那个年代里对"反动刊物"副刊一种委婉的辩解，还是对现代刊物复杂情况的揭示，其间很有研究意义。

---

① 李松睿：《政治意识与小说形式——论卞之琳的〈山山水水〉》，《中国现代文学研究丛刊》2012 年第 4 期。
② 史承钧《老舍〈四世同堂〉中的国民政府抗战》[《上海师范大学学报》（哲学社会科学版）2007 年第 4 期] 对《四世同堂》以及老舍有生之年不出文集、全集有详述。
③ 刘宁：《当代陕西作家与秦地传统文化研究》，陕西师范大学 2011 届博士学位论文。
④ 萧乾：《鱼饵·论坛·阵地——记〈大公报·文艺〉，1935—1939》，《新文学史料》1979 年第 2 期。

抗战时期文学作品的"异本"现象也值得注意。"在意识形态、审查制度、传播方式、语言规范和文学成规等外力的作用下,在作家'悔其少作'等内因的驱动下,许多新文学作品都出现了众多版本。"① 在文学作品的版本校勘方面,众多学者提倡"初版本主义",但是抗战时期文学作品的初版本往往随刊随写,受动荡时局、辗转生活的影响很大;而精校本又往往历经不同历史阶段,受到时代潮流、主流话语的外因和自身思想意识转变的内因综合影响。连载本、发表本、单行本、文集本在抗战时期文学研究中都得甄别、注意。

研究抗战时期文学,需要注意片面强化阶级矛盾、政党冲突的倾向。抗战时期与解放战争时期整个国家的主要矛盾是不同的,国共合作是抗战胜利的基础。抗战时期文学的政治区隔之上是同样的民族战争大背景。在关注抗战时期文学地域区隔的政治异质性之外,应该更加关注当时所有区域文学在民族意识、民族化等方面的共同质素。

最后,需要避免现有文学史分期的遮蔽。

在中国现代文学史中,抗战时期文学通常作为 20 世纪 40 年代文学的一部分。唐弢、严家炎的《中国现代文学史》、钱理群等的《中国现代文学三十年》都是如此。这样,在中国现代文学 32 年的历史中,抗战时期 14 年的文学被割裂在 20 世纪 30 年代和 40 年代的两个阶段之中,无法对抗战时期文学的内涵、属性进行专门而清晰的解说。这种历时化的文学史描述也难以呈现战争背景下不同文学空间同中有异、既区隔又联系的文学生态。

在三个十年的中国现代文学史分期中,1937 年抗战全面爆发是一个节点,通常 1942 年的延安文艺座谈会又是第三个十年的转折点。这一分期对文学规律的把握较为笼统,使第三个十年的文学面

---

① 金宏宇:《新文学研究的版本意识》,《文艺研究》2005 年第 12 期。

目含混、主线不明确，这引起了许多学者的注意，"在谈论文学史时，'40 年代'的所指最缺乏明确性"，学者认为这与"研究者对这一时期的历史意义认识不清、对这一时期的文学状况的清理不足"有关。① 这样的分期也影响了对中国当代文学的描述。在洪子诚等学者关于当代文学发生的研究中，抗战结束是一个文学新纪元的开始。洪子诚指出，中国当代文学的生成应"从 1945 年，就是抗战结束开始"。这也提示我们抗战时期文学本身自有其发展规律，同时其对中国现代文学在战后走向成熟有着重要影响。抗战时期文学"值得重视，是有着多样的可能性和展开的方式"，它"酝酿、存在着多种文学路向、趋势"。② 而当代文学视角下对 20 世纪 40 年代文学的回溯式研究，使 20 世纪 40 年代文学成了一段"史前史"，抗战时期文学杂糅其中，更缺少深入的实质性研究。

1942 年延安文艺座谈会在抗战时期文学主潮中具有引领地位，但从民族战争中跳脱出来，剥离了延安文艺座谈会召开的历史氛围，反而不能彰显其历史价值。这也使抗战时期文学处于断裂、模糊之中，使抗战时期占大多数的国统区文学处于研究视角的边缘，也忽略了战后"文艺复兴"的丰硕成果。抗战时期文学是中国现代文学的重要组成部分，在时间上占到近一半。14 年抗战史观确定以"九一八事变"为抗战起点，这要求抗战文学的研究应在抗战历史文化的整体背景下进行，也要求对 14 年抗战史与中国现代文学三十年的关系进行重新思考。文学研究表明："九一八事变之前和之后的文学，不论是题材内容还是艺术形式，都有了巨大的转变。九一八既是中国抗战的起点，也是十四年抗战文学的起点，更是中国现代文学发展道路的重要转折点。"研究者指出，14 年抗战史观"意味着

① 邵宁宁：《40 年代后期文学的历史定位问题》，《文艺争鸣》2007 年第 3 期。
② 洪子诚：《问题与方法：中国当代文学史研究讲稿》，北京：北京大学出版社 2010 年版，第 128 页。

对抗战文学的历史谱系重构，对抗战文学的丰富性与复杂性的重新探究"。① 抗战后，中国文学才真正从启蒙文学、左翼文学走向了民族文学，并在 14 年的艰难曲折中实现了民族文学的壮大，以文学展现了民族生活、民族精神和民族特色。

要关注抗战时期文学完整的发展变化轨迹，关注其从局部到全国的发展态势，关注其开始阶段的昂扬、相持阶段的深化、战争后期的变化以及战后的复兴。不仅如此，还应该看到在中国新文学史的启蒙话语中考察抗战时期文学总有捉襟见肘的地方，因为以五四为起点的中国新文学到了抗战时期出现了发展中的回旋。在抗战时期多种话语力量的交错博弈中，五四传统与中国古典传统得到了重新审视，这两支源流在抗战时期的文学中出现了一次深层的汇流。② 五四先锋质素在常态文学中的"在地化"生根与中国传统文化的调整继承，产生了既不同于中国古典，也有别于西方典范的文艺之花，促进了中国文学的成熟。救亡与启蒙深层次上的对立统一、错综纠结乃是中国抗战时期文学表达的复杂之处和可贵之处。对于抗战时期涌现的一些作家，如赵树理、张爱玲、路翎、穆旦等，也只有回到抗战时期的历史语境，才能理解和准确评价。又如旧体诗的创作在抗战时期带有民族文化身份确认的明显意义，是文化人得以思接千古的一种方式。陈平原先生在分析"抗战中西南联大教授的旧体诗作"时指出，"抗战中教授们的'漂泊西南多唱酬'，是有特殊因缘的"，兼有"自传"和"诗史"的价值。生逢乱世、流徙"入蜀"的读书人追慕杜甫，自觉承续了"中国文学史上独特的'诗史'传统"③，这

---

① 张武军：《十四年抗战史观与中国现代文学三十年阐述框架新议》，《文艺争鸣》2020年第7期。
② 参见张谦芬《在解构中沉潜：上海沦陷区小说的"五四"底色——兼议抗战时期文学民族化》，《社会科学》2014年第11期。
③ 陈平原：《岂止诗句记飘蓬——抗战中西南联大教授的旧体诗作》，《北京大学学报》（哲学社会科学版）2014年第6期。

不是对传统文化的简单复归。

抗日战争爆发后，文学民族化思潮表现出一定程度的后撤，呈现出现代化线性发展的被迫停顿。这并不是中国现代化发展的倒退。抗战时期文学复活了传统和民间的两大文学资源，民族化的时代主潮使文学走向乡村、走入市井，与中国底层社会进一步接触，促进了中国社会发展的民族化定位。在 20 世纪 40 年代的历史中，值得关注的文学年份不仅应有 1942 年、1948 年，还应有 1945 年。纵观抗战时期文学，不得不承认整个 20 世纪 40 年代是中国现代文学的丰收期，尤应关注抗战背景下民族化思潮对中国新文学成熟的促进作用。因此，需要重新评价民族化思潮对文学嬗变的内在影响，需要关注抗战背景下民族化思潮促进中国新文学成熟的内在机制。

只有把抗战时期的文学单独作为一个整体，才能在对文学空间的解析中看清其发展的脉络，在剖析抗战时期文学空间与五四时期整体异质性的基础上厘清救亡与启蒙、现代与传统等复杂的话题。回到历史的现场，应加强对史料的梳理、解放思想、去除定势，以原始资料、历史数据检视抗战时期文学类书籍、期刊、报纸，还原抗战时期文学生产与消费的整体状况。尽量以"无意图状态""空着双手""进入无边无际的历史海洋"。[①] 同时，只有单独把抗战时期的文学作为一个整体，才能观照当时各政治区域内部文学生态的复杂性、多元性。时代政治要求的变化、作家生活创作空间的改变、作者与读者关系的调整都带来了各区域文学的共性与差异性。文学书刊的出资方式、地域分布、发行渠道、评奖推介、存活时间等变化都参与着文学新生态的形成。诸如北京（北平）、上海、延安、重庆、桂林、昆明等几个文学中心，在时代精神、政治规约的影响下

---

① 〔日〕沟口雄三：《关于历史叙述的意图与客观性问题》，孙歌译，贺照田主编《颠颠的行走：二十世纪中国的知识与知识分子》，长春：吉林人民出版社 2004 年版，第 333 页。

文学观念、文学面貌都有新变。应摒弃政治与艺术标准的双重偏至，在民族的、国家的视角下综合评价抗战时期文学创作的内容与形式；应拓宽抗战时期文学的视野，考察战争与社会变迁、文学荣枯的辩证关系。

第一章
空间理论与抗战时期小说研究

　　国内外的抗战时期文学研究已注意到其中的复杂状况和多元探索的趋势，只有抓住抗战时期文学空间与文学活动的互动关系，才能整体而细致地把握抗战时期特殊的文学生态和文学面貌，也就可以对抗战时期文学作出准确的定位和评价。文学一直被认为是时代记录的资料库，而小说作为新文学的重要体裁，最为明显地呈现了其复杂性。正如王德威把小说作为"想象中国的方法"，"小说曾负载着革命与建国等使命，也绝不轻忽风花雪月、饮食男女的重要"，"比起历史政治论述中的中国，小说所反映的中国或许更真切实在些"。"过去一个世纪以来，小说记录了中国现代化历程中种种可涕可笑的现象，而小说本身的质变，也成为中国现代化的表征之一。"①以空间理论考察抗战时期文学时，小说又是最具有典型性的体裁。迈克·克朗在《文化地理学》中评论哈代小说时指出："作为一种文学形式，小说具有内在的地理学属性。小说的世界由位置和背景、场所与边界、视野与地平线组成。小说里的角色、叙述者、以及朗读时的听众占据着不同的地理和空间。任何一部小说均可能提供形式不同，甚至相左的地理知识，从对一个地区的感性认识

---

① 王德威：《序：小说中国》，《想象中国的方法：历史·小说·叙事》，北京：生活·读书·新知三联书店1998年版，第1页。

到对某一地区和某一国家的地理知识的系统了解。"① 空间理论可
以成为研究抗战时期小说的一种视角。

在现代化思路中，时间相对空间拥有绝对优势。空间往往被理
解为固定的、静止的场所，现代小说往往是表现人物在空间中的时
间性建构。其实，空间不同于传统小说理论中的"背景""环境"
"地点""场景"等，不是小说要素中最为次要的闲笔和点缀。在现
代空间理论中，动态的空间是其核心理念。西方哲学注重空间的研
究，从康德到存在主义、结构主义、解构主义都对空间有关注。自
20 世纪 70 年代以来，后现代理论打破历史决定论下线性时间的统治
视域，将空间概念带回到社会理论的架构之中，哲学社会科学呈现
出明显的"空间转向"。福柯说"当今的时代或许应是空间的纪
元"②，列斐伏尔以空间的生产性为基点奠定了后现代空间理论的基
础③，布尔迪厄、福柯、吉登斯、克朗等理论家从不同的侧面丰富了
空间理论的含义。

列斐伏尔在《日常生活批判》《空间的生产》等著作中具有洞
见性地指出了空间的生成性，指出空间不是静止不动的容器，空
间之中弥漫着社会关系，空间不仅是社会关系发生的场域，也被
社会关系所生产；福柯以"异质空间"等概念展开探索，指出在
一种文化文明之中往往存在着另一种真实的空间形态，不同空间
之间具有差异性、不可通约性，特别是监狱、医院等"另类空间"
之中暗藏复杂的权力运作，这些概念对研究异族入侵时期的文学
生态具有极大的启发意义；布尔迪厄从场域理论关注"文学场"
的形成，并以"空间区隔"理论解析空间形成中的制约因素；吉

---

① 〔英〕迈克·克朗：《文化地理学》，杨淑华、宋慧敏译，南京：南京大学出版社 2003
年版，第 55 页。
② 〔法〕米歇尔·福柯：《不同空间的正文与上下文》，包亚明主编《后现代性与地理学
的政治》，上海：上海教育出版社 2001 年版，第 18 页。
③ Henri Lefebvre, *The Production of Space*, Blackwell Publishing, 1991.

登斯注意到在现代社会媒介传播的推动下"时空分延"而导致的空间并置、拓殖、"脱域";克朗则从社会学聚焦于"文化地理学",研究文化对日常生活空间的影响,并考察文学作品中人文地理景观的建构;而弗兰克等较早开始研究"现代小说中的空间形式",从新的视角解释福楼拜、普鲁斯特和乔伊斯等的创作实践,涉及诸如读者的心理空间、故事的物理空间和语言的空间形式等问题。[1]

空间理论不仅仅是舶来的后现代理论,它与中国的人文地理学研究也意味相合,都是对人地关系、人人关系的空间研究。20世纪80年代以来文学与地理、地域的关系引起了研究者的注意,文化地理学、文学地理学研究悄然开始。1986年,金克木在《读书》杂志著文指出,中国文艺研究"长于编年表而不重视画地图,排等高线,标走向、流向等交互关系"[2],其后《读书》杂志持续关注空间研究,刊载了一系列文章,呼吁社会历史研究从人文地理的视角注意地域空间的因素[3]。1995年严家炎主编的"二十世纪中国文学与区域文化丛书"(湖南教育出版社),是国内较早大规模从区域文化角度研究文学的系列专著。严家炎先生在总序中提醒,对文学地域性的理解不可"过分集中在山川、气候、物产之类自然条件上",也要重视"人文环境的诸般因素"。[4] 这一重大成果主要考察的是历史沿革中相对恒定的地域文化与文学之间的关系,主要关注的是不同区域文化影响下不同特质的地域文学,以及作家出生地文化在其创作中胎

---

① 〔美〕约瑟夫·弗兰克等:《现代小说中的空间形式》,秦林芳编译,北京:北京大学出版社1991年版。

② 金克木:《文艺的地域学研究设想》,《读书》1986年第4期。

③ 孙歌《在异质空间中思索"空间"》、王铭铭《空间阐释的人文精神》、赵世瑜《从空间观察人文与地理学的人文关怀》、李孝聪《传统文化与地域空间》、陈伯冲《寻找失落的空间》、张永和《坠入空间》、王明贤《空间为什么被人忽视》、张永和《文学与空间》等文于1995—1998年在《读书》杂志相继刊出。

④ 严家炎:《〈20世纪中国文学与区域文化丛书〉总序》,《理论与创作》1995年第1期。

记般的烙印。地域文学的研究更加关注区域内历时的文化积淀，而难以呈现一定时代背景下不同区域之间互相区别又互相流动的共时性。1997 年张世君出版《〈红楼梦〉的空间叙事》，将空间理论应用于文学的内部研究，从关注"空间之中的文学"走向解析"文学中的空间"。2011 年开始，在中国文学地理学会的推动下，文学研究者对文学的地理区域特性和空间分布、空间结构等都进行了探讨，展开了对文学生态、文学空间等问题的思考，文学中心转移的话题对抗战时期文学研究有启发价值；近年，龙迪勇在长期研究的基础上提出"空间叙事学"，开创了空间维度的叙事学研究。[1] 中国的人文地理学研究也逐渐跳脱出地域文学研究的局限，不仅关注区域内历时文化积淀对文学的形塑，而且试图呈现一定时代背景下不同区域之间互相区别又互相流动的文学共时生态。

空间视域注目于共时状态的多维景观和不同因素的作用与反作用的耦合关系，这与抗战时期文学的研究相契合。抗战时期文学的生成和传播、重述是一种空间性的存在。空间视角下的文学描述有助于对线性文学史进行丰富，可以补充主流文学之外的文学活动的共时景观。伊格尔顿曾指出文学的本质"事实上不可能'客观地'加以限定"，而应在其所处的"社会背景关系中"把握。[2] 借助空间理论的新视角，以文学生态为研究支点，既可以揭示抗战时期与战前不同的文学空间对文学活动的重大影响，又可以对抗战时期文学不同的民族化路径作细致的描画。梳理、剖析抗战时期文学生态整体上的异质性和内部的多元性，可以揭示抗战时期诸种文学力量相互制衡、彼此催生、对抗交融的动态关系。一方面应关注抗战时期中国文学外部空间的改变和重组，其不仅影响了文学创作的内容和

---

① 龙迪勇：《空间叙事学》，北京：生活·读书·新知三联书店 2015 年版。
② 〔英〕特里·伊格尔顿：《当代西方文学理论》，王逢振译，北京：中国社会科学出版社 1988 年版，第 25 页。

形式，也改变了文学活动的立场和视角，改变了文学的创作方式和传播媒介及文学评价方式。战争爆发后，时代氛围、人员流徙、机制调整对文学题材、文体样式、传播方式产生了深刻的影响，原先相对封闭的五四话语与民间生活、底层文化有了难得的历史性相遇。民族救亡的时代使命下，知识分子文化与底层民间文化产生了复杂互动，新文学自足的文化体系遭到了前所未有的挑战，弱势文化进入文学空间，营造了文学生产、传播的新空间。另一方面应借用场域互动理论关注各政治区域内部文学空间的非均质性，以及各统治区域内政治、经济、文化等多角关系的作用与反作用。由于不同政治力量的区隔和形塑，抗日战争时期国民党统治区、共产党领导下的敌后根据地以及各沦陷区在政治主导力量、地域文化传统等的作用下，文学景观各异，而在极具对照性的文学区域生态中，文学民族化的追求又是或显或隐的共同趋向。

第一节 隔与徙：抗战时期的文学空间

抗日战争持续时间长，不同区域的文学存在极大的差异。从一定的视角来看，由于不同区域的主导政治力量不同，其文学的面貌也会迥然不同，文学史对 20 世纪 40 年代文学通行的国统区、解放区、沦陷区（孤岛）的分类便是基于此。然而，这种简单的区划往往不能细致地贴近历史的现场。抗战时期不同政治力量的势力范围一直处于变动之中，其间，人员往来、信息互通、文艺交流等在一定时期内或明或暗地存在着，同一民族文学在战争之中又有着极为突出的异域同声、殊途同归现象。因此，对抗战时期文学区划的描述有助于揭示不同政治区域文学的不同风貌，但民族战争背景下不同区域汉语写作间的跨界呼应、流徙融汇还应在空间理论的视域下重新考察。

一　不确定的区划

在中国现代文学史中，文体的划分和区域的划分是文学史最常用的两种研究方式。抗战时期文学按区域分为国统区文学、解放区文学、沦陷区文学以及孤岛文学等。这种对某一时段文学进行分块的研究有利于局部的深入和细致的解析。区域划分有助于厘清研究对象的空间范围，有助于"使它的内容得以固定化"，表现为"稳定化和牢固的秩序"。① 因而，区域研究使 20 世纪 40 年代文学几大区域文学的特点描述逐步趋于明确固化，有助于对文学风貌的整体把握。

然而，文学的区域分隔往往有地理、文化、政治等多种标准。抗战时期文学这样的区划主要关注的是政治意识形态对文学的影响作用，这与民族战争的背景有关。正如研究者所说："在抗战时期中国文学地理的建构中，战争将政治的因素骤然加重和放大，作为政治表现形态的社会制度也因战争而突然变为文学地理构成中至关重要的因子。"② 因此，在这种区划下对各区域文学面貌的描述往往带有一种简单政治定性的意味，如国统区文学的灰暗阴冷、解放区文学的质朴明朗、沦陷区文学的妥协颓废、孤岛文学的抵抗斗争。其实，在抗战时期，各区域文学处于发展之中，也处于变动之中。而这一划分的区域命名杂糅了全面抗战时期和解放战争时期两个阶段的指称。据研究者爬梳，"在抗日战争时期，解放区与边区、抗日根据地等相伴出现"，"'解放区'一词最早出现于《新华日报》1944

---

① 〔德〕盖奥尔格·西美尔：《社会学——关于社会化形式的研究》，林荣远译，北京：华夏出版社 2002 年版，第 472 页。
② 王维国：《抗战时期中国文学地理的重新划分——战时中国文学地理研究之一》，《江海学刊》2008 年第 6 期。

年 8 月 7 日的一篇社论"，"最初的意思就是指从日军侵占的沦陷区
'恢复与新开辟的地区'"。到"内战时期"，"'解放区'对应于
'没有民主和自由'的国民党统治区"。① 为了排除解放战争后对抗
战时期文学区划的后置式命名局限，研究者提出对抗战时期中国文
学版图进行重新划分，"首先是对抗战时期的中国文学进行二分，分
别为抗战区文学与沦陷区文学；然后是对抗战区文学的主要区域进
行二分，分别为以重庆为中心的大后方文学，与以延安为中心的边
区文学"。② 这一调整尊重了抗战时期各区域文学的历史身份，客观
地从民族和政党两个层级上进行文学面貌的辨析。

其实，政治主导下的文学区域划分在历史情境中并非如描述的
那样边界清晰。不但其物理边界在战争中不断变动，在各种因素的
影响下其内部空间力量也处于动态的博弈中。区域空间的流动变化
是抗战时期文学最为独特的生态特征。上面所划分的抗战区与沦陷
区政治话语空间不同，确实会影响作家创作和作品风貌，但"沦陷
和未沦陷区域的政治界限是松散和灵活的，而心理和人为的划分却
是僵硬和死板的"。③ 历史的当事人也希望后世的解剖能深入具体的
历史情境，破除"非黑即白"的简单判断。身处其中的作家当时往
往有各自不同的生活处境，害怕被简单判定。各政治力量因战事处
于变动之中，战争不断改变着各区域的边界。抗战区与沦陷区随着
战争不断变化，人员的流徙、作家的聚散也因多种原因始终动荡着，
许多作家在沦陷区、国统区、解放区和孤岛之间移动，其创作受到
多区域见闻的综合影响。区域文学的整体特征，一定程度上是在文

---

① 巴杰、李傲然：《"解放区"的出现及其词义演变》，《郑州航空工业管理学院学报》
（社会科学版）2017 年第 4 期。
② 郝明工：《抗战时期中国文学的区域分化与主导特征》，《中国现代文学研究丛刊》
2009 年第 3 期。
③ 〔美〕傅葆石：《双城故事——中国早期电影的文化政治》，刘辉译，北京：北京大学
出版社 2008 年版，第 85 页。

学史编撰中概括出来的，而在文学史写作的"去芜存菁"中，"文学史的权力"往往有着习焉不察的政治正统化惯性。①

抗战时期，即使是相对稳定的一些区域，其内部各种力量的角逐也在文学创作中形成斑驳的投影。在民族危机的压迫下，战争对中国政治产生了深刻而巨大的影响，形成了极为复杂的战时机制。以大后方为例，国民党统治本身派系林立，共产党政治意识的主动作为，以及中间党派在内的第三种力量等，都造就其话语空间的历史性倾斜。因为民族战争，国民党统治表现出集权与民主两极发展的混杂状况。一方面国民党政权在民族主义的号召下走向高度集权的战时体制，不仅在横向上实现了党政军一体化，而且在纵向上建构了从中央到地方的直线渗透体系。由于民族战争的紧迫形势，战时各种力量的聚合加快了中央政府和领袖人物的集权。另一方面为了动员民众参与保家卫国的战争，国民党政府又不得不营造宽松、进步的社会风气。全民抗战的动员需求加快了抗战时期政治民主化的进程，与集权化的政治体制形成了背道而驰的平衡力。民族战争中的多方制衡，使得区域政治主导力量并不能完全实现一统，这是战时文学空间的复杂之处。最为禁锢的时期往往也最能激发民众对自由的追求。

在政治力量之外，战时经济、民情、风俗以及商业因素、大众趣味甚至地域物理特征等，都会对文学活动产生不小的影响。如抗战时期文学中的"重庆"形象，不仅与战时陪都的政治地位有关，也与作家们在重庆的生活体验有关，与重庆的地理特征甚至天气有关。段从学指出，"以'皖南事变'为节点的抗战文学史分期论"，是"一个需要重新检讨的文学史叙事"。他说，"包括政治在内的任何一种力量，都只能造成事件的开端，而不能控制局面"，"从夏季

---

① 相关思考得到《文学史的权力》（戴燕，北京大学出版社 2002 年版）启发。

大轰炸的角度来解释大后方文学转型"，"是一个更为贴近'抗战'的解释"。①谭桂林在谈深化重庆文学研究时说过，"在文学史的发展过程中，时间性给予的是历史已经有什么，而空间性则表现出历史为什么会这样"。在对文学空间的研究中，只注意"政治纷争""没有注意政治的融合"，"有些问题的研究显得简单化"，"如果不从政治的角度转换到文化的角度就很难再有进展"。②在中国现代文学足足走过百年之后，需要的不是概括地鸟瞰抗战时期文学的区域特征，而是关注文学创作具体的细部时地氛围。

在战争的非正常状态下，各区域之间交流沟通与封闭隔绝有着同样大的力量。首先，在民众的普遍需求下，各种信息媒介都在努力打破盲聋的隔绝状态。因为信息沟通的迫切需要，战争时代报刊的出版数量反而急速增加，而文学期刊也更加贴近生活。抗战时期文学类报刊发行虽受地域限制，但内容上非常注意全国文艺动态的呈现。翻看抗战时期报刊，常见"战地书简""文坛动态""作家行踪"等栏目。如上海的刊物喜欢刊登大后方的风土人情和文苑动态，以显示上海文化与整个民族不可分割的联系，也能给予读者一点"孤岛"不孤的文化呼吸。以沦陷时期上海最畅销的商业杂志《万象》来说，其不仅将彩色插页由时尚追踪改为文人诗书画（如叶绍钧、冰心、施蛰存、丰子恺、朱自清等人的作品），还增设了"新闻卡通""万象闲话""故都通讯""艺文短讯""风沙寄语"等栏目，来报告大后方文艺动态、创作出版状况、文人行踪等，使沦陷区与其他地区互通信息。而杂志对大后方作家（如巴金、曹禺、端木蕻良）、解放区作家（如丁玲）、沦陷区作家（如师陀、唐弢）的评介，客观上为上海文学提供了新的讯息，增加了其与整个文坛的联

① 段从学：《夏季大轰炸与大后方文学转型》，《中国现代文学研究丛刊》2011年第7期。
② 谭桂林：《文化取向与空间定位——重庆文学史研究的几点思考》，《涪陵师专学报》1999年第2期。

系，也使其参与文学空间的组成。再以国统区影响较大的文艺刊物之一《文艺阵地》来说，茅盾立志在政治区隔下办一个"全国性"的杂志，依靠的不仅仅是他个人的声望，也不仅仅是生活书店遍布全国的分支机构，而是战时互通信息的强大需求。茅盾和其他编辑依靠来自全国的稿件，长设"国内文艺动态""国际文艺动态""海外通讯""书报评论""文阵广播"等专栏，把文学杂志变成了全国文坛的瞭望台，和其他类似的杂志一起将政治的区隔撕开了口子。

这些不同政治区域的信息沟通为作家的创作形成了一个大文学空间，也形成了一种看不见的影响力，对沦陷区也有渗透作用。如当时上海电影人非常希望把上海电影发行到大后方，这不仅具有开拓市场的经济意义，而且对处于道德焦虑中的沦陷区文化人具有重要的政治象征意味。再如就周作人在沦陷区的创作来说，胡适远在英伦的敦劝诗、郭沫若在南方的《国难声中怀知堂》、文协十八作家《给周作人的一封公开信》等，一定影响其北京"苦住"时期文学创作的风貌。研究者称沦陷时期的文人学者惯用"隐微修辞"为表达策略，这种文学行为是一种伦理的表达方式。[①] 沦陷区创作中历史题材的故事新编，既是以历史情境互文当下情景，也是对时代要求的一种隐曲的呼应。列斐伏尔说，文学空间不是一个实实在在的物质性场所，"它是连续的和一系列操作的结果……它本身是过去行为的结果，社会空间允许某些行为发生，暗示另一些行为，但同时禁止其他一些行为"。[②] 沦陷区文学创作不仅受制于区域内的日伪统治，也与文人在区域之外大文学场域中的身份建构企图有关。其他区域的文学创作也是这样。如大后方与根据地文学界关于"歌颂与暴露"

---

① 袁一丹：《隐微修辞：北平沦陷时期文人学者的表达策略》，《中国现代文学研究丛刊》2014 年第 1 期。

② 转引自包亚明主编《后现代性与地理学的政治》，上海：上海教育出版社 2001 年版，第 9 ~ 10 页，"序"。

的论争，在区域内外的两重文学场域下观之方更全面。

二　跨区域的主调

抗战时期战事的变动、人员的流动、不同因素的作用，都使各区域文学空间在多方力量的涌动中隔而不断。文学研究过于强调战争中各区域之间的分隔，而未注意到各政治区域动态变化过程中的互相影响和渗透，不能展示出战时文学的独有复杂性。王瑶先生指出，"不同的社会制度和政治背景，形成了不同特点的文学运动"，这是"影响四十年代文学及其理论面貌的"重要因素。"我们的研究与讨论自然应该重视这些'不同特点'，但也应将其放在适当的地位；因为四十年代的中国文艺运动毕竟是在同一时代、同一历史条件下发生的统一的文艺运动，不同地区的'不同特点'是服从于时代的'共同点'并受其制约的。"① 在抗战时期文学的区域性研究中特别需要关注各区域文学区隔与勾连的辩证关系。在同中辨析异，在异中捉取同，是空间理论视域下抗战时期文学研究的基本立场。

抗战时期历史场域变动不居，但民族复兴是时代话语的主要议题，也是全国的舆论共识。受片面强调阶级矛盾、政党冲突的倾向影响，一些抗战文学研究过于强调国共在抗战时期的斗争与对抗。这样笼而统之的论断不能准确地描述共产党在抗战时期复杂时代氛围中的作为，也导致对国共两党抗战贡献研究都不足。② 王瑶先生说："四十年代文学不同于其他历史时代文学的最显著也最基本的特点是：它是在'全民族战争'的特殊条件下的文学。"③ 这一描述用

① 王瑶：《序》，《中国新文学大系（1937—1949）》第一集《文学理论》卷一，上海：上海文艺出版社1990年版，第2页。
② 参见陈元明、韦冬雪《关于共产党抗战的历史虚无主义言论评析》，《马克思主义研究》2016年第2期。
③ 王瑶：《序》，《中国新文学大系（1937—1949）》第一集《文学理论》卷一，上海：上海文艺出版社1990年版，第2页。

在抗战时期文学上更为恰当。在抗战时期与解放战争时期，整个国家的主要矛盾不同，国共合作是抗战胜利的基础，反对外侮是时代舆论的要求。抗战时期文学在地域区隔的异质性之上是民族战争大背景的同一性。民族意识的觉醒和民族主体的建构是战时文学跨区域的主调。

抗战时期民族化思潮的主调非常清晰，一致抗战是当时抗战区和沦陷区普遍的时代心声。姚雪垠回忆说，抗战时他亲身感受到"抗日救亡气氛压倒一切的政治形势"，"青年们为着一个共同的神圣目的，产生了新的人与人之间的关系。只要你是抗日的、进步的，就一见如故，互相关心，互相协助，互相救护。这样道德规范普遍于各地的救亡团体和救亡人士，普遍于日常生活"。[①] 著名的抗日爱国将领冯玉祥提到抗战时期的文艺界状况："在武汉这一个地方，最好的现象是大家都想团结一致，共同抗战。如同汉口成立的'抗战文协'是舒舍予他们领导的。我听说，这些拿笔杆子的文人，平时都是你挑剔我，我批评你，谁和谁都不易在一起；这一次为了打倒日本帝国主义，收复失地，雪我们全民族的耻辱，他们成立了抗战文协，大家都团结起来了，把自己相互指责的精神，集中起来对准敌人进攻！"[②] 由此可见当时文艺界氛围。

大敌当前的外在压力、民心所向的舆论诉求，要求各党派在民族国家的旗号下一致对外。为了动员民众参与战争，国民党政权不得不给予共产党及中间党派生存空间，对国民政权内部各派系、粤桂川滇黔各政治力量放松了统制。战争改变了中国的政治空间关系，使各方面在民族立场下走到一起。抗战全面爆发后，国共两党及社

---

① 姚雪垠：《关于创办〈风雨〉周刊的回忆》，《河南新文学大系》（史料卷），开封：河南大学出版社1996年版，第80页。

② 冯玉祥：《我到河南查看阵地》，《我所认识的蒋介石》，西安：陕西师范大学出版社2006年版，第91~92页。

会各界都以民族国家利益为主导，国旗而不是各党派的党旗在各种节庆、仪式和场所中被普遍使用。在抗战时期的延安也是这样，"据相关资料显示，抗战时期几乎没有关于延安使用中共党旗的报道，甚至连'七一'节也淡出新闻报道的视野"。① 谢伟思对延安的记录中也说道："延安是一座满城旗帜飘扬的城市。每星期天，都照例把旗子高悬起来。旗子当然是中国国旗——'青天白日满地红旗'。没有看见国民党的党旗。而且也不用共产党的红旗。"② 这可作为当时抗日民族统一战线的一种体现。通过对《中央日报》《新华日报》《大公报》的研究发现，不同政治立场的三家大报在抗战的前中期都积极承担起了民族抗战的舆论宣传责任，在激发热情、坚定信心、争取外援等方面表现出殊途同归的目的追求。统计显示，"抗战""反法西斯""国际联盟"成为三家报纸出现频率最高的关键词。③ 虽然报道、评论的题材选择、立场观点有差异，但都将新闻与宣传的重心放在"新中国"民族共同体的建构之上。

共同的民族追求甚至成为抗战时期的最大商机。"九一八事变"之后，《申报》上常有万宝山香烟、马占山香烟、蔡廷锴香烟等大幅广告，如曰"热血同胞，不可不知万宝山事件。爱国男儿，不可不吸万宝山香烟"。为了吸引消费者，商家还刻意将抗战宣传、战况政局等词植入药品补品、毛巾手帕等日常消费品的广告词中，如蚊香广告曰"我们的热血，要为救亡抗敌流血，不能任听蚊虫吸血"，再如"自由农场牛奶"的广告曰"多饮牛奶养成壮健国民，发扬民族精神"。《申报》上一些广告甚至征用了国旗、国徽、国家地图等国

① 李军全：《"统一"与"独立"的双重思虑：中共根据地节庆中的国旗和党旗》，《江苏社会科学》2014 年第 1 期。
② 〔美〕约瑟夫·W. 埃谢里克编著《在中国失掉的机会——美国前驻华外交官约翰·S·谢伟思第二次世界大战时期的报告》，罗清等译，北京：国际文化出版公司 1989年版，第 230 页。
③ 曹炎：《抗战时期〈新华日报〉、〈中央日报〉、〈大公报〉舆论宣传研究》，湖南师范大学 2011 届硕士学位论文，第 49 页。

家象征符号，这也是国难时期特有的现象。研究者称，抗战爆发后，
"《申报》的商业广告从文案设计到广告插图都融入了'国家'的元素"，"广告文案用做标题的中心词语'救国''强国''爱国''国货''国难'等词频繁使用"，这种广告策略"一方面与受众达成'救国'的共识，吸引受众的注意力从而达到其销售商品的目的；另一方面传播了国家观念，显示出战时媒体的责任自觉"。① 商家以民族主义和爱国主义情感打动与激励民众，而文艺界也将抗战宣传作为第一要务，当时"散见在各诗刊，各大小文艺杂志，以及各种报屁股上的诗歌，可以说没有一篇不是有关国防的吟唱，涉及民族解放斗争的题材的"。② 民族意识的激发在抗战区得到民众、政界、商界和文艺界等社会全体的呼应。

在战争的挤迫下，民族意识的高涨是抗战时期时代情绪的主旋律。浓厚的爱国热情和抗战氛围使民族意识的表达成为跨越政治区隔的共同主题。对沦陷区文学的认定和评价一直有诸多争议，张泉先生提出从民族意识的保存上认定沦陷区文学的价值，很是公允。他说，"法西斯侵略者的最终目的，是要消解占领区域内民众的民族意识和国家观念"，"首先要消灭民族语言和民族文化，而作为其主要载体的文学，首当其冲"。③ 日本侵略者在武力占领之后，更加强化文化上的殖民和思想上的统治，以"日中和平""东亚一体、共存共荣"等理论淡化中国人的民族国家观念，消解中国人的反抗意识。因此，沦陷区文学以潜隐的方式蕴含民族意识、记录民族生活④，理所当然是民族文学的重要部分。从民族文学的建构角度也可以理解

① 高娟：《从抗战时期的商业广告看国家意识的传播——以〈申报〉（1931—1945 年）为例》，《湖南工业大学》（社会科学版）2018 年第 4 期。
② 杨骚：《历史的呼声》，《东北现代文学研究论文集》，沈阳：辽宁大学出版社 1986 年版，第 82 页。
③ 张泉：《沦陷区文学研究应当坚持历史的原则》，《抗日战争研究》2002 年第 1 期。
④ 参见冯昊《民族意识与沦陷区文学》，山东大学 2007 届博士学位论文。

沦陷区广泛出现的乡土文学运动。

跨区域的主调造就了抗战时期文学的民族化底色，各区域在国族空间形象的建构上、在本土文学内容与语言形式的追求上都有着内在一致的探索。无论是在抗战区还是敌占区，现实居住空间的节节丢失使国人从空间上真切感受到民族国家与个体的紧密关联。如果说晚清中国从"天下观"到"国家观"的空间焦虑还主要觉醒于文化人当中，那么当日本帝国主义铁蹄使无数中国人流离失所时，国人普遍开始知道老大中国之外还有一个更广阔的世界，在"日中友好"的侵略宣传中，国人更加明显地感受到人我不同的"民族认异"。家破国亡是这样真切地被感受到，战争中的国土沦丧改变了国人的生活半径和空间感受，也改变了原来稳定的、封闭循环的古典时空观。如卞之琳在西行后所写的第一篇文章《地图在动》所描绘的，"中国一般人向来对于地图不感觉兴趣，可是现在沉睡的地图在动了"，"侵略者为中国人民发动了中国地图"，"新式的地图也闯进了一种古香古色的空气里"。① 老舍在《四世同堂》中也写祁老太爷们在帝国主义的侵略中不得不"睁开了民族之眼"，看胡同之外、城门之外的世界，"催生出家国同构的民族共同体思想认识"。② 又如赵树理在《李家庄的变迁》中写觉醒了的铁锁试图寻找一个有别于"龙王庙"中"敲钟""说理"的新世界。如果说抗日战争是中国大国之路的起点，那么最根本的是国族意识的全民觉醒。

国家地理景观、本土生活特色的书写成为抗战时期文学民族共同体建构的一种方式。一方面，抗战时期各区域文学大量使用具有

---

① 卞之琳：《地图在动》（旧作重刊），《散文钞：1934～2000》，合肥：安徽教育出版社2007年版，第78、79页。

② 逄增玉、逄乔：《时空意识与老派市民家国观念的更生和嬗变》，《社会科学》2018年第3期。

国族特色的空间意象，以调动起中华民族共享的民族情感。"传统国家有边陲（frontiers）而无国界（borders）"①，而抗战时期小说中的"长城""长江""黄河""昆仑"等地理空间形象带有明显的国家地域标志意义。《黄河大合唱》《松花江上》《嘉陵江上》《边陲线上》《太行山上》等作品将宏大的国家空间意象引入抗战时期文学，是国族主题的明确表达。除了突出的地标景物，家园、土地、荒原等也成为抗战时期小说经常表现的空间意象。安德森把民族界定为"一种想象的政治共同体"，"小说与报纸""为'重现'民族这种想象共同体，提供了技术的手段"。② 抗战时期各区域小说，如巴金《寒夜》、师陀《果园城记》、赵树理《李家庄的变迁》等等，为中国式的国都、小城、村庄立传，表达出对民族自新的共同思考。另一方面，本土生活的描摹、我乡我土的表现，也是抗战时期各区域文学相同的主题。沦陷区的古体诗创作、古典题材的新编，以及文学作品对古器物、旧习俗的追忆，都是延续民族文化的一种表达。从东北到蒙疆、到台湾，抗战时期不断涌动的乡土文学运动与抗战区民族化思潮内在一致。上官筝等人在沦陷的东北提倡"揭起乡土文学之旗"，伪蒙疆时期③的重要杂志《蒙疆文学》倡导"山药豆子文学"，日本侵占时期的台湾文人实践原乡书写，是对侵略者"大东亚文学"的抵制，也是对"我乡我土"的民族文学的建构。

正因如此，民族化的探索在各政治区域、不同艺术领域不约而同地展开。1938 年毛泽东提出"马克思主义在中国具体化"，"洋八股必须废止"，"教条主义必须休息"，"而代之以新鲜活泼的、为中

---

① 〔英〕安东尼·吉登斯：《民族—国家与暴力》，胡宗泽、赵力涛译，北京：生活·读书·新知三联书店 1998 年版，导言第 4 页。
② 〔美〕本尼迪克特·安德森：《想象的共同体：民族主义的起源与散布》，上海：上海人民出版社 2003 年版，第 5、6、26 页。
③ 伪蒙疆政权是日本侵略者在中国扶植的三个主要伪政权之一，与伪满、汪伪并列。

国老百姓所喜闻乐见的中国作风和中国气派"①，正是抓住了时代的脉搏。此后各区域作家围绕"民族形式"进行了长时间的讨论与试验，就如何利用旧形式、"旧瓶装新酒"等话题进行了理论和实践上的探讨。解放区有新章回小说的创作②，国统区老舍等作家积极进行各种文体实验，而沦陷区文坛反对"新文艺腔"，对民族化的提倡也有不谋而合的呼应。特别是在上海沦陷区，作为通俗作家的陈蝶衣在商业杂志《万象》上发起"通俗文学运动"，指出文学创作要贴近大众的兴趣，必须要"完全明了"他们的生活，要"具有为老百姓所热烈喜爱的中国气派和中国作风"。③他们强调创作者转变观念、改造思想，其观点、用词与毛泽东《在延安文艺座谈会上的讲话》极为相近。思想观点上可谓"不谋而合"，是抗战时期民族化思潮很有意味的异地共响现象。中华民族共同体的意识经晚清以降的逐步觉醒，到抗战时期的生死存亡之际得以确立，文学在区域性差异之上逐步完成民族主体性的整合。

三　流徙中的重造

以空间理论考察抗战时期文学，还应看到战时大迁徙对作家和文学的影响。从"九一八事变"开始，战争改变了文学活动的外部空间，也改变了文学场域的内部组成。战前中国文学以北平、上海为中心，战争全面爆发后，制约文学走向的主导力量分散了，多元中心的文学场赋予文学发展更多可能性。文人在延安、重庆、桂林、昆明等地的聚合、星散，一路上文化对流、碰撞、融合，重造了作

① 毛泽东：《中国共产党在民族战争中的地位》，《毛泽东选集》第2卷，北京：人民出版社1991年版，第534页。
② 参见张谦芬《论解放区新章回小说的翻旧出新——兼谈文学旧形式的利用》，《南京师大学报》（社会科学版）2010年第5期。
③ 陈蝶衣：《通俗文学运动》，《中国沦陷区文学大系》（评论卷），南宁：广西教育出版社1998年版，第265页。

家，也重造了文学。

抗战时期的大迁徙为历史罕见。从迁徙规模上看，据统计，战时中国约有 1200 万东部沿海沿江的人口西迁至西南、西北地区。[①]虽然因为情况复杂，抗战时期难民总数有不同的统计，但其数量之大、境况之惨为历史之最毫无争议。外国记者描述 1938 年冬天"大批大批衣衫褴褛的人民"拥塞在西迁的道路上，"这是人类历史上最大的集体移民之一"，"这景象是游牧时代以后绝无仅有的"。[②]战时逃难总体上是由东向西、从沿海向内地，但具体的逃亡路线、各自的情形，又形成多种回旋，情状复杂而混乱。这一大规模的人口迁徙客观上增加了不同地域民众的接触交流，以非常的方式动摇了原有文化秩序的客观基础。一般来说，风俗礼仪有地域之分，所谓"五里不同风，十里不同俗"。战时的流徙打破了人们的生活圈、婚姻圈和交往圈，改变了固有礼俗的封闭性和惰性。大面积的流离失所使家族的完整性受到破坏，也限制了和平生活中尊老、敬宗、祭祖的仪式和秩序。同时，人员流徙不仅包括横向不同地域的流动，也包括纵向的不同阶层、不同职业的变动。战乱中暴发与破产、失业与转行，促进了不同阶层、职业旧规的松动。战时一切因陋就简的现实，也省却了不少繁文缛节，日常礼节得以合理化、简单化，客观上松动了封建的禁锢。

再从迁徙人员的组成来看，历史学研究有关抗战期间内迁移民结构特点的详细分析指出：地域范围上从沿海迁往内陆；年龄结构上大多数是青壮年携子女；性别结构上以男性为主；职业结构上主要涉及行政、文教、工商业等从业人员，而农民以及小生产者很少。[③]"专科

---

① 刘敬坤：《抗战史研究中一个被忽略的课题——我国抗战时人口西迁与难民问题》，《民国春秋》1995 年第 4 期。

② 〔美〕白修德、贾安娜：《中国的惊雷》，端纳译，北京：新华出版社 1988 年版，第 60~61 页。

③ 参见常云平、杨原《抗战期间内迁移民的结构特点》，《西南农业大学学报》（社会科学版）2009 年第 4 期。

以上学校，除极少数归并或停办或留在原地外，几乎全数西迁。学术与文化研究机关亦全部西迁。加诸，中央政府早经迁入川省，并有一部分分设办事机关于滇、黔、陕、湘诸省。""这次西迁大移民中，工商及知识分子比较占多数，农民比较占少数。""大概高级知识分子十分之九以上西迁，中级知识分子十分之五以上西迁，低级知识分子十分之三以上西迁。"① 总体上来说，教育程度高的人在迁徙人口中比例更高。同时，抗战时期的人员迁徙不同于人口流动的通常流向，不是向政治、经济、交通、文化发达的地区聚集，而是向欠发达地区逆向散落。在文化互动中，聚拢到同一空间中的不同文化不是均等的双向互融，与先进经济水平相连的文化往往具有强势力量、占据主导地位。抗战时期外来文化对本土文化产生强大冲击，北平、上海、南京等大城市的服饰、饮食、休闲等迅速成为其他地区复制的对象，文明之风随着人员、影剧、书刊等迅速流入，使其他地区的现代化进程加速演进。

随着东部大城市文化人的内迁，其携带的物质文明、文化观念和艺术视野得以进入西部民间，直观地将东部城市的现代文明带进了相对落后的地区。文学上，"跟随着作家们的踪迹，较小规模的文艺团体和刊物也陆续产生了；这使一向很少或不曾接触到新的文艺的内地，也开始发芽滋长起了文艺底花朵，而文艺读者底范围，亦有猛速的扩广"。② 在作家、刊物、社团的带动下，原来的文学边缘地区加快了发展步伐。如贵州、云南、新疆、香港等地因为新文学作家的流入，推动了五四新文学的流布，促进了这些地区的文学上的主流化和现代化。

当然，文学交流中并不完全是强势文化对弱势文化的单向作用，边缘的本土文化也自有影响力、反作用力，在民族战争的时代氛围

① 孙本文：《现代中国社会问题》第 2 册，重庆：商务印书馆 1943 年版，第 261 页。
② 以群：《关于抗战文艺活动》，《文艺阵地》第 1 卷第 2 期，1938 年。

中具有特殊的分量。西部独特的地域风土、边地民情扩展了知识分子对民族文化的再认识，修正了原先基于都市生活的文化观念、基于汉民族中心的民族认识。在五四语境中，边缘的落后文化往往成为被改造、被启蒙、被描写的对象。如蹇先艾的《水葬》《贵州道上》等表现了封闭、愚昧的边地文化，表达了新对旧、城市对乡村、先进对落后的批判。五四文人"侨寓"都市反观乡村，以现代文明之眼烛照老旧乡村的陋习。钱理群先生指出，考察抗战时期贵州文化与五四新文化的历史性相遇可以讨论抗战时期文化大融合的诸多问题。战时民族文化的建构，最重要的是其"全民族性和多元性"，"不仅是汉文化，也包括少数民族文化；不仅是中原文化，也包含边缘地区的文化；不仅是精英文化，也包含民间文化"①，这些都是民族文化复兴的重要资源。

在外敌入侵的危难之中，为广泛发掘民族力量，处于正统文化和新文化视野之外的地方文化、少数民族文化、草根文化受到了政治意识形态和知识分子的关注。都市文化人在民族危难之际重返乡村、走进边地则受到现实景象的另一种触动，也带来了关于民族自强的再思考。仍以贵州文化来说，抗战时期知识分子亲身走过滇黔桂等地，在近距离的接触中对少数民族的生活有了新的认识。林同济说，经贵州去昆明的旅程中他亲见了苗民生活，与文明人所想象的落后愚昧并不完全相同。他说："最堪注意的，苗民的生活，自成系统，除与汉人交换物件（盐布最重要）之外，都能够保持民族社会原有的健全模型：不缠足，不买丫头，无偷窃，无乞丐，最后，栽鸦片卖给汉人而自家却不吸鸦片！即此数节，就值得汉人三思。让我们大家不要无条件地摆出高等民族态度，动不动就高喊要'同

---

① 钱理群：《抗战时期贵州文化与五四新文化的历史性相遇》，《贵州师范大学学报》（社会科学版）2006 年第 2 期。

化'这些苗民!"① 文化人也在跋山涉水的"西南采风"路途中发现少数民族的山野情歌蕴含着勇猛剽悍的民族品格,为这些蛮性的歌谣热血沸腾,高呼其中"豁出去""困兽犹斗"的力量足以振兴衰微的民族精神。耿介的闻一多为《西南采风录》作的序俨然成了一种抗战宣言:"你说这是原始,是野蛮。对了,如今我们需要的正是它。我们文明得太久了,如今人家逼得我们没有路走,我们该拿出人性中最后最神圣的一张牌来,让我们那在人性的幽暗角落里蛰伏了数千年的兽性跳出来反噬他一口。"② 在边缘文化的映照下,知识分子对民族精神进行了反观。不是在反封建的层面上提出打破"铁屋子"、吹灭"长明灯",而是呼唤在熟透了的民族文化中注入新的生命力,老舍、巴金、沈从文以及包括林同济在内的战国策派都有这样的思考。这与知识分子圈内的启蒙立场不尽相同,新启蒙主义的探讨在抗战时期不同区域展开。"我们不能不承认五四启蒙运动的不彻底,新文化运动只徘徊在少数知识分子和小市民的圈子当中,而同大众始终是割离的……目前新启蒙运动乃是五四启蒙运动的更高一级的发展。"③

知识分子在战争生活中的逆向迁徙、在多元文学空间中的自我校正,符合抗战动员的需要,也促进了抗战时期文学的新变。民族危机之下,国民政府战略发展的区位调整和高等学府、研究机构的西迁都使边地文化受到重视。如国民政府曾在 1938 年、1940 年对西南边疆少数民族进行官方调研,大批学者聚集西南开始了各种田野调查。无论是有组织的还是自发的,知识分子走出城市、走出学院、走出书斋,从相对安稳的象牙之塔走向衣食无着的十字街头,有的走进军队、走上前线,有的汇入流亡的队伍,与其他难民一

---

① 同济:《千山万岭我来归》,《旅行杂志》第 15 卷第 5 号,1941 年。
② 闻一多:《闻序》,《西南采风录》,上海:商务印书馆 1946 年版,第 3 页。
③ 洛蚀文:《论抗战文艺的新启蒙意义》,《文艺半月刊》第 2 卷第 1 期,1938 年。

样忍受饥寒、疾病、轰炸乃至死亡，其间的体验也在改变着他们固有的文学观念。特别是随着战争的持久，物资紧俏、通货膨胀使作为精神产品生产者的作家承受着更大的经济压力。原有的生活秩序、创作环境完全被战争破坏了，很多作家都写过战争给予他们的改变。如卞之琳、芦焚回忆说，是卢沟桥的炮声结束了他们在雁荡山清静的翻译写作，结束了他们"濯缨濯足"的"逸兴"① 和"倦游"②，"炮火翻动了整个天地，抖动了人群的组合，也在离散中打破了我私人的一时好梦"③。知识分子在战争外力下的流徙打破了战前生活的模式和范围，创作不再由血缘、族缘、地缘、学缘等因素有规律地主导。如李广田所说："由于抗战，这才打破了小圈子生活，由于抗战，我才重建了新的生活态度。"④ 战争中的流徙使作家接触了社会的底层，也使不同区域、不同政见、不同文艺立场、不同艺术风格的作家互相接触、重新聚合，带来文学观念的交融和冲突。要论知识分子的思想改造，如果说解放区的思想改造运动是在党的领导下有组织进行的话，那么战乱中的流徙体验为作家们的真诚反省作了充足的铺垫。有人把文化人流亡西迁看作中国现代史上的"文化长征"，这是有一定道理的。李广田的《圈外》记录了抗战开始后他带领学生徒步两月入川的经历，一路在"穷山荒水之中"，"毒害，匪患，以及政治、教育、一般文化之不合理现象，每走一步，都有令人踏入'圈外'之感"。这些震惊体验让李广田认识到，"'人的改造'应当是长期抗战中的一大收获"，抗战成为文化人"从颓败线过渡到新生线"的

---

① 卞之琳：《话旧成独白：追念师陀》，《新文学史料》1989 年第 2 期。
② 师陀：《上海手札倦游》，《师陀全集》第 3 卷上，开封：河南大学出版社 2004 年版，第 179 页。
③ 卞之琳：《自序》，《雕虫纪历》，香港：三联书店香港分店 1982 年版，第 9 页。
④ 李广田：《自己的事情》，《李广田文集》第 3 卷，济南：山东文艺出版社 1984 年版，第 401 页。

"酵母"。① 之后李广田在小说《引力》中借人物之口说:"这一次长期的走路,对我益处太多了,我见了许多未曾见过的现象,也懂得了许多未曾懂得的道理。"正是在这个意义上,流亡之路也成了新生之路。

列斐伏尔从政治文化角度来看待空间,认为空间是社会的产物,"空间里弥漫着社会关系;它不仅被社会关系支持,也生产社会关系和被社会关系所生产"。② 抗战时期的文学空间既是各种力量综合作用而成的"产物",也进一步影响、改变着文学的生产。抗战时期作家从城到乡的反向流动与20世纪初农裔城居者回望乡土的视角完全不同。作家们重返乡村,不再是"隐现着乡愁"的"侨寓文学",他们有可能打破城乡二元对立的视角重新审视城乡。如废名,作为讲师的他没能随校迁移,转而避居家乡。与内迁西南联大作家的知性创作不同,废名返乡的经历改变了他对农民、对乡土的体认,也改变了他古典诗性的审美风格。从他抗战时期的小说《莫须有先生坐飞机以后》对"读书人"的批评、对农民"跑反"的理解,甚至道德上认为"因为中国的读书人无识,而且无耻,势非亡国不可"中,可以明显看出作家自外于学院派的创作立场。有研究者认为:"《莫须有先生坐飞机以后》借助儒学、佛学等中国古代思想资源,创造性地提出了超克'五四'现代性困境,重建古典理性启蒙的有效途径。"③ 显然,抗战时期废名避难黄梅九年的生活校正了他对农民、对乡村伦理、对传统文化的认知,也孕育着新中国成立前后废名对马克思主义的接受。

---

① 李广田:《圈外 西行草》,《李广田文集》第1卷,济南:山东文艺出版社1983年版,第377页。

② 〔法〕亨利·列斐伏尔:《空间:社会产物与使用价值》,包亚明主编《现代性与空间的生产》,上海:上海教育出版社2003年版,第48页。

③ 段从学:《走向古典理性的启蒙——〈莫须有先生坐飞机以后〉新解》,《中国现代文学研究丛刊》2015年第5期。

抗战时期的返乡造就了许多作家的第二次创作高峰。沈从文抗战时期的《长河》《小砦》《芸庐纪事》等"十城记"① 计划有别于《边城》的牧歌情调，是沈从文"把湘西当作中国的湘西"② 的重造工程；巴金抗战时期的《憩园》《寒夜》等作一改对"家"的控诉，转而表达出对人伦亲情的呼唤；沙汀抗战时期抛弃早期小说凭"零碎印象""以及从报纸通信中掇拾的素材"的拼制方法，回到故乡专注"道地的四川故事"，揭出了神圣抗战下落后四川"底面不符"的"新喜剧"。③ 如果没有抗战时期的返乡，这些作家很难有对家园乡土如此深切的再书写。

战争中的流徙让返乡作家重识故土，也使其他流落异乡的作家深受异质文化的洗礼，从而在其创作风格中融入新质。重庆文化之于张恨水、茅盾，香港文化之于张爱玲、萧红，昆明文化之于汪曾祺、卞之琳，都给作家提供了新的元素。特别是对于年轻作家路翎来说，抗战时期重庆的时代氛围、地域文化有成就之功。郭素娥身上的"原始强力"既与路翎对"精神奴役的创伤"表达相合，又深烙巴蜀之地泼辣民风的印记。路翎入渝之前主要生活于南京和苏州，重庆的码头文化、乡场文化改造了年轻作家气质中江南文化的温婉阴郁。路翎以灼人的青春语汇塑造了一批雄强的流浪汉形象，完成了对那个骚动、杂糅时代的记录，也成为抗战时期文学独特的收获。

抗战时期的作家创作与文学空间也表现为互相再造的关系。最典型的例子是昆明对西南联大学院派创作的推动。无论是沈从文的"对虚空凝眸"、冯至的"十四行集"，还是穆旦的"防空洞的抒情

---

① 沈从文：1942 年 5 月昆明《致沈云麓》信，《沈从文全集》18，太原：北岳文艺出版社 2002 年版，第 402 页。

② 沈从文：《〈沈从文散文选〉题记》，《沈从文全集》16，太原：北岳文艺出版社 2002 年版，第 385 页。

③ 沙汀：《沉痛的悼念》《这三年来我的创作活动》，《沙汀研究资料》，北京：知识产权出版社 2009 年版，第 89、108 页。

诗"等，都与自由宽松的学院环境有关。边地昆明相对独立的话语氛围保护了知识分子有关抗战的理性思考。正如研究者姚丹指出，昆明"它远离意识形态中心，任何政党的意识形态的控制都难以彻底渗透、侵入并控制人的灵魂"，"云南基本是个独立王国，它有独立的政治、经济、军事条件"，"云南地方政府与中央政府之间既协调又对抗的关系，其间所形成的张力，为联大师生自由的精神活动提供了一个天然的保障"。[①] 如今人们追怀这个中国高等教育的奇迹时，昆明乃至云南，这个文化空间的独绝之处也值得注意。正如当年联大人的回忆，"昆明与联大是一体的"，"昆明感染着联大的气质，而联大却非常和谐地嵌进昆明的自然景色之中"。[②] 包括联大人在内的许许多多流亡者在日记、回忆录、小说等文体中书写着各种各样的昆明记忆，他们的昆明印象都叠印起令人追怀的抗战昆明形象。

第二节 分与合：抗战时期的文艺政策[*]

抗战时期各区域文学活动互相勾连，空间上隔而不绝，各区域的文艺政策也有同有异、有分有合。无论国民政府还是共产党的边区政府的文艺政策，都与各政党原有的文艺主张既保持某种历史的连续性，也在战争的背景下呈现出一定程度由时代变化所引起的某种断裂和非连续性。国民党试图以战时必要体制的贯彻达成全国一致的文艺政策，鼓吹"一个政党、一个主义、一个领袖"的党治文

[①] 姚丹：《西南联大历史情境中的文学活动》，桂林：广西师范大学出版社 2000 年版，第66页。

[②] 光远：《片段的回忆》，《联大八年》，北京：新星出版社 2010 年版，第 84 页。

[*] 本节作者为南京大学中国新文学研究中心教授王爱松，原文题为《论抗战时期国共两党文艺政策的分与合》，发表于《文学评论》2015 年第 5 期，本书对原文作了改动。

化，但终未能成功。共产党首倡抗日民族统一战线，使文艺成为民族战争的有力武器。抗战时期国民党、共产党文艺政策的制定、推行，都受到了苏联文艺思想的影响。当然，在不同政治力量统治的区域内，文艺政策的推行和实践都不是简单的、均质的。因此，战时中国文艺政策呈现出复杂的面貌：在抗战区总体上形成了以抗日民族统一战线为基础的分中有合、合中有分的格局，而在沦陷区由于外部势力的统治，文艺的主导力量不同于抗战区，但文艺界人士对沦陷区文艺政策的反应机制与抗战区具有某种呼应。

一

所谓文艺政策，按 1934 年出版的一本词典的说法，是指"政党、政府或全国的领导文艺团体，为适合于一般的政治路线，其所决定的文艺活动的路线与策略"[①]。这里强调了文艺政策与政治主导力量之间的必然关系。政府、政党或具有民族代言性质的、全国性的文艺团体领导人，都常常是所在区域的文艺政策制定者、颁布者、发言人，文艺政策还与该地域该时期的文化政策互相联系、紧密交织，甚至有较多重叠。在特定的历史时期如民族战争的氛围下，文艺政策常与文化政策形成整体的时代气息，成为当时更大文化系统中突出的子系统。

文艺政策的提倡并非始于抗战时期，在 20 世纪 20 年代后期已有文章在讨论文艺政策。《殖民地文艺政策》一文中说："把'文艺'和'政策'扭合在一块来，还是晚近四五年的事。"[②] 梁实秋的解说则更为详尽："文艺而有政策，从前大概是没有的，有之盖始于苏联。我记得大约在民国十五六年的时候，鲁迅先生用'硬译'的方法译出了一部《文艺政策》，在上海出版。那是苏联的文艺政策。

---

① 邢墨卿编《新名词辞典》，上海：新生命书局 1934 年版，第 19 页。
② 天羽：《殖民地文艺政策》，《清华周刊》第 42 卷第 3、4 期合刊，1934 年。

在那时我们中国有些人很显然是拥护苏联的文艺政策的，有意识或无意识地服从苏联文艺政策的指导，所以发起了澎湃一时的普罗文学运动，继之以左翼作家联盟。"① 梁实秋的追溯牵出了一段史实，也表明了文艺政策的最初讨论与苏联的一场文艺政策论战有关，而苏联的文艺讨论又被介绍到中国，并产生很大影响。苏联文艺界在1923 年至 1924 年间爆发了关于文艺政策的论争。卷入其中较深的有《在岗位上》《列夫》《红色处女地》等当时较活跃的杂志，也有与这些杂志有关联的文学团体，论争吸引了众多作家以及政治界和文艺界的领导人。在论争过程中，各方面观点的差异较大，所持观点不一致，论争较为激烈。为了解决各方面的分歧，论争促使 1924 年5 月 9 日关于文艺政策讨论会的召开，而其后有着俄共（布）中央的催生。在此基础上 1925 年 1 月 "全联邦无产阶级作家联盟" 第一次大会形成了《意识形态战线与文学》，这是较早的文艺团体对于文艺政策的决议，也是苏联无产阶级文学和 "同路人" 文学的纲领性政策。无产阶级文艺团体的政策共识很快成为俄共（布）中央委员会所通过的《在文艺领域内的党的政策》的决议，1925 年 6 月 18日，这场论争最终推出了官方的总结。这对中国的左翼文学的产生有直接的影响。《在文艺领域内的党的政策》中强调无产阶级文学领导权的建立，其在无产阶级文艺运动中具有指导价值。决议中说："文学方面的领导权是属于拥有其全部物质的和精神的资源的整个工人阶级的。无产阶级作家的领导权现在还没有建立，因而党应当帮助这些作家去赢得领导权这一个历史权力。" 当然，决议中也提倡文学领域、文艺领域内的自由竞赛，对政党的垄断统治提出了预警，文件中表述得很清楚："党应当主张文学领域中的不同集团和流派的自由竞赛。任何别的解决问题的方法都只是官僚主义的官样文章，

---

① 梁实秋：《关于 "文艺政策"》，《文化先锋》第 1 卷第 8 期，1942 年 10 月 20 日。

无助于真正解决问题。同样，不允许用一纸命令或党的决议来使某个集团或文学组织对文学出版事业的垄断合法化。"①

中国文艺界对苏联文艺运动极为关注，对这场文艺论争的过程持续介绍，任国桢、冯雪峰、鲁迅的译介工作把苏联无产阶级文艺政策较集中地传到了中国。1925 年 8 月北新书局出版了任国桢所译的《苏俄的文艺论战》，内收阿卫巴赫等的《文学与艺术》、褚沙克的《文学与艺术》、瓦列夫松的《蒲力汗诺夫与艺术问题》、瓦浪斯基（沃隆斯基）的《认识生活的艺术与今代》等。任国桢在其撰写的《小引》中解释，书中前三篇是论争中几方力量有关艺术问题的代表论文，反映的是《在文艺领域内的党的政策》颁布前整个苏联文艺界对文艺问题、文学问题和文艺政策的一些看法。特别是前两篇论文的副标题都是"讨论在文艺范围内苏俄左党的政略"，更是标明论文所论话题与文艺政策论题之间的关联。如，阿卫巴赫等的论文《文学与艺术》便提出，"左党要参杂自己的意见是没有什么意思的，左党不但不能实行什么政略，并且也不应当实行什么政略。这不是左党应该干涉的事情，实在在这些地方左党应守中立，让各派的作家去维持自己的主张，发表个人的意见的"，这是着眼于文艺作品的具体写作，抗拒政党文艺政策对文学艺术的宰制。但作者同时着眼于文学也是一种武器的观点，认为国家需要一定的文艺政策，提出不存在所谓超政治的、无党派的文学。论文说："左党就不能，并且不应当在文艺的问题上持'中立不倚'的态度，在文学的范围上，左党很应当实行一定的政略。"② 冯雪峰 1928 年以《新俄的文艺政策》为书名翻译了日本外村史郎、藏原惟人共同辑译的《俄国 K.P. 的文艺政策》一书，在光华书局出版。该书收入了 1924 年 5

---

① 白嗣宏编选《关于党的文学政策》，《无产阶级文化派资料选编》，北京：中国社会科学出版社 1983 年版，第 140、141～142 页。

② 《苏俄的文艺论战》，任国桢译，北京：北新书局 1925 年版，第 9、10 页。

月 9 日座谈会的速记材料《关于在文艺上的党底政策》、"全联邦无产阶级作家联盟"第一次大会决议《Ideology 战线与文学》、俄共（布）中央委员会的《在文艺领域内的党底政策》。巧合的是，鲁迅同样开启了对外村史郎、藏原惟人共同辑译的《俄国 K. P. 的文艺政策》的翻译。鲁迅还从 1928 年《奔流》第一卷第一期起陆续刊出书中内容，全部译稿于 1930 年 6 月辑为《文艺政策》一书，由水沫书店出版。书中同时附收了冯雪峰所译的、日本冈泽秀虎所作的《以理论为中心的俄国无产阶级文学发达史》。中国文艺界对文艺政策的持续关注可见一斑。

这些 20 世纪 20 年代有关文艺政策论战的苏联文献对中国文学，特别是左翼文学的成长产生推助作用，甚至对中国文学后来的发展也有重要的影响。在 20 世纪 20 年代末的革命文学论争中，明显可见苏联文艺政策的影响。苏联的文艺政策论战很快被复制到中国文艺界，苏联的文艺政策论战文献对中国左翼作家的文学观念、话语模式及审美取向等都表现出了强大的塑形能力。左翼文艺思潮成为 20 世纪 20 年代末以后逐步壮大的文艺力量，一种与中国时代政治紧密相连的氛围开始改变五四以来中国文学的走向。从"文学革命"到"革命文学"的转变，不仅成为成仿吾等表达预测的文学走向，也成为 20 世纪 20 年代之后中国文学方向性的转变。

由于传播条件，也由于译者的"硬译"，在最初阶段一些左翼作家对苏联无产阶级文学及其文艺政策的理解还只是得其大意，但通常也照单全收。如，鲁迅对《关于文艺领域上的党的政策》第十五条的翻译，即有明显的"硬译"痕迹："党应当竭一切手段，排除对于文学之事的手制的，而且不懂事的行政上的妨害。党为了保证对于我们文学的真是正当的，有益的，而且战术底的指导起见，应该虑及那在职掌出版事务的各种官办上，十分留心的人员的选择。"① 个别语词的使用、内容的传达都有囫囵吞枣的味道。20 世纪 40 年代收入周扬编选《马克思主义与文艺》的陈雪帆对这一段的翻译，仍不无"硬译"痕迹："党对于文学的事情，应该用尽一切手段排除杜撰的、不懂事的行政上的妨碍。为了保证对于我们文学的真是正当的，有益的，而且战术的指导起见，应该慎重考虑各种官办事业上掌管出版事务的人选。"② 直到 1984 年作家出版社改版重印的《马克思主义与文艺》，采用人民文学出版社 1953 年版的《苏联文学艺术问题》对该文的新译，译文才明白晓畅。这段译作："党应当用一切办法根除对文学事业的专横的和不胜任的行政干涉的尝试。党应当仔细注意出版事业机关的人选，以便保证对我们文学的真正正确的、有益的和有分寸的领导。"（第 252 页）这已是无产阶级左翼文学在中国几经波澜的半个世纪之后。

尽管如此，中国左翼文艺政策与苏联具有一脉相承的连续性。无论是一些具体词句的使用，还是大方面的文艺阶级论、宣传论、工具论，包括对待同路人、工农作家的情感、立场和态度，人们都可以明显看到苏联文艺政策论战对中国无产阶级左翼文学理论形成及创作产生的巨大影响。如，《关于文艺领域上的党的政策》一文说，"在阶级社会里，中立底艺术，是不会有的"。③ 成仿吾在无产阶级革命文学的论争中则说："谁也不许站在中间。你到这边来，或者到那边去。"④ 在总体形貌上，中国的无产阶级左翼作家和大众作家颇多与俄国共产党的文艺政策相合的地方，这在不少作品中可找到例证。以今日的眼光来看，这里所涉及的无产阶级的指导位置，成为无产阶级左翼文学一直着力体现的主要内容。这也是葛兰西后

---

① 鲁迅：《鲁迅译文全集》第 5 卷，福州：福建教育出版社 2008 年版，第 125 页。
② 周扬编选《马克思主义与文艺》，大连：大连大众书店 1946 年版，第 246 页。
③ 鲁迅：《鲁迅译文全集》第 5 卷，福州：福建教育出版社 2008 年版，第 121 页。
④ 成仿吾：《从文学革命到革命文学》，《创造月刊》第 1 卷第 9 期，1928 年 2 月 1 日。

来所强调的无产阶级文化领导权的问题。这种对文化领导权的强调，不仅从 1929 年 6 月中国共产党第六届中央执行委员会第二次全体会议的《宣传工作决议案》中有体现，在中国左翼作家联盟成立大会上通过的理论纲领中也可见其主体精神，在 1930 年 8 月 4 日"左联"执委会提出的《无产阶级文学运动新的情势及我们的任务》中也可以完整看出。《无产阶级文学运动新的情势及我们的任务》十分明确地提出："目前中国无产阶级文学运动已经从击破资产阶级文学影响争取领导权的阶段转入积极的为苏维埃政权而斗争的组织活动的时期。……'左联'这个文学的组织在领导中国无产阶级文学运动上，不容许他是单纯的作家同业组合，而应该是领导文学斗争的广大群众的组织。"① 这些理论表述，一方面与当时中国的政治经济形势有关，折射出当时中国共产党政治路线下对革命形势的激进判断，带有一定的历史性"左倾"色彩；另一方面透露了"左联"的性质，它不是一个纯粹的群众组织、文艺社团，而是一个肩负着争取文化领导权使命的准政治团体。其组织方式是政治化的组织方式，尽管深处大都市，但所遵循的文艺政策与同时期远在贫困农村的中央苏区的文艺组织如工农剧社并没有本质区别，这与"左联"实为中国共产党领导有关。20 世纪 30 年代中国左翼文学运动对文学大众化、阶级性、工具论的强调，无一不是对充满强烈政治意识、党派意识、阶级意识的文学政策的执行。同时，中国左翼文艺政策在对苏联文艺政策论争的接受中，更关注也更多地吸收了其对文化领导权的强调，而忽视了其对文艺自由竞赛的鼓励和对同路人作家的联合。

当革命文学运动如火如荼展开之时，右翼文人也在运筹谋划、摩拳擦掌，积极呼吁国民党出台文艺政策。几乎同时，1928 年廖平的《国民党不应该有文艺政策吗》，不仅题目意思明确，而且针对

---

① 《无产阶级文学运动新的情势及我们的任务》，《文化斗争》第 1 卷第 2 期，1930 年 8 月 15 日。

"我们的党政府及党人不曾真真注意到文艺方面"的现状，提出：
"第一：我们国民党的文艺界要联合起来，成一个大规模中国国民党
文艺战争团……第二：政府要给这种团体相当的援助，以及指导。
此外对于一切反革命派的刊物，要检查，禁止，以免影响青年，致
有错误的思想。"① 1929年6月，国民党中宣部召开第一次"全国宣
传会议"，通过了《确定适应本党主义之文艺政策案》《规定艺术宣
传方法案》。这两个文件呼应了此前右翼文人对出台文艺政策的呼
求，也搭建了此后国民党文艺政策的主旨、框架和体系。《确定适应
本党主义之文艺政策案》提出创造三民主义文学的总方针，强调
"第一，创造三民主义文学（如发扬民族精神，阐发民治思想，促进
民生建设等文艺作品）；第二，取缔违反三民主义之一切文艺作品
（如斫丧民族生命，反映封建思想，鼓吹阶级斗争等文艺作品）"。②
一"创造"一"取缔"、一正一反，基本规定了国民党文艺政策此
后的两大奖惩方向。当然，如后来的历史所演示的，由于国民党
政府意识形态宣传的不深入，也由于国民党文艺统制机构多头领
导、政出多门，政策相互矛盾、相互掣肘，许多文艺政策总体上
空洞无能。国民党文艺政策在实施上"取缔"长于"创造"，口号
多于实践，特别是未能在中国底层落地生根。难怪毛泽东不无自
豪地说："其中最奇怪的，是共产党在国民党统治区域内的一切文
化机关中处于毫无抵抗力的地位，为什么文化'围剿'也一败涂
地了？"③ 这一问题或许只有放到更长的历史时段中才能获得圆满
解答。

① 廖平：《国民党不应该有文艺政策吗》，《革命评论》周刊第16期，1928年。
② 国民党中执委宣传部编《全国宣传会议录》，第31页，1929年6月。转引自牟泽雄
《民族主义与国家文艺体制的形成——国民党南京政府时期（1927—1937）的文艺政
策研究》，昆明：云南人民出版社2013年版，第45页。
③ 毛泽东：《新民主主义论》，《毛泽东选集》第2卷，北京：人民出版社1991年版，
第702页。

二

抗战时期，无论国民党还是共产党的文艺政策，都与上一个十年既保持某种历史的连续性，也呈现出由时代的变化所引起的一定程度的非连续性或称断裂。国共两党在全面抗战之前近十年，也就是中国现代文学第二个十年中的文艺政策，构成了民族战争背景下国民党、共产党两个政党文艺政策的前导。变化的产生是从全面抗战爆发前夕出现的。这种变化首先表现在抗日民族统一战线的提出。中国共产党在《为抗日救国告全体同胞书》（1935年8月发表的《八一宣言》）和瓦窑堡会议（12月举行）上确定的抗日民族统一战线，首先对共产党的战略方针、战策措施做出了明显的调整。反映到文学上，即1936年春中国左翼作家联盟的解散和与之相伴的两个口号的论争。中国共产党政治路线、方针决策的调整对左翼文坛产生重大的影响，引起了左翼文学联盟的转型。当然，转型过程中的短暂混乱，也激起了文学界的论争，并一直影响到延安时期乃至其后的文学争端。西安事变的和平解决，以及蒋介石1937年7月17日抗日声明的发表，"地无分南北，年无分老幼，无论何人，皆有守土抗战之责任"[1] 成为抗战誓词。中国共产党逐步完成从"反蒋抗日"到"逼蒋抗日"再到"联蒋抗日"政策的转变。与之伴随的第二次国共合作，也促使中国共产党战时文艺政策作主动的调整。

全面抗战爆发前对文化领导权的坚守与其后对抗日民族统一战线的遵从，是抗战时期中国共产党文化宣传和文艺政策的两个基点。如在日寇进攻武汉期间，1938年10月7日共产党发布《中央关于目前日军进攻武汉对各政治机关宣传鼓动工作的指示》，强调战时任

---

① 蒋介石：《抗战宣言》，1937年7月17日。

务，提出宣传鼓动的注意点："说明抗战的目前任务是克服困难，坚持抗战，准备反攻，以争取对日抗战的最后胜利，为达到这个任务，必须坚持统一战线，拥护蒋委员长与国民政府，反对日寇亲日分子托派之分裂中国团结反蒋运动和酝酿对日妥协的一切阴谋。"① 即使是在皖南事变之后共产党仍坚持对抗日民族统一战线的维护。共产党当时对文化宣传鼓动工作的任务提纲中，仍将团结一切可团结的力量抗战作为第一条。"团结一切抗日不反共的文化力量，建立文化运动上最广泛的统一战线，向着一个共同的目标：反对民族敌人——日本帝国主义，反对民族投降主义，反对黑暗复古主义。"②

在民族危亡的紧要关头，中国共产党强调坚持文化领导权，维护抗日民族统一战线。毛泽东 1938 年 4 月 28 日在鲁迅艺术学院演讲，强调艺术界在共同抗日的目标下也需要建立和扩大抗日民族统一战线。讲话中将抗日民族统一战线与文化领导权的关系以鲜明的次序予以标明："今天第一条是一切爱国者的抗日民族统一战线，第二条才是我们自己艺术上的政治立场。艺术上每一派都有自己的阶级立场，我们是站在无产阶级劳苦大众方面的，但在统一战线原则之下，我们并不用马克思主义来排斥别人。排斥别人，那是关门主义，不是统一战线。"③ 国外友人海伦·斯诺也感受到了这种拯救国家优先、抗日民族统一战线优先的时代氛围，记录下了1937 年在延安所看到的文艺服从于政治的现象。"无论何时，政治路线一旦有所变化，舞台戏剧就完全变了过来，适应其需要。……我在延安时，正值取消苏维埃之际，一切戏剧的武器都搬了出来，

---

① 《中央关于目前日军进攻武汉对各政治机关宣传鼓动工作的指示》，《中国共产党宣传工作文献选编》（1937—1949），北京：学习出版社 1996 年版，第 24 页。

② 《中共中央宣传部关于党的宣传鼓动工作提纲》，《建党以来重要文献选编（1921～1949）》第十八册，北京：中央文献出版社 2011 年版，第 429 页。

③ 毛泽东：《在鲁迅艺术学院的讲话》，《毛泽东文艺论集》，北京：中央文献出版社 2002 年版，第 16 页。

为这一改变进行解释、宣传，赢得人们的同情。反对国民党、反对蒋介石的话听不见了；任何赞成内战的观点不允许说了。一切都朝着促成统一战线的方面发展。戏剧的主要内容变成促进群众运动，反对日本侵略，唤起民众，要求民主，而没有宣传苏维埃的内容了。"① 毛泽东后来将"党的一切政策，都是为着战胜日寇"称为"一个极其重要的政策"。② 这种文艺政策上的调整在局外人的评价中也褒贬不一，海伦·斯诺在文章中予以了充分的理解之同情。而那些接近国民党的文人，则无法理解或装作不理解这种随时代变化而来的调整，并攻击中国共产党没有一贯的文艺政策。

在具体的历史情景中，坚持抗日民族统一战线与坚守文化领导权之间，有时会形成某种紧张关系。国民党处理这种紧张关系时，集中在了对文学合法性的竞争和垄断之上。这体现在国民党一直所宣扬的战时民族文学与三民主义的关系上。20世纪30年代国民党开始推行民族主义文学运动，宣传三民主义文艺，在文学与三民主义之间建立起了千丝万缕的联系。国民党的右派文人一直试图通过三民主义将民族主体、民族意识勾连起来，一个政党、一个主义继而一个领袖，以此建立起对民族文化话语的权威垄断；国民党左翼作家对这种将民族与政党对等的宣传有警惕，同时强调三民主义应关涉民族、民权与民生，狭隘的只谈民族、忽略民生和民权，是有所偏废的。因此，抗战时期对三民主义的不同理解引起了不少分歧，在一定阶段、一定层面还有分歧加剧的现象。确实，在国民党内部、在共产党方面、在社会人士中，对三民主义始终存在着多重、纷乱甚至对立的理解。毛泽东则多次提出要仔细辨析真、假三民主义，他说："我们同意以孙中山先生的革命的三民主义、三大政策及其遗

---

① 〔美〕海伦·斯诺：《卓有成效的延安舞台》，安危译，《陕西戏剧》1984年第4期。
② 毛泽东：《一个极其重要的政策》，《毛泽东选集》第3卷，北京：人民出版社1991年版，第880页。

嘱，作为各党派各阶层统一战线的共同纲领。"① 三民主义是"联俄、联共、扶助农工三大政策的三民主义。没有三大政策，或三大政策缺一，在新时期中，就都是伪三民主义，或半三民主义"②。中国共产党的另一位重要领导人张闻天，则不仅旗帜鲜明地表明"反对假三民主义"，反对曲解三民主义，反对假"三民主义"之名行"一民主义"之实③，而且进一步解析了三民主义，他在分析"抗战以来中华民族的新文化运动与今后任务"时指出，要张扬孙中山三民主义的积极内涵，克服思想体系中的消极因素。张闻天综合时代要务得出结论："孙中山三民主义的政治主张与政治纲领，可以成为各党派、各阶级抗战建国统一战线的政治纲领；但它的思想体系，它的理论与方法，正因为存在着上述的弱点，所以不能成为新文化运动的总的理论的与方法的基础。而且对于新文化运动的贡献也比较的少。""应该坚决反对以三民主义来垄断新文化运动的任何企图，反对以政治力量来强迫新文化运动者去全部接受或信仰三民主义的思想体系，以及对于三民主义的思想体系的自由讨论与科学批判的限制与取缔。三民主义不能限制新文化。相反的，三民主义只是新文化的一个组成部分而已。"④ 张闻天对三民主义整个思想体系的分析、概括，是抗战时期对中华民族出路的一种思考。这一思考更加看重三民主义作为政治纲领对抗日民族统一战线的价值和意义。而关于新文化运动思想体系的重新建立，也在这些思考中慢慢凝结。

① 毛泽东：《和英国记者贝特兰的谈话》，《毛泽东选集》第2卷，北京：人民出版社1991年版，第377页。
② 毛泽东：《新民主主义论》，《毛泽东选集》第2卷，北京：人民出版社1991年版，第690页。
③ 张闻天："我们反对对三民主义的曲解，反对一民主义。"见《支持长期抗战的几个问题》，《中国共产党宣传工作文献选编》（1937—1949），北京：学习出版社1996年版，第76~77页。
④ 张闻天：《抗战以来中华民族的新文化运动与今后任务》，《张闻天文集》第3卷，北京：中共党史出版社1994年版，第44~45页。

这为后来以毛泽东为领导的共产党人关于新民主主义思想纲领的形成作了铺垫。从三民主义到新民主主义，乃至后来的《在延安文艺座谈会上的讲话》，都交织着共产党关于文化领导权与抗日民族统一战线关系的思考，以及处理这一关系的立场和策略。

三

抗战时期国民党的文艺政策主要包含在国民政府及其所属机构讨论、制订、发布的各种提案、意见、纲领、决议、法令等中，范围涉及文艺政策、文化出版、文化组织、文艺运动、文艺活动等。这些文艺政策，以当时政府的宣传部、军委会政治部、社会部等机关部门制订、推行的数量多、影响广，对抗战时期文化动员和文化管理乃至文化统治起重要作用。国民党的文化政策主要实施于国统区，但其影响不限于国统区。国民党所有的文艺政策都试图在抗战时期推广一种全国统一遵守、一致赞同的文艺政策，在战时体制中试图实行党治文化，但鉴于种种原因始终未能实现。

1938 年 3 月 31 日，国民党临时全国代表会议讨论了战时文化建设的问题，通过了陈果夫等的提案。陈果夫等的提案将全国文化建设工作概括为三大原则和二十二条纲领。其中三大原则包括："一、根据总理'保持吾民族独立地位，发扬我固有文化，并吸收世界文化而光大之'之遗训，以建设中华民族之新文化。二、以文化力量，发扬民族精神，恢复民族自信，加强全国民众之精神国防，以达民族复兴之目的。三、对于一切文化事业，尽保育扶持之责，以督促、指导、奖励及取缔方法，促成全国协同一致之发展。"三大原则表明了战争中确立文化自信之态度。而具体的二十二条纲领有五条谈的是文艺相关问题："十五、建立三民主义的哲学、文艺及社会科学之理论体系。十六、实施总理纪念奖金办法，以策励文艺、社会科学、自然科学、教育及社会服务之进步。……十八、明定奖励出版办法，保障著作人之权益，以提高出版道德，文化水准，并取缔违反国家民族利益或妨害民族意识之言论文字。十九、推广新闻、广播、电影、戏剧等事业，以发扬民族意识为主旨。二十、设立国家学会、选拔文学、艺术、科学等积学之专家，以奖进学术研究之深造。"①其通过多种奖励政策以扶持民族文化。这一提案的原则、纲领规定了国民党对抗战时期文化建设、文艺政策的指导思想和基本方向。其后，1942 年出台《国民党中央宣传部文化运动委员会工作纲领》，1942 年 5 月 1 日军委会抄发《当前之文化政策与宣传原则》，1942 年 5 月 15 日中央宣传部所检送《各省市县党部三十年度通俗宣传实施纲要》，1943 年 9 月 8 日国民党第五届中央执行委员会第十一次会议通过《文化运动纲领案》，1945 年 4 月 23 日国民党中央宣传部奉发《文化运动纲领实施办法》，等等。文艺政策密集推出，贯彻陈果夫等提案中已表明的基本立场。所有政策都强调文化建设对拯救国家与建设国家的重要意义，都强调三民主义在文化活动、文艺运动及文化政策的精神内核地位，也强调民族国家本位下的文化活动应遵循的基本法则。所有政策对马克思主义、对左翼文艺运动及共产党文化政策始终保持高度警戒。

抗战全面爆发，作为执政党的国民党在民族危难中被民众寄予厚望。顺应全民抗战的热潮，国民党积极展开文化活动，特别是军委会政治部第三厅统领了战时文化工作，老舍等负责的中华全国文艺界抗敌协会也为全国性文化运动的开展做了许多工作，为抗战时期全国性的文艺总动员提供了可能，也方便了全国文艺界的互通与联络。但是除此之外，国民党文艺政策并没有比战前更积极，还是一种原有政策的惯性延续。面对新的时代，国民党及其文化集团未

---

① 《国民党临时全国代表会议通过陈果夫等关于确定文化建设原则纲领的提案》（1938 年 3 月 31 日），中国第二历史档案馆编《中华民国史档案资料汇编》第五辑第二编《文化》，南京：凤凰出版传媒集团凤凰出版社 1998 年版，第 1~3 页。

能根本改变被动的局面，仍然是临时应对性地推出文艺政策，消极防御多于积极作为。早在 1931 年，有文章谈国民党民族主义文学运动时即指出这一问题，"所谓党的文艺政策，又是由于共产党有文艺政策而来的；假如共党没有文艺政策，国民党也许没有文艺政策"。①被动反应的状况，到 1942 年全面抗战中期仍未大改。当年 9 月，张道藩在《我们所需要的文艺政策》中提出"六不""五要"，意在有所改变。身为国民党文化官员的张道藩所提"六不政策"是指："（一）不专写社会黑暗，（二）不挑拨阶级的仇恨，（三）不带悲观的色彩，（四）不表现浪漫的情调，（五）不写无意义的作品，（六）不表现不正确的意识。"而"五要政策"则是："（一）要创造我们的民族文艺，（二）要为最苦痛的平民而写作，（三）要以民族的立场来写作，（四）要从理智里产作品，（五）要用现实的形式。"②鉴于张道藩国民党文化官员的身份，这篇文章推出后在文艺界引起不小反响。当时有文章称，"一时之间，中国文艺政策问题，成为了文坛议论的中心。这可说是抗战建国期中中国文艺界的一件大事"③。直到现在研究界也常把张道藩的这篇文章作为抗战时期国民党重要文艺政策的出处。

然而，结合该文发表后的种种遭遇来看，对张道藩此文的赞同、应和主要集中在右翼文人中。于当时不少的附和与赞同之外，也有相当多的嘲讽和反对。论争中，左翼文人对张道藩的文艺政策多为嘲讽态度，有题为《鸵鸟》的文章直接说"嚷嚷'不描写黑暗'的论客们"实质上是"鸵鸟主义在作祟"。④自由主义文人梁实秋则秉持他 20 世纪 30 年代以来的一贯主张，认为统一的文艺政策是对文

---

① 《朱应鹏氏的民族主义文学谈》，《文艺新闻》1931 年 3 月 23 日。
② 张道藩：《我们所需要的文艺政策》，《文艺先锋》第 1 卷第 1 期，1942 年 9 月 1 日。
③ 王集丛：《三民主义文艺政策的提出和其意义》，《中国新文学大系（1937—1949）》第一集《文学理论》卷一，上海：上海文艺出版社 1990 年版，第 91~92 页。
④ 苏黎：《鸵鸟》，《新华日报》1942 年 9 月 27 日。

艺自由的妨碍，是一种带有强迫性的战时统制文艺。① 更值得注意的是，附和张道藩观点的右翼文人也多指出《我们所需要的文艺政策》的种种不足。有文章指出张文的含混未能明确将"我们所需要的文艺政策"直接命名为"三民主义的文艺""三民主义文艺"②。有文章指出前所述"六不""五要"，"作为纲目条文，其间界限未清，而含义大小不一，有的可以合并，有的可以补充"③。还有文章希望其对文艺有长远的指导，而不仅仅是"政策"。有文章对"政策"的措辞提出不同意见，"时至今日，不止是我，恐怕广大的读者们看到'政策'这字面，都会感觉头痛。现在，作者既是站在主义和国家民族的立场，提出文艺的建设性和永久性的法则，并不是为了应付眼前，维持现状的'政策'，那么，在标题上取消'政策'的字面，干脆发出一个洪亮的号召：'我们所需要的文艺！'实在尤为允当而适切"④。但这样的主张，一旦真的付诸实施，则恰恰等于取消了张道藩所主张的文艺政策。而张道藩自己面对种种诘难也只能勉力应付，底气很是不足，他解释之所以"未曾称为'政府的文艺政策'或'中国的文艺政策'，而只称为'我们所需要的文艺政策'"，是因为希望"全国的文艺界来批评、补充，以求一全国一致同意的政策"⑤。20 世纪 30 年代以来，国民党及其文人集团一直希望以"党的文艺政策来统制中国的文艺"⑥，但这个党治文化的梦想缺少理论的指导，也缺少民众的基础，即使在战争体制之下也未能由梦想走向现实。

一种制度只有在相当一部分人接受并同意贯彻它时，才能被付

① 梁实秋：《关于"文艺政策"》，《文化先锋》第 1 卷第 8 期，1942 年 10 月 20 日。
② 易君左：《我们所需要的文艺原则纲要》，《文艺先锋》第 2 卷第 4 期，1943 年。
③ 王梦鸥：《戴老光眼镜读文艺政策》，《文化先锋》第 1 卷第 21 期，1943 年。
④ 王平陵：《评〈我们所需要的文艺政策〉》，《中央周刊》第 5 卷第 16 期，1942 年。
⑤ 张道藩：《关于文艺政策的答辩》，《文化先锋》第 1 卷第 8 期，1942 年 10 月 20 日。
⑥ 殷作桢：《文艺统制之理论与目标》，《前途》第 2 卷第 8 号，1934 年。

诸实施。从这个角度讲，张道藩所主张的"我们所需要的文艺政策"，还只能算是一种文艺政策的设想，而不能说是一种获得同意并贯彻的文艺政策。他有感于建立"全国一致同意的政策"的必要性，实际上却无法推出这种"全国一致同意"的文艺政策。相比之下，延安文艺座谈会及毛泽东《在延安文艺座谈会上的讲话》则是有政党的设想、有文人的讨论，更重要的是有民族战争环境之下的群众基础，因此能够成为由一部分人接受继而为广大人民群众所接受、所实践的文艺政策。

《在延安文艺座谈会上的讲话》成为马克思主义的文艺经典，其生成与共产党人对抗战时期的时代氛围的把握有关。民族危机之下，民族文化的建设需要高度合法性的文艺政策。《在延安文艺座谈会上的讲话》一方面与毛泽东新民主主义思想、中国特色革命道路的思考以及中国化民族文化建设思想一脉相承，是水到渠成的发展；另一方面也是五四文艺、革命文艺在民族战争时期突破困境的迫切需要。王德芬在关于萧军1941年延安生活的回忆中提到，毛泽东回答萧军"党有没有文艺政策"的问题直率地回答："哪有什么文艺政策，现在忙着打仗，种小米，还顾不上哪！"深受左翼文艺思想影响的萧军则指出："党应当制定一个文艺政策，使延安和各个抗日根据地的文艺工作者有所遵循有所依据，统一思想统一行动，加强团结，有利于革命文艺工作正确发展。"① 结合后来的历史文献来看，王德芬这里所述的对话的细节或许可能与历史场景有出入，但其基本骨骼应当是真实的。1944年3月22日，毛泽东在中共中央宣传委员会的会议上，强调宣传工作的重要性时谈道："在内战时期、抗战初期，甚至于现在，在我们一些同志中间还有一种思想，就是认为政治、军事是第一的，经济、文化是次要的。这样一种看法有没有理由呢？

---

① 王德芬：《萧军在延安》，《新文学史料》1987年第4期。

的确，政治、军事是第一的，你不把敌人打掉，搞什么小米、大米，搞什么秧歌，都不成，因为还有敌人在压迫。"① 毛泽东一直强调战争时代政治与军事的重要，他在 1944 年 10 月 30 日陕甘宁边区文教工作者会议上也说："我们的工作首先是战争，其次是生产，其次是文化。没有文化的军队是愚蠢的军队，而愚蠢的军队是不能战胜敌人的。"② 毛泽东并不看轻文化对革命工作的必要性和重要性，但也一直强调战争环境中政治、军事、经济、文化的主次轻重和先后次序。萧军后来在延安文艺座谈会上发言时，明确提议："可能时应制订一种'文艺政策'，大致规定共产党目前文艺方针，以及和其他党派作家的明确关系。"③ 在延安文艺座谈会结束几天后的中央学习组会议上，毛泽东通报了文艺座谈会的情况，把几个关键的文艺问题提了出来："党中央关于知识分子的决定已经有了，但是对于文学艺术工作，我们还没有一个统一的很好的决定。现在我们准备作这样一个决定，所以我们召集了三次座谈会……其目的就是要解决刚才讲的相结合的问题，即文学家、艺术家、文艺工作者和我们党的干部相结合，和工人农民相结合，以及和军队官兵相结合的问题。"④ 翻阅《毛泽东文艺论集》可以看到毛泽东当时的思考体现在对"政策"一词的数度关注上，比如："这个问题的解决当然不是一天两天的事，而是一个长期的过程，但是我们要了解党对待这个问题的政策。"（第 86 页）"我们要使文艺工作者了解这些问题，掌握党的政策。"（第 94 页）"所以文艺家要懂得这样的政策，其他同志也要懂得这样的政策，这是一个结合的过程问题。"（第 95 页）

---

① 毛泽东：《发展陕甘宁边区的文化艺术》，《毛泽东文艺论集》，北京：中央文献出版社 2002 年版，第 103～104 页。

② 毛泽东：《文化工作中的统一战线》，《毛泽东文艺论集》，北京：中央文献出版社 2002 年版，第 110 页。

③ 萧军：《关于文艺诸问题的我见》，《解放日报》1942 年 5 月 14 日。

④ 毛泽东：《文艺工作者要同工农兵相结合》，《毛泽东文艺论集》，北京：中央文献出版社 2002 年版，第 87～88 页。

以此观之,《在延安文艺座谈会上的讲话》对文艺"为什么人"与"怎么为"的问题、对文艺的普及与提高的问题及文艺政治标准与艺术标准的问题等,是有意识地从制度、政策层面来思考的。从"哪有什么文艺政策"(共产党之前并非完全没有文艺政策)到文艺政策上的宏观建构,毛泽东不仅推出纸上制度,而且使制度真正落地生根、入脑入心,毛泽东文艺思想是共产党抗战时期卓有成效的文艺探索。这之后一系列相关政策与《在延安文艺座谈会上的讲话》形成文艺战线上的集束弹,1943年10月20日中央总学委发布《关于学习毛泽东〈在延安文艺座谈会上的讲话〉的通知》,1943年11月7日中央宣传部推出《关于执行党的文艺政策的决定》,《新华日报》在重庆对延安文艺座谈会及讲话进行介绍、宣传。毛泽东《在延安文艺座谈会上的讲话》所体现的文艺政策在各解放区的传播和贯彻获得了制度性的护航与保证,其在第一次文代会后成为中国大陆获得成功实施的、具有绝对文化领导权的文艺政策。

四

在全面抗战展开的过程中,众多文化人发表文章主张建立战时文艺政策,如西谛《战时的文艺政策》①、周行《论战时文艺政策》②、董文《战时文艺政策》③、杜埃《确立文艺政策》④、沙雁《确立抗战文艺政策》⑤等等。文章或从宏观对抗战时期文艺政策、纲领进行讨论,或从微观对抗战时期文艺政策的措施策略发表具体的建议。在全民救亡的时代背景下,文艺政策的讨论是民众意愿的一种体现,战时文艺到底应该是怎样的,战时文艺到底应该怎样承

---

① 西谛:《战时的文艺政策》,《战时联合旬刊》第3期,1937年。
② 周行:《论战时文艺政策》,《武装》第3期,1938年。
③ 董文:《战时文艺政策》,《弹花》第3卷第2期,1939年12月1日。
④ 杜埃:《确立文艺政策》,《文艺阵地》第4卷第7期,1940年2月1日。
⑤ 沙雁:《确立抗战文艺政策》,《东南青年》第1卷第5期,1941年11月15日。

担救亡宣传的重任？共产党的文艺政策和国民党的文艺政策都是对民意不同程度的一种呼应，也必然在抗日战争的文艺宣传中加入了不同的政党立场和党派意识。毋庸置疑，在具体过程中，随着各自力量的消长、战争局势的变化以及国际形势的不同，国民党与共产党在文艺政策上既有联合，也有竞争，甚至是激烈的斗争。正是在这种联合、竞争、斗争的复杂纠结关系中，国共两党的文艺政策引导着抗战文艺的前进方向、创作实践，一定程度上决定了抗战文艺的潮起潮落和文学版图。

抗战时期国共两党的文艺政策，使许多作家对建立全国性的文艺界抗日民族统一战线的呼吁化为现实，中华全国文艺界抗敌协会、中华全国戏剧界抗敌协会、中华全国电影界抗敌协会、中华全国美术界抗敌协会等全国性文艺界抗敌救亡团体纷纷建立。这些全国性文艺团体的建立，凝聚了全国文艺界的力量，增强了抗日救国的舆论宣传力度。尤其是文协及其散布于各地的十多个分会、流落于中国乃至世界各地的文协会员，成为战时宣传和联通的一支重要力量。当然，由于战争，中华大地实际上已处于支离破碎的政治地缘文化环境中。比如文协在各地的分会不仅服从整个文协的安排，也必然甚至首先服从于所属地方的政治主导力量。因此，文艺上的全国大联盟不可能超越地缘阻隔、政治限制，达到全国贯通的理想状态。然而，文协等全国性文艺组织、救亡团体的存在确实对全民族解放运动有着不容忽视的贡献和作用。

在抗战的时代背景下，国共两党提倡文艺与民众相结合，促成了"文章下乡，文章入伍"的大规模文艺活动。这促使新文学在五四之后第一次走向底层民间，走向乡村与市井之中，促使新文学作家从书斋走向广场，从书桌走到田间地头。抗战时期许多作家到前线、到军队、到农村，这些经历不仅冶炼了他们的精神，也充实了他们对乡土中国的理解。延安解放区丁玲"西北战地服务团"的经历使她真正完成了从"文小姐"到"武将军"的转变，丁玲的创作也从"莎菲"的公寓一隅走向"太阳照在桑干河上"；而国统区的臧克家、丘东平、穆旦等作家真正走进战场，他们一洗和平生活中的诗意，写出了中国抗战的艰难与悲壮，也使中国抗战时期文学从简单的血泪呼号走向了关于国民性、关于民族文化的深入思考。

抗战时期国共两党对文艺的新认识，还将文艺大众化、通俗化、民族化运动引向深入，引向更广阔的范围。无论是解放区还是国统区的作家和艺术家，都看到了街头剧、墙头诗、板报、壁报、歌谣、图画等在救亡宣传、民众改造中的巨大作用。为了增强宣传效果，也为了吸引民众注意，抗战时期的作家们越来越意识到通俗化、大众化手段的重要性，并由此思考民族化的问题。通俗化、大众化的方式不仅拉近了文艺与普通民众之间的距离，也成为改造民众精神世界的重要通道。国共两党不约而同地促进作家与民众的融合。国民党中央宣传部制定了《各省市县党部三十一年度通俗宣传纲要》，军委会战地党政委员会制定了《战地书报供应办法》和《文化食粮供应计划大纲》，安排了文化宣传进底层的种种措施。根据地文化建设更加注重推动文艺的大众化与通俗化，翻看根据地报刊的社论及颁布的规章可见一斑，如《晋察冀边区首届艺术节宣传大纲》[①]《新年戏剧工作大纲》[②]《从春节宣传看文艺的新方向》[③]《关于发展群众艺术的决议》[④] 等，从中能看到共产党人对艺术文化、年节文化、群众艺术的重视和引导，他们在大众化与民族化的探索上付出的努力更多。因此，根据地文化建设对通俗化、大众化的实验更丰富，逐

---

① 《晋察冀边区首届艺术节宣传大纲》，《抗敌报》1940 年 10 月 16 日。
② 《新年戏剧工作大纲》，《晋察冀日报》1940 年 12 月 24 日。
③ 《从春节宣传看文艺的新方向》，《解放日报》1943 年 4 月 25 日。
④ 《关于发展群众艺术的决议》，《解放日报》1945 年 1 月 12 日。

步融合到节令、民俗、民风等层面，从最底层民众最日常的生活实践出发来影响普通百姓的精神世界、意识观念。这种改造是潜移默化的，相比国民党的探索更接地气、更彻底深入，这与中国共产党的革命方式、政党性质是紧密相关的。无论是在国统区还是在根据地，无论是新文学作家还是通俗文学作家，都在不断深入思考民族化与大众化、通俗化相通又相异的关系，虽然深浅不一，但都是抗战时期文艺政策调整的收获。

抗战时期的文艺政策还包括国共两党关于图书杂志审查、出版等方面的制度及战时作家救助与文艺奖励措施。相比较而言，作为当时执政党的国民党在不同的历史阶段制定了不同的图书审查制度和出版制度，数量多、影响很不好，对文艺的自由发展特别是左翼文艺限制极大，在历史记录中多被诟病。如果说，这些图书杂志审查制度和出版法规更多体现了战时国民党文化建设的消极措施，那么，作家救助与文艺奖励制度在抗战时期却发挥了积极作用，但研究界对此还没有充分重视。由于战时经济的特点，作家作为精神产品的生产者，在战时经济的通货膨胀中受到很大的冲击。战争中物资缺乏、物价飞涨的现象使知识分子（尤其是作家）生活质量下滑更剧烈。因此，战争时期许多作家贫病交加，基本生计成了很大的问题。不少作家沦落到变卖财物、开展兼职、到处告贷的境地，有的仍无以为继以至于自杀。国民政府的文艺奖金和贷金及各类补助金，虽不能根本解决战争时期作家严峻的贫困问题，但在战争环境中仍成为作家抱团取暖的一个方式，给作家们以关键的周济。另外政府要员对文艺的资助，也是抗战时期的特殊现象，如蒋介石夫妇及冯玉祥、龙云等都对文艺工作者多有照拂，有些政府背景的文艺奖征文也是政府资助的另一种形式。与国统区相比，延安等根据地采取物质供给制，虽然整体较贫困，但作家的基本生存相对更有保障一些。赵超构曾写到延安的作家生活："当我想多知道一点他们的日常生活时，多数作家都向我们保证他们生活得很满意。写不写，写多或写少，一种作品写作时间的长短，并无拘束。反过来说，公家虽保证他们基本生活，并不要求一定的写作，假如他们有作品，所有的稿费和版税也是私有的。"① 当然，这种供给制在一定程度上也养成了部分知识分子不思进取的体制惰性，使部分作家失去了自由创作的冲动和能力。根据地也有文艺奖励，但在奖励上主要偏重于工农新作家的培养和落后旧文人的改造。至于出版发行工作，在抗战时期整体的抗日民族统一战线背景下也有隐蔽的斗争。如共产党在根据地之外的出版发行工作尤其注意策略，坚持基本的政策："一方面坚持抗日第一与抗战到底，坚持抗日民族统一战线与新民主主义政治，坚持真正三民主义与总理遗嘱，并多方揭露国民党反共投降的阴谋罪行，及其违反三民主义与总理遗嘱的言论行为，以推动国民党进步分子，争取中间分子，孤立其反动分子。又一方面，争取社会的广大同情者和同盟军，来共同反对国民党的反共、投降，反对其反动的复古主义和一党专制主义，在这方面，我们要强调思想、信仰、言论、研究、创作、出版、教育之自由，要赞助广大中间分子自由主义立场，要同情被压迫、被排斥的地方势力。"同时，"在国民党区域的出版发行工作（党的和同情者的），要以精干政策战胜国民党的量胜政策，以分散政策抵抗其统制政策，以隐蔽政策对抗其摧残政策。因此，需要改变和改善宣传战方面的组织工作，主要是出版发行工作"。② 这里仍然是坚持文化领导权与抗日民族统一战线的平衡，即对国民党既斗争又联合，对被排斥的地方势力既争取又提防的灵活策略。因此，抗战时期的文艺政策使得各政党互相渗透、互相牵制又互相合作，

---

① 赵超构：《延安一月》，北京：中国国际广播出版社 2013 年版，第 112 页。
② 《中央宣传部关于展开对国民党宣传战的指示》，《中国共产党宣传工作文献选编》（1937—1949），北京：学习出版社 1996 年版，第 225、223 页。

共产党在民族危亡之中既参与并领导同声抗日，又独辟蹊径发展了自己，其抗战文学运动也在夹缝中求得发展，甚至在桂林、香港等地开展得如火如荼。

五

抗战时期，中国版图上存在着多方政治势力，国土分裂成了多个碎片化的地理政治空间。以广义的国统区、解放区、沦陷区而论，每一政治空间的政治势力都在追求各自的文化领导权，都在推行各自的文化与文艺政策。特别是日本侵略者所推行的所谓"共存共荣"的大东亚文化战略，使战时国共两党的关系和文艺政策更趋复杂和多变。对于国共两党来说，在民族救亡的层面上，日本侵略势力始终是一个敌对的他者。不过，由于历史的惯性和自身的利益，国民党顽固势力虽然表面上已走出"攘外必先安内"的策略怪圈，但在反苏、反共上仍存在与日伪结成利益共同体的苗头和可能，与此同时，共产党人则始终警惕着这种苗头和可能。事实上，自国共两党第二次合作、建立抗日民族统一战线之后，双方就都在警惕、排除对方身上的他者性，有意无意地实施法国文化人类学家列维－斯特劳斯所概括的两种文化策略。

在《忧郁的热带》中，列维－斯特劳斯曾提出，在人类的历史上，无论何时，当需要处理他者的他者性时，通常会运用两种策略：一种是人的区隔策略，一种是人的噬食策略。鲁迅曾说："我以为文艺家在抗日问题上的联合是无条件的，只要他不是汉奸，愿意或赞成抗日，则不论叫哥哥妹妹，之乎者也，或鸳鸯蝴蝶都无妨。但在文学问题上我们仍可以互相批判。"[①] 这种文化策略后来在毛泽东所说的"今天第一条是一切爱国者的抗日民族统一战

---

① 鲁迅：《答徐懋庸并关于抗日统一战线问题》，《鲁迅全集》第6卷，北京：人民文学出版社1981年版，第530页。着重号为引文原有。

线，第二条才是我们自己艺术上的政治立场"① 中获得了相当完整的延续。而总体上，如果毛泽东所说的第一条是一种典型的注重同化他者性的策略，那么，他所说的第二条则是一种典型的注重消除他者性的区隔策略。可以说，抗战时期共产党人对国民党人所主张的三民主义文艺所持的态度，相当集中地折射出这两种典型策略：愿意在政治基础上接受三民主义，但在思想文化基础上更强调新民主主义的文化和文学的建设。

值得注意的是，抗战时期，无论共产党的文艺政策，还是国民党的文艺政策，都受到苏联文艺政策的影响。当然，二者所受影响的性质、程度又有不同。中国共产党文件指示："党的领导机关，除一般的给予他们写作上的任务与方向外，力求避免对于他们写作上人工的限制与干涉。我们应该在实际上保证他们写作的充分自由。给文艺作家规定具体题目、规定政治内容、限时限刻交卷的办法，是完全要不得的。"② 给作家以充分的写作的自由，其思想来源、政策根源显然来自列宁的《党的组织和党的文学》。当然，写作的自由并不是无限制的，具体的实践更是另一回事。赵超构便注意到："苏联有'文艺政策'，延安也有'文艺政策'。延安的文艺理论，是全盘承受苏联的，主要的是列宁和高尔基的文艺观。这理论的要点，只有两句话：一，任何时代的文艺，都是带着阶级性的，都是为着它本阶级的政治利益而服务的；二，'无产阶级'的文艺家，应该为无产阶级的政治利益服务。"③ 这样的观察是准确的。对文艺的政治立场和倾向的强调，是共产党的文艺政策对作家的第一要求。成仿吾甚

---

① 毛泽东：《在鲁迅艺术学院的讲话》，《毛泽东文艺论集》，北京：中央文献出版社 2002 年版，第 16 页。

② 《中共中央宣传部、中共中央文化工作委员会关于各抗日根据地文化人与文化团体的指示》，《建党以来重要文献选编（1921～1949）》第十七册，北京：中央文献出版社 2011 年版，第 582 页。

③ 赵超构：《延安一月》，北京：中国国际广播出版社 2013 年版，第 108 页。

至特别强调："关于文艺与政治的关系问题，文艺为政治服务的'政治'还是抽象的说法，法西斯也是政治。应该更具体些：文艺为一定阶级的阶级斗争服务。"① 相比之下，国民党对苏联文艺政策的态度颇多游移和暧昧，甚至可以说充满了今日所说的"羡慕嫉妒恨"的情绪：一方面，他们反复地指责共产党追随苏联的文艺政策，声称"苏联的文艺政策，不是我们所需要的文艺政策"②，"我们不希望以三民主义的文艺政策与日、苏、德、意的文艺政策相提并论。三民主义的政治是民主政治"③，但另一方面，他们又颇为羡慕苏联的文艺统制政策，不断地论证文艺统制政策的合法性④。梁实秋曾说："在苏联德意，文艺作家是一种战士，受严格的纪律，不合乎某一种'意德沃洛基'的作品是不能刊行的，有时还连累作者遭受迫害，不能在本国安居，或根本丧失性命。"⑤ 张道藩等人虽然矢口否定这不是"我们"所需要的文艺政策，但是，从国民党 20 世纪 30 年代以来实际上所推行的文艺政策来看，从抗战时期国民党所颁布和实行的诸多图书杂志审查标准和制度来看，他们所施行的实际上是那种高度一体化的文艺统制政策的最坏部分。而实际上，即使在苏联，也有相当多的人反对政党对文化的统制。在 20 世纪 20 年代的文艺政策论争中，布哈林说："凡有文艺上的政策的一切问题的解决，常常有人想求之于党——宛然是对于政治及其他的生活的些细的问题，党都给以回答一般。然而这是党的文化事业的完全错误的

---

① 成仿吾：《在北岳区党的文艺工作会议上的发言》，《晋察冀报》1943 年 5 月 21 日。
② 王梦鸥：《戴老光眼镜读文艺政策》，《文化先锋》第 1 卷第 21 期，1943 年。
③ 张道藩：《关于文艺政策的答辩》，《文化先锋》第 1 卷第 8 期，1942 年。
④ "本世纪来，能确定一个文艺政策而且行之有效——确能有助于整个国策之运用的，自然要数苏联。这个国家对文艺政策的重视，证明了这话的正确：'一个主义具有完整建国理论的国家必须有一个与那理论一致的文艺政策。'"（丁伯骝：《从建国的理论说到文艺政策——〈我们所需要的文艺政策〉读后感》，《文化先锋》第 1 卷第 8 期，1942 年。）
⑤ 梁实秋：《关于"文艺政策"》，《文化先锋》第 1 卷第 8 期，1942 年。

Methodologie（方法），为什么呢，因为这是自有其本身的特殊性的。"① 特罗茨基同样强调文学艺术的特殊性。他在《文学与革命》中谈到"共产党对艺术的政策"。② 帕斯捷尔纳克在 1935 年于巴黎召开的一个作家代表大会上，更是不留任何情面地说："我知道这是一次作家的聚会，目的是组织起来共同抵制法西斯主义。我只想对你们说一句话：不要去组织。组织是对艺术的扼杀。只有独立的个性才是最重要的。无论是 1789 年、1848 年还是 1917 年，作家们都没有组织起来拥护什么或者反对什么。不要组织，我恳求你们，不要去组织。"③ 帕斯捷尔纳克如此决绝地反对对作家进行组织，除了以艺术的例外论和独立的个性的名义之外，显然还与苏联国内的一系列变动不无关联：1932 年 4 月 23 日，联共（布）中央通过《关于改组文艺团体》的决议，决定成立单一的苏联作家协会；1934 年 8 月，召开苏联第一次作家代表大会，将"社会主义现实主义"定为一尊；1934 年 12 月 1 日，谢尔盖·基洛夫在列宁格勒被暗杀，成为大清洗的导火索。大致上从此时起，1925 年所颁布的《在文艺领域内的党的政策》为"不同集团和流派的自由竞赛"留下的空间被彻底取消。可以说，无论中外，文艺的统制与文艺的自由之间，始终是一对矛盾。早在 1934 年的中国，就有人注意到了超功利的文学论与所谓的文艺政策之间的冲突和矛盾：文艺在具有超时间和空间的超越性的同时，"也最容易为人玷污，为人利用……爱护文艺的人是无法加以置辩的"。④ 当然，有利用和御用便总是有反利用和反御用，这是任何时代都无法抹去的历史事实

① 转引自《关于对文艺的党的政策》，《鲁迅译文全集》第 5 卷，福州：福建教育出版社 2008 年版，第 67 页。

② 参见〔俄〕特罗茨基：《文学与革命》，韦素园、李霁野译，北京：未名社 1928 年版，第 288 页。

③ 参见〔英〕以赛亚·柏林《苏联的心灵：共产主义时代的俄国文化》，潘永强、刘北成译，南京：译林出版社 2010 年版，第 56 页。

④ 天羽：《殖民地文艺政策》，《清华周刊》第 42 卷第 3、4 期合刊，1934 年。

和无法摆脱的历史辩证法。

抗战时期，由于抗日民族统一战线的出现，国共两党之间为文化领导权而展开的斗争同战前相比，表面减缓了力度，不像此前十年那样剑拔弩张、势不两立，在全面抗战的初期，甚至形成了联合竞争的局面，推动着民族救亡事业的文化动员的开展。当然，受战时环境的制约，国共两党的文艺政策在国统区和解放区，以及在国统区和解放区内部的各板块之间的影响都不是均质的。国统区各地方政府和势力在抗战时期的某一阶段都曾制订和颁布过某些地方性的文艺政策和法规。共产党一方面设法扩大革命文化和文艺在国统区的影响，另一方面也谨慎地防止这种扩大对抗日民族统一战线造成动摇。在各解放区内部，由于交通和传播条件等的限制，《在延安文艺座谈会上的讲话》一类文艺法规和政策的传播与贯彻，也有一个渐进的过程，同样不是均质的。

总体上，从文艺政策的创设、推广和实施状况来看，抗战时期共产党无疑比国民党做得更为成功。国民党败居台湾之后，曾反思自己政权落败的一个重要原因是没有如共产党一样利用文艺展开有效的意识形态斗争。这当然不无道理。但过分夸大这一原因，就会沦为典型的避重就轻。正如易劳逸所说的："其实，国民党政权在推行其政策、计划，在改变根深蒂固的中国社会的政治习俗方面，很少表现出有何统治能力。它的存在几乎完全依赖于军队。事实上，它只有政治和军事的组织机构，而缺乏社会的基础。它与生俱来就是所有政治体制中最为动荡的体制之一。"① 一个政权之社会基础的薄弱和动摇，才是这一政权不得人心、最终落败的终极原因。唐纵 1941 年 4 月 24 日的日记，如实记录了张道藩对自己政权的真实看法："张部长云，许多地方治安不好，一有乱子，便归咎中共的煽动，其实以现在政治经济情形，

---

① 〔美〕易劳逸：《毁灭的种子：战争与革命中的国民党中国（1937—1949）》，王建朗、王贤知、贾维译，南京：江苏人民出版社 2009 年版，第 2 页。

没有中共也要出乱子……"① 当一个政权的统治者本身都对这个政权
不满、失去了信心之时，这个政权离在政治竞争的场域中落败就不
远了。此时任何看似有效的宣传政策和文艺政策，也解决不了这一
政权本身的最根本的合法性危机。

第三节　禁与奖：抗战时期的出版制度 *

　　抗战时期，国民党颁布了各种各样的出版法规，一方面大立
"禁"区，建立起对文学的预先审查、事后检查或不成文的潜在审查
制度，另一方面着力"奖"励，通过政府资助、领袖赞助、杂志评
奖等各种方式引导创作。这两手共同影响了抗战时期中国文学的创
作、出版和流通，成为文学生产过程中一种重要的制约力量。

一

　　1914 年 12 月 4 日，袁世凯政府公布了我国第一部《出版法》。
袁记《出版法》一方面沿袭了《大清印刷物专律》《大清报律》
的基本内容，另一方面也对新闻出版自由进行了更严格的规定。
袁记《出版法》后来一方面为北洋军阀政府所继承，另一方面也
不断遭到社会各界的非议和反抗。在 1926 年初上海新闻文化界争
取废止《出版法》的过程中，中国国民党即发表宣言表示同情和
支持，"言论自由载在《中华民国临时约法》，并为世界文明国家
国民所公有之权利"，"本党对于国内不良政府颁布之出版法即早

---

① 唐纵：《蒋介石特工内幕：军统"智多星"唐纵日记揭秘》，北京：团结出版社 2011
年版，第 124 页。

　* 本节作者为南京大学中国新文学研究中心教授王爱松，原文题为《出版制度与 20 世
纪三四十年代的中国文学》，发表于《中国现代文学论丛》2016 年第 1 期，本书对原
文作了改动。

已否认，促其废止"。① 迫于舆论的巨大压力，1926 年 1 月 27 日，北京政府在国务会议上通过了废止《出版法》的决议。

虽然国民党对取消袁记《出版法》表示过同情和支持，但一旦自己成为执政党、成立国民党南京政府，便似乎忘记了《中华民国临时约法》早已颁布的"人民有言论著作刊行及集会结社之自由"②的主张，而自始至终热衷于自己的一党统治和舆论一律。国民党曾连续颁布三部出版法：1930 年 12 月 15 日公布的第一部《出版法》，1937 年 7 月 8 日公布的从 1935 年便开始修订的第二部修正版《出版法》，1947 年 10 月 24 日公布的第三部出版法《出版法修正草案》。这三部出版法不仅反映了不同时段国民党追求一党文化统治、舆论高度一律的现实需要，而且折射出不同政治势力、文化团体追求言论自由、创作自由的民主需求及由此与执政党的文化高压政策构成的激烈冲突和政治博弈。

国民政府司法院 1930 年公布的《出版法》计六章 44 条，与袁记《出版法》的 23 条相比更为详尽。结合 1931 年 10 月 7 日内政部公布的《出版法施行细则》来看，国民政府的这一出版法与袁记《出版法》相比，一个重大变化是增加了强烈的党派色彩：除将新闻报纸及杂志、书籍及其他出版物区别对待之外，还将涉及党义、党务或政治事项的出版品视为一种特殊出版物加以另行规定。

1930 年公布的《出版法》，与 1927 年 12 月 20 日国民政府大学院公布的《新出图书呈缴条例》、1928 年 12 月发布的《取缔各种匿名出版物令》、1929 年 1 月 10 日国民党第二届中央执委会第 190 次常务会议的决议《宣传品审查条例》、1929 年 4 月国民政府颁布的《查禁伪装封面的书刊令》、1929 年 6 月 4 日国民政府颁布的《查禁反动刊物令》、1929 年 6 月 22 日国民政府公布的《取缔销售共产书

---

① 参见马光仁《袁记〈出版法〉的制定与废止》，《新闻与传播研究》1987 年第 2 期。
② 《中华民国临时约法》，上海：商务印书馆 1916 年版，第 2 页。

籍办法令》、1930 年 3 月 28 日国民政府教育部公布的《新出图书呈缴规程》等一起，构成了一张强大的网，给 20 世纪 20 年代末、30 年代初的文学书籍的创作、出版、发行、流通以巨大的约束和压制，特别是对左翼文学的创作、出版、发行、流通形成了动辄得咎的高压。在革命文学运动中，左翼作家所追求的不是什么"纯艺术的艺术"或中立的艺术，而是带有强烈意识形态色彩的无产阶级文学。在"一切的文学，都是宣传"的文学观念指导下所创作出的文学作品，本质上与所谓"宣传品"并无明显界限，极容易触犯《宣传品审查条例》一类法令或法规的红线。而更准确地说，《查禁伪装封面的书刊令》《查禁反动刊物令》《取缔销售共产书籍办法令》等法令的制定与颁布，本就是为了用来对付那时风起云涌的左翼文化和文学运动的。当然，作为广义的出版和出版审查制度之一部分，这些法令和法规大多不仅适用和针对文艺著作，而且适用和针对所有政治派别和文化力量。《宣传品审查条例》将不良宣传品区分为反动宣传品和谬误宣传品，并且对各种宣传品审查之后的处理方法做出了分别"嘉奖提倡""纠正或训斥""查禁查封或究办"的规定。此类规定不只针对文艺出版物，但文艺出版物极容易与"有关党政宣传之各种戏曲电影""其他有关党政之一切传单、标语、公文、函件、通电等宣传品"发生关联①，尤其是强调将文学当作标语口号和宣传的喇叭来使用，主张"文艺是战斗的"左翼作家，更容易触犯这类法令、法规的红线，成为这类法令、法规的牺牲品。这类以出版法和出版审查制度的面貌出现的法令、法规，一旦与《危害民国紧急治罪法》（1931 年）、《危害民国紧急治罪法施行条例》（1931 年）结合到一起，就会成为一种杀人无算的利器，成为一种迫害持不同政见者的"合法化"力量。某种程度上，对以"左联五烈士"为代

---

① 《宣传品审查条例》，《中国新文学大系 1927—1937》第 19 集《史料·索引一》，上海：上海文艺出版社 1989 年版，第 564 ~ 566 页。

表的左翼文化、文学人士的迫害、监禁和杀戮，即借助了这种"合法化"的制度的力量。

　　特别应当一提的是，1934 年 2 月，国民党中央宣传委员会突发密函查禁 149 种文艺书籍。查禁书目涉及 25 家书店、28 位作家，涉及范围之广，堪称前所未有。上海书业界某些人士出于商业利益考虑，建议采取事先审查制度，由官方审查原稿。在此背景下，1934 年 4 月 5 日，国民党第四届中央执行委员会第 115 次常务会议通过了《中央宣传委员会图书杂志审查委员会规程》，决定设立图书杂志审查委员会。委员会下设总务、文艺、社会科学三组，据称设立该组织是"为审慎取缔出版刊物，增进审查效能，并减除书局与作家之损失"，其工作职责是"遵照中央颁布之宣传品审查条例，及审查标准、出版法、出版法施行细则等法令，审查一切稿件"①。1934 年 6 月 1 日，国民党中宣部发布《图书杂志审查办法》。该办法规定"凡在中华民国国境内之书局、社团或著作人所出版之图书杂志，都应于付印前依据本办法"②，将稿本呈送国民党中央宣传委员会图书杂志审查委员会申请审查。这一办法的出台，显然旨在加强国民党中宣部对图书杂志出版的预先检查。1934 年 6 月 15 日，吴醒亚、潘公展、童行白颁布《图书杂志审查委员会开始工作通令》，这标志着设立于上海的图书杂志审查委员会正式开始运作。这一机构的成立，连同 1934 年 7 月 17 日国民政府内政部公布的《取缔发售业经查禁出版品办法》、9 月 7 日上海市教育局转发的《文艺书刊须送中宣会备查令》等法令、法规，无疑在当时的文学创作和图书杂志出版之上又加了一套紧箍咒。

---

①　《中央宣传委员会图书杂志审查委员会组织规程》，《中国新文学大系 1927—1937》第 19 集《史料·索引一》，上海：上海文艺出版社 1989 年版，第 584 页。

②　《图书杂志审查办法》，《中国新文学大系 1927—1937》第 19 集《史料·索引一》，上海：上海文艺出版社 1989 年版，第 585 页。

1934 年号称"杂志年",但杂志出版数量的增加代表的并不是文化和文学的繁荣。正是在这一年前后,舆论界充满了文化统制、"文化'剿匪'"的议论和喧嚣。《前途》1934 年 8 月第 8 期、《文化与社会》1935 年第 1 卷第 8 期均辟有"文化统制"专号,而 1934 年 1 月 1 日出版的《汗血周刊》、1 月 15 日出版的《汗血月刊》都标明"文化'剿匪'专号"。有人甚至声称,"文化需要统制,特别是中国现时的文化需要统制,这已经多数报章杂志热烈讨论过的问题,在目下,可以说已是一致公认的确切不易的定论了"①。大部分提倡文化统制和"文化'剿匪'"的文章,都认为国民党过去在文化上大多采取放任主义,现在转而采取干涉主义,虽属"贼出关门""亡羊补牢",但急起直追,尚未为晚。② 有人将文化统制理解为中国民族复兴运动的两大部分之一:新生活运动"养成国民个人的新生活",文化统制运动"产生民族团体的新生活"③。有人认为文化统制的任务不在于成立一个统制机关,而在于"建立一个共同的信念。以复兴民族夺回民族生存权的抗争精神为今日中国文化的基本精神"④。那时,虽然吴铁城颇费周章地论证"统制系兼爱非霸术""统制系民主非独裁""统制系法治非专制"⑤,但更多的作者和文章却肆无忌惮地宣扬文化统制需要政治独裁,统制和独裁相得益彰。殷作桢毫不掩饰"文化统制是适应独裁政治的需要而产生的。文化统制可以推进独裁政治的发展,也只有在独裁政治的卵翼之下,文化统制才能顺利地完成的",他同时狂热地主张"独

---

① 陈起同:《文化统制的实施问题》,《社会主义月刊》第 2 卷第 1 期,1934 年 3 月 1 日。
② 滁尘《文化统制政策与复兴中国》(《政治评论》第 84、85 号合刊,1933 年 1 月 11 日)、陈起同《文化统制的实施问题》以及《社会新闻》1933 年第 5 卷第 1 期的社论《文化剿匪的认识》等文都持此种观点。
③ 沈琳:《中国文化统制的目标与方法》,《前途》第 2 卷第 8 期,1934 年 8 月 1 日。
④ 萧作霖:《文化统制与文艺自由》,《前途》第 2 卷第 8 期,1934 年 8 月 1 日。
⑤ 吴铁城:《统制真诠——为前途杂志文化统制专号作》,《前途》第 2 卷第 8 期,1934 年 8 月 1 日。

裁可以统一中国""独裁可以复兴民族"。①《社会新闻》的社论在提出文化"剿匪"的四种办法之外，还赤裸裸地强调："其实要发动文化'剿匪'的运动，则除却消极的铲除赤色文化以外，还应该积极的用法西斯蒂的精神，来建立三民主义的文化，一方面应仿焚书坑儒的先例杀共产党而焚其书，另一方面该仿摩罕默德左手握刀右手经典的办法，把三民主义的文化基础建立起来，使赤色的文化没有死灰复燃的余地。"② 这类史料一方面让我们见识了当时国民党力图达成文化专制、舆论一律的思想来源，另一方面也让我们看到了对1930年《出版法》进行修订的宏观文化背景。

历经各种查禁风波的出版界和文化界认为1930年的《出版法》过严，图书杂志审查委员会的某些举措过于荒唐，但官方却依然认为1930年的《出版法》过宽，留有制度上的漏洞和可乘之机。不过，无论是认为过严还是认为过宽，都表现出了对1930年《出版法》加以修订的意愿。在此背景下，从1935年2月起，国民政府内政部同中宣会、行政院等部门代表多次就《出版法》的修订进行审议或审查，并于同年7月12日由立法院通过了《修正出版法》。但此《修正出版法》在《大公报》等媒体全文刊出后，其过苛的新条文遭到新闻界的强力抵制和反对，未进入正式公布实施阶段。③ 1937年7月8日国民政府公布的《修正出版法》和7月28日内政部公布的《修正出版法施行细则》，堪称1935年国民党对《出版法》的修正和新闻舆论界积极抗争而达成的一个结果：比1930年的《出版法》更严，比1935年未正式公布实施的《修

① 殷作桢：《文艺统制之理论与目标》，《前途》第2卷第8号，1934年8月1日。
② 《文化剿匪的认识》，《社会新闻》第5卷1期，1933年。该文提出的"文化'剿匪'"的四大方法是："第一，是查封解散赤色文化的团体。""第二，是严厉取缔鼓吹赤色文化的出版物。""第三，是取缔电影。""第四，是统制教育。"
③ 有关1935年国民党对《出版法》进行修订并"功亏一篑"的过程，可参见张化冰《1935年〈出版法〉修订始末之探讨》，《新闻与传播研究》2007年第1期。

正出版法》要松。其中第二十四条"战时或遇有变乱及其他特殊必要时，得依国民政府命令之所定，禁止或限制出版品关于政治军事外交或地方治安事项之登载"① 比 1930 年《出版法》涉及同样内容的第二十一条多出了"政治""地方治安"六字。这六个字已隐隐地露出战争的威胁和政府乃至地方势力可以借用"战时"大打政治牌的端倪与伏笔。

抗战时期，国民党制定了更多的有关出版和图书杂志审查的法规和制度，并建立了专门的图书杂志审查机关。1938 年 7 月 21 日，国民党第五届中央常务委员会第 86 次会议通过《战时图书杂志原稿审查办法》《中央图书杂志审查委员会组织大纲》《修正抗战期间图书杂志审查标准》。《战时图书杂志原稿审查办法》的第一条称："在抗战期间，中央为适应战时需要，齐一国民思想起见，特组织中央图书杂志审查委员会（以下简称中央审查机关），采取原稿审查办法处理一切关于图书杂志之审查事宜。"第四条称："为便利各地图书杂志之迅速出版起见，各大都市（或省会）之党政军警机关得在中央审查机关指导之下成立地方图书杂志审查委员会（以下简称地方审查机关），办理各该地方之图书杂志审查事宜……"② 这实际上是重提组建 1935 年 5 月因"《新生》事件"而被迫撤销的不得人心的图书杂志审查委员会。经过一段时间的筹备组建，由中宣部副部长潘公展兼任主任委员的中央图书杂志审查委员会于同年 10 月开始运作，并在武汉、西安、重庆、桂林、云南、广东、湖南等地设立了相应的地方图书杂志审查委员会，图书杂志原稿审查办法因此比

① 《国民政府公布的修正出版法》（1937 年 7 月 8 日），《中华民国史档案资料汇编》第五辑第二编《文化》（一），南京：凤凰出版传媒集团凤凰出版社 1998 年版，第 276 页。

② 《国民党战时图书杂志原稿审查办法》，《中华民国史档案资料汇编》第 5 辑第 2 编《文化》（一），南京：凤凰出版传媒集团凤凰出版社 1998 年版，第 549 页。括注为引文原有。

在上海所推行的审查办法涉及范围更广、渗入程度更深。《修正抗战期间图书杂志审查标准》对"反动言论"和"谬误言论"的界定比战前的《宣传品审查条例》的相应界定范围更广,分别由原来的五条和三条变为八条和七条,具体内容的界定突出了战时的国家使命和执政党的现行权力(如"宣传共产主义及阶级斗争者"衍变成了"鼓吹偏激思想,强调阶级对立,足以破坏集中力量抗战建国之神圣使命者"①)。

同样是在1938年7月,国民党中央宣传部颁布了《通俗书刊审查标准》。而1939年,先后颁布了《修正印刷所承印未送审图书杂志原稿办法》《修正检查书店发售查禁出版品办法草案》《图书杂志查禁解禁暂行办法》。1940年,公布了《战时图书杂志原稿审查办法(修正)》。1942年,公布了《图书送审须知》《书店印刷厂管理规则》。1944年,颁布了《战时出版品审查办法及禁载标准》《战时书刊审查规则》。从这里仅举其要的有关出版和出版审查的文件来看,抗战时期国民党对图书杂志的规范和查禁、对意识形态领域的监控和斗争从来就没有停止过。这类制度上的部署和约束,不仅仅沿用了政治上的专权、思想上的统制的一贯路线,而且利用了世界通行的战时例外论所带来的某些制度设计上的便利。这些法规和机构的设置,不只是针对文学艺术领域,同样适用于文学艺术领域。

抗战胜利以后,社会各界发出了争取自由民主、言论自由的呼声,这促使国民党不断调整专制统治。政治协商会议1946年1月31日通过的《和平建国纲领》对"人民权利"的规定是"确保人民享有身体、思想、宗教、信仰、言论、出版、集会、结社、居住、迁徙、通讯之自由。现行法令有与以上原则抵触者,应分别予以修正

---

① 《国民党修正抗战期间图书杂志审查标准》,《中华民国史档案资料汇编》第5辑第2编《文化》(一),南京:凤凰出版传媒集团凤凰出版社1998年版,第553页。

或废止之"。有关"教育及文化"的规定是:"废止战时实施之新闻出版、电影、戏剧邮电检查办法,扶助出版、报纸、通讯社、戏剧、电影事业之发展,一切国营新闻机关与文化事业均确定为全国人民服务。""附记"之七则规定:"修正出版法,将非常时期报纸、杂志、通讯登记管制办法,管理收复区报纸、通讯社、杂志、电影、广播事业暂行办法,戏剧电影检查办法,邮电检查办法等予以废止,并分别减轻电影、戏剧、音乐之娱乐捐与印花税。"① 在此宏观背景下,最高国防委员会于 1946 年 1 月 28 日决议修正出版法。1947 年 10 月 24 日,行政院临时会议通过了经一年多时间反复修改的《出版法修正草案》。修正后的出版法减弱了党化色彩,然而在实际的落实和履行中却并无放松的迹象,反而在历史的混乱期和转型期增加了对出版的控制和言论的钳制。

二

与执政党国民党相比,由于当时力量薄弱,共产党最初并没有建立起完整的出版制度,更不用说建立起完整的文学出版制度。在中央苏区,1931 年底成立了中央出版局。1932 年 6 月,则成立了中央教育人民委员会编审委员会。文化艺术类读物的出版和编审工作部分地隶属于这类机构。但此时还谈不上对出版特别是文学出版的全面统制。不少其他部门出版了自己的书籍,甚至有自己的编审委员会。不过,总体来看,这样的编审委员会所承担的功能大抵相当于同一时期上海这样的大都市左翼文坛的某个文学刊物或文学社团的编审委员会所承担的功能。

抗战时期,延安及各抗日民主根据地实施的是抗日民族统一战

---

① 《政治协商会议五项协议(一九四六年一月三十日通过)》,参见中共代表团梅园新村纪念馆编《国共谈判文献资料选辑》,南京:江苏人民出版社 1984 年版,第 82、86、87 页。

线的文艺政策，出版和出版检查制度首先服务于抗战的大业。陕甘宁边区文化界救亡协会公开号召"组织成千成万的干部到火线中去，到民间去，为保卫祖国和开发民智而服务，展开新启蒙运动，发挥科学文化的教养，创造三民主义的文化，创造中华民族的新文化"，并认为为达成这种任务而急需完成的工作之一，是"出版界之间彼此应有联系或组织，在某种可能范围，每人依赖自己的能力，决定对于抗战文化某部门，进行特殊的贡献"[1]。与此同时，"为了开展边区的文化运动，加强抗战的文化工作"，《抗敌报》所发表的社论强调："建立并健全全边区统一的文化工作的领导机构，提高文化工作的组织性与计划性。"[2] 陆定一针对戏剧运动则提出："我们希望我们的政府，对于戏剧运动的抗日民族统一战线，给以有力的帮助。一方面，帮助戏剧协会，把抗战的戏剧运动到各村里去开展，并办理一切剧团的登记（完全免费）；另一方面，审查剧本，对于内容恶劣的若干剧本，应下令禁止其出演，并按时审定若干最好的抗战的新旧剧本，大量印发给各剧团，限令所有剧团，在上演时必须演出其中的一个以上，否则不准出演。关于编辑与审查剧本的工作，政府可以委托戏剧协会，而戏剧协会必须尽最大的努力。如此，政府和剧协通力合作，才能把戏剧运动提高到新的阶段。"[3] 陆定一这里所指的"政府"，并非国民党政府，而是共产党领导之下的边区政府。当然，为了自身的生存和发展，特别是进入抗战的相持阶段以后，由于觉悟到日伪势力和国民党的分裂势力试图使抗战团结的纲领化为投降反共或"和平防共"的汉奸纲领，边区和左翼文学界也开始在更大的范围内明确推行新民主主义的文化运动，主张"全国

---

① 《我们关于目前文化运动的意见》，《解放》第 39 期，1938 年 5 月 21 日。
② 《论边区的文化运动（社论）》，《抗敌报》1938 年 12 月 29 日。
③ 陆定一：《目前宣传工作中的四个问题》，《陆定一文集》，北京：人民出版社 1992 年版，第 205 页。

进步的文化界及进步的人士应该联合起来，共同反对政治上文化上的一切倒退现象，反对新的复古运动，反对对于进步思想言论出版方面的压迫和限制，努力参加促进宪政运动，要求实现《抗战建国纲领》及第二次国民参政会决议中关于言论思想出版的自由及废除关于书报杂志检查和禁止的法令"。[①] 中华全国文艺界抗敌协会延安分会第五届会员大会的通电同样称："今天我们还痛心的看到某些地方有这样的现象：言论出版的自由没有保障，作家的人权没有保障。报纸刊物和书店随意查封和限制，原稿书籍和图卷随意删涂和没收，作家行动经常受政治侦探监视。这些障碍如不除去，言论出版如不自由，作家的民主权利如不获保障，还谈得到什么任务的完成和抗战文艺工作的开发！所以我们认为：言论自由必须争取，作家人权必须保障！"[②] 这里所说的"某些地方"，显然不包括当时的边区在内，因为在边区文化人的眼里，边区存在的是另一种现象："这里，看不见所谓封闭书店、报馆和查禁书籍。这里看到的，是一切出版物和出版事业的蓬蓬勃勃的建立发展和长大。"[③]

抗战结束以后，共产党所领导的进步文艺界一方面投入了反对国民党专制文化统治、争取言论出版自由的斗争，另一方面也开始酝酿统一的出版法。1948年1月12日，晋冀鲁豫中央局宣传部公布了《晋冀鲁豫统一出版条例》。该条例共8条，其中第2条规定："中央局设出版局，各区党委设出版委员会。出版局（委员会）之主要工作，在于培育和奖励宣传毛泽东思想与提高劳动人民阶级觉悟的著作和读物，并克服目前出版工作中的投降主义、自由主义，单纯营业观点等。"第8条规定："各区党委应管理公私书店，规定

---

① 《陕甘宁边区文化协会第一次代表大会宣言》，《新中华报》1940年1月20日。
② 《中华全国文艺界抗敌协会延安分会第五届会员大会记录（专载）》所附录的《通电》，参见《中国文化》第3卷第2、3期，1941年8月20日。
③ 师田手：《记边区文协代表大会》，《中国文化》第1卷第2期，1940年4月15日。

私人书店登记制度，取缔宣传资本主义之腐朽制度及文化，偷贩法西斯主义、蒋介石思想、毒害人民大众意识之读物，淫荡读物及一切有害之书籍图书等。"① 这些规定，确立了共产党较完整的有关出版的领导机构的组织原则和出版制度的宏观框架。

抗战时期，日伪和汉奸政府也公布了多部出版法。因为日伪在不同的侵占区域分而治之的原则，其所制定的政策在各区域也不尽相同，总体上也是"禁"与"奖"并举。一方面为推行"大东亚文学"、实现"共存共荣"的"大东亚新秩序"，限制一切表达中华民族反抗情绪的言论，停止、封闭有反抗立场的报刊，甚至暗杀、逮捕进步杂志的编者，没收收音机等设备，形成肃杀的统治压力。日伪严格限制中国文化、中国历史的传播，在日伪学校不允许讲授中国历史、地理、文学，企图从文化上隔断民族认同的线索。其在许多日占区竭力推广日语教育、压制汉语的使用，特别是在台湾和伪满洲国。另一方面通过资助出版、文艺评奖、邀请参会来拉拢合作者，对支持鼓励的书刊在发行方式上，有时"采取无耻的'强制政策'，即所谓'硬派'"。② 日伪在 1942—1944 年三次召开"大东亚文学者大会"。在"大东亚文学者大会"上"所有的日语都不加翻译，而其他语言都翻译成日语"③，从语言上造成了一种等级感。作家周越然直白地把沦陷区的话语环境称为"说话难"，"人而不哑，总能说话，何以难呢？我答道，因为内容和工具两件事，不哑的人，有时也难于讲话，有时竟不开口。我非哑者，但是此次到东京去参加第二回文学者大会，十多天中，我当众所讲的话，恐怕不到五十句罢。这就是因为我一面不明环境，不

---

① 中央局宣传部：《晋冀鲁豫统一出版条例》，《人民日报》1948 年 1 月 21 日。
② 臧剑秋：《敌寇在沦陷区的出版发行》，《中国出版史料》（现代部分）第 2 卷，济南：山东教育出版社 2001 年版，第 234 页。
③ 〔美〕耿德华：《被冷落的缪斯》，张泉译，北京：新星出版社 2006 年版，第 38 页。

敢'瞎三话四'，另一方面不通日语，不能直达我意"。① 这就是钱理群先生所概括的，日伪文化政策下沦陷区作家所面临的"言与不言"的双重压力。②

"无一社会制度允许充分的艺术自由。每个社会制度都要求作家严守一定的界限，比如，为了保护青少年、宪法、人权而绳趋尺度。然而，社会制度限制自由更主要的是通过以下途径：期待、希望和欢迎某一类创作，排斥、鄙视另一类创作。这样，每个社会制度就——经常无意识、无计划地——运用书报检查手段，决定性地干预作家的工作。甚至文学奖也能起类似的作用。"③ 从出版制度与文学的关系看，由于"九一八事变"之后复杂的国际国内形势，无论是国民党政府、左翼文学界，还是伪满政权、汪伪政府，都通过出版制度特别是出版审查制度建立起一定的界限，在读者和作家、文学团体、文学潮流之间设置起某种思想的防火墙，阻止不希望扩散的思想或被认为不正确的（特别是政治不正确的）思想在社会上广泛传播。正是在这样的意义上，抗战时期由各种政治势力所颁布的出版审查制度尤其多。而且值得注意的是，随着戏剧运动的兴起和电影艺术的发达，与前代相比，有关戏剧艺术和电影艺术的检查法规以前所未有的规模涌现出来。这一类法规的制定和颁布，无疑也成为抗战时期文学艺术生产、流通、传播等环节中的一股重要的制约力量。

在 1934 年 6 月 1 日国民党中宣部发布《图书杂志审查办法》之前，图书杂志审查一般为事后检查，即查封已经问世的图书杂志（包括文艺图书杂志）。其中 1934 年 2 月国民党中央宣传委员会突发

---

① 周越然：《说话难》，《中国文学》创刊号，1943 年。
② 钱理群：《总序》，《中国沦陷区文学大系》（评论卷），南宁：广西教育出版社 1998 年版，第 3 页。
③ 〔德〕菲舍尔·科勒克：《文学社会学》，魏育青译，张英进、于沛编《现当代西方文艺社会学探索》，福州：海峡文艺出版社 1987 年版，第 38 页。

密函查禁 149 种文艺书籍，是专门针对文艺书籍的最集中的一次查禁。1934 年 9 月 7 日上海市教育局转发上海市书业同业公会的《文艺书刊须送中宣会备查令》，甚至将文艺书刊视为一种等同于党义书刊的特殊出版物，不仅在发行时得寄送行政机关备查，而且得寄送中宣会备查，其理由是"按文艺书刊内容多与党义有密切关系，自仍应照有关党义书刊办法，于发行时以一份寄送来会，以凭审查"①。这种事后审查在此后也一直延续，《中央图书杂志委员会取缔书刊一览》第一辑和第二辑②中，即有大量文艺书刊，诸如丁玲的《一颗未出膛的子弹》、萧军的《八月的乡村》等，查禁理由是"触犯审查标准"，而夏衍的《一年间》、徐懋庸的《文艺思潮小史》等，查禁理由是"故不送审原稿"。

事后检查不仅很难禁止一部分被查禁的书刊事先流出，而且给出版商带来严重的经济损失，并让部分编辑人对查禁标准产生把捉不定的苦恼。在此背景下，经过国民党官方与部分出版商和编辑人的协商及博弈，国民党中宣部于 1934 年 6 月 1 日发布《图书杂志审查办法》，开始实施对图书杂志的预先审查。预先审查制度的提出和实施，甚至引出了鲁迅对施蛰存产生不良印象的一桩著名公案。鲁迅在致姚克的信中曾写道："前几天，这里的官和出版家及书店编辑，开了一个宴会，先由官训示应该不出反动书籍，次由施蛰存说出仿检查新闻例，先检杂志稿，次又由赵景深补足可仿日本例，加以删改，或用××代之。他们也知道禁绝左倾刊物，书店只好关门，所以左翼作家的东西，还是要出的，而拔去出骨格，但以渔利。"③

---

① 《文艺书刊须送中宣会备查令》，《中国新文学大系 1927—1937》第 19 集《史料·索引一》，上海：上海文艺出版社 1989 年版，第 581～582 页。
② 参见王煦华、朱一冰合辑《1927—1949 年禁书"刊"史料汇编》第 2 册，北京：北京图书馆出版社 2001 年版。
③ 鲁迅：《331105 致姚克》，《鲁迅全集》第 12 卷，北京：人民文学出版社 1981 年版，第 254～255 页。

在另一处，鲁迅关于此事有大致相同的说法。[1] 虽然此事按施蛰存后来的解释，另有曲折和苦衷，不是针对左翼文艺，但此事当年无疑给鲁迅留下了坏印象，施蛰存因此被鲁迅视为取悦当道的新帮闲。应当说，结合后来1936年7月1日开始实行的《上海市书业同业公会为划一图书售价办法公告》、1937年1月1日开始实行的《上海市书业同业公会业规》、1937年6月20日会员大会改正的《上海市书业同业公会章程》等文件来看，部分出版人和编辑人所提议的原稿送审制度，主要是为了自身利益考虑，特别是为了规避出版人自身的经济风险和编辑人自身的政治风险。革命文学运动风起云涌之时，出版商热衷于出版左翼文学书籍，主要是受到经济利益的驱动。而官方决心动用法西斯文化专制的武器，对文化进行高度一体化的统制时，出版商所考虑的则主要是如何规避自身的经济风险。当然，从客观效果来说，官方的政治眼和商人的经济眼的结合所造就的原稿送审制度，最终所带来的是检查官的为所欲为和文学特别是左翼文学的灾难。

除建立在成文法基础上的预先审查和事后检查之外，抗战时期中国实际上还存在着不成文的潜在的出版检查制度。边区对国民党的出版禁律也采取各种手段反禁锢，争取在大后方的合法出版宣传权利。抗日民族统一战线建立初期，中国共产党便在武汉建立了中国出版社，主要出版马克思列宁著作、毛泽东著作及延安的出版物，"许多书籍的出版，采取从延安将纸型或原稿送往武汉，在延安和武汉几乎同时出版"，"使马列著作、毛泽东著作在国统区广泛发行"。[2]《新华日报》在国统区的合法发行更是共产党利用舆论工具

---

① 鲁迅：《且介亭杂文二集·后记》，《鲁迅全集》第6卷，北京：人民文学出版社1981年版，第460页。

② 魏启元：《抗战初期中国共产党在武汉的出版活动》，《中国出版史料》（现代部分）第2卷，济南：山东教育出版社2001年版，第4页。

大力宣传边区的成功典范。面对国民党的查禁封锁，共产党更是采取各种方式以扩大流通。初期的发行没有建立起现代发行机构的网络，而是依据苏区经验在党的组织系统中展开。抗日战争时期"发行工作要根据不同情况采取不同的办法去做"，但"都是赠送的"，"销售的书刊比重很小"。① 《抗日战争时期太行山区的书报发行工作》中记载：报社在地方上设立办事处、分销处，"基本是供给制"。② "对国民党统治地区的发行工作，根据不同情况，采取不同的方法"，有邮寄发，有兵站送，还有地下交通站发送，"为对付国民党的检查，有些书就用伪装发行"。③ 边区知识生产具有非市场导向特征。如《晋察冀日报》由军区政治部领导，其发行工作主要通过军邮、军队捎带、群众沿村转送等方式完成。

无论是预先审查、事后检查还是不成文的潜在检查制度，都属于文化建设的消极措施。相比之下，文艺的资助与奖励制度则体现了文化建设的积极措施。抗战时期，为了各自的利益考虑，各种政治和文化势力都在创立和实施自己的文艺奖励制度。日伪、国民政府、边区政府，以及各派系军事集团都对相应的文艺团体、刊物进行支持。在国统区，国民党成立了文艺奖助金管理委员会，制定了《文艺作品奖励条例》《文艺界贷金暂行办法》《文艺界补助金暂行办法》。如文协的活动经费除了会费、捐款补助之外，主要的部分还是宣传部、教育部、政治部的经费补助以及政府要人的捐助。如杂志《抗到底》得到冯玉祥的帮助才渡过难关。④ 又如蒋夫人文学奖其实并不以发掘文学人才为目的，而是以《中国国民党抗战建国纲

① 刘思让：《回忆延安时期的出版发行工作》，《书店工作史料》第 1 辑，北京：新华书店总店 1979 年版，第 46 页。
② 史育才：《抗日战争时期太行山区的书报发行工作》，《书店工作史料》第 1 辑，北京：新华书店总店 1979 年版，第 86 页。
③ 曹国辉：《延安时期的出版工作概述》，《中国出版史料》（现代部分）第 2 卷，济南：山东教育出版社 2001 年版，第 313 页。
④ 江娜：《冯玉祥帮老舍渡难关》，《文史博览》2012 年第 6 期。

领》寻找符合国民党文艺政策的写手。当然边区政府也加强文艺的
奖励，在延安回忆录中常有得了稿酬打牙祭的记录。边区刊物还有
各种物质酬劳，如毛巾、肥皂、袜子、纸张等奇缺物品。如《解放
日报》副刊稿费每千字二升小米，这在物资紧缺的战时较为优厚。
在官方的导向性奖励之外，杂志的征文奖励也影响着抗战时期的文
学出版活动，特别是在沦陷区。杂志进行征文活动，一方面宣传了
杂志的文艺观点，另一方面也有增加刊物销量的直接作用。如上海
的杂志《文林月刊》《万象》《小说月报》等都要求应征文稿须粘贴
"文艺奖金投稿印花"（印花附于每期杂志内）。也就是应征者至少
要购买一期杂志才可参加征文，这也是推销之道。征文活动也发掘
了新的文艺队伍，《小说月报》的征文活动推出了"东吴系女作家"
群体。沦陷区的商业征文活动，在统治者出版政策的"禁"与
"奖"之间具有一定的正面价值。因为"商业文化以它特有的嚣闹、
驳杂与混沌，消解和冲淡着专制政权的文化围剿与舆论钳制，拓展
也活跃着黑暗时代的言论空间"①。这也是对抗战时期政治主导下的
出版制度的一种逃逸。

　　值得注意的是，由于时代的动荡，无论国民党所设置的文艺奖项，
还是共产党领导下的苏区和解放区所设置的文艺奖项，都很少形成具
有自身连续性的文艺评奖活动，往往是偶然有之，有规章制度而无连
续性的具体实施。当然，除了时代的动荡导致无法形成文学评奖制度
的连续性之外，文学的评判不比竞技体育水平高下的判定，其标准的
制定有特殊性。梁实秋在《所谓"文艺政策"者》中便注意到，同一
部《北京人》，张道藩在《我们所需要的文艺政策》中认为其"意识
不正确"，但国民党教育部学术审议会则认为其有价值而给予资金。
梁实秋以此来说明推行文艺政策的困难，而张道藩在后来的答辩中则

---

　　① 古耜：《商业文化大潮中的鲁迅》，《文学自由谈》2009 年第 3 期。

认为这是文艺政策的建制不完备的结果。然而，平心而论，其中最重要的原因，还是所谓"一千个读者眼中即有一千个汉姆莱特"。

三

出版和出版审查制度的设置，一方面当然是现代民族国家法制建设的一部分，但另一方面也是各个党派和政治势力为了自身利益、实现各自的意识形态统治而进行的角斗。国民党在 1927 年进行"清党"运动以后，却没能阻止左翼文学运动的风起云涌。"马克思主义文学，无产阶级文学，在民十八以后，其名词在文坛上发现而至使用，这无疑的，是共产党的政治宣传员奉行彼党文艺政策的结果。"①面对这种结果，国民党也试图提出自己的文艺政策和文学主张，并颁布了众多试图与这种文学政策和主张相配套的出版和出版审查制度。为了切断左翼作家与读者之间的有效联系，甚至还颁布了《密令邮局查扣讨蒋书刊》（1927 年）、《全国重要都市邮件检查办法》（1929 年）、《邮电检查划归军统局办理》（1935 年）等邮电检查法令和法规，对书店的检查和查禁也从来没有停止过。特别是 1934 年图书杂志审查委员会的创立、1938 年图书杂志审查委员会的恢复，在文学界张起了一张无处不在的文网，使作家特别是左翼作家动辄得咎，极大地限制了作家的言论自由和创作自由。国民党的这种文化统制措施的思想根源，显然来自类似于德国、意大利的法西斯式文化统制措施。"……白桦先生是反对共产党文艺运动的，要以意大利法西斯蒂的'前卫队'及'少年团'的精神，以蓖麻油与棍棒为武器，开始中国文坛的扫毒运动的。"②当时，类似于"白桦

<hr/>

① 焰生：《马克思主义文学与无产阶级文学》，《新垒》第 3 卷第 2、3 期合刊，1934 年 3 月 15 日。
② 焰生：《马克思主义文学与无产阶级文学》，《新垒》第 3 卷第 2、3 期合刊，1934 年 3 月 15 日。

先生"的人还不算少。一篇《怎样安内?》的文章更是赤裸裸地声称:"……近年来谬论邪说、愈出愈杂,左翼作家专门麻醉青年,这是极大的危机……这班作家的罪恶多大?党国受这种邪说谬论的影响多深呢?我们看德国国家社会党当政之后……将多种妨害国本的邪谬书籍,一律毁灭,使国人的思想统一、国社党这种不顾一切的魄力,真使人惊佩不置。现在我们亟谋投救,只有不顾一切的厉行革命专政,绝对不允许任何反对中国国民党的言论存在,一方面厘订本党文化运动的纲领,指正一般作家的错误,倘再敢挑乱青年的意旨,危吾国家,那就作政治犯问罪。"①这种将思想、言论自由上升到政治罪的高度来讨论的倡议,一旦与政党和国家层面的出版法和出版审查制度结合到一起,就会构成"几条杂感,就可以送命的"②可怕后果。

自 20 世纪 30 年代初,出版法和出版审查制度就成为作家特别是左翼作家头上的一道紧箍咒。小到一篇文章或一本著作的删削与禁止出版,大到一个杂志或出版社的禁止发行或运作,乃至一个作家的生命的无声无臭的消亡,无不与出版法和出版审查制度有千丝万缕的联系。那时,宣扬阶级斗争和马克思主义成为左翼文学和左翼作家的一大原罪,也成为检查官为所欲为、实施讹诈甚至满足其某种变态心理的一大利器。鲁迅曾在信中说:"在这里,有意义的文学书很不容易出版,杂志则最多只能出到三期。别的一面的,出得很多,但购读者却少。"③"杂志原稿既然先须检查,则作文便不易,至多,也只能登《自由谈》那样的文章了。政府帮闲们的大作,既然无人要看,他们便只好压迫别人,使别人也一样的奄奄无生气,

---

① 刘尚均:《怎样安内?》,《汗血周刊》第 12 期,1933 年 9 月 25 日。
② 鲁迅:《而已集·答有恒先生》,《鲁迅全集》第 3 卷,北京:人民文学出版社 1981 年版,第 457 页。
③ 鲁迅:《340606 致吴渤》,《鲁迅全集》第 12 卷,北京:人民文学出版社 1981 年版,第 449 页。

这就是自己站不起，就拖倒别人的办法。"①鲁迅将图书杂志的审查制度与对国家未来和文学前途的忧虑联系到一起。② 国家意志与检查官变态心理的结合，诞生了图书杂志检查中的种种怪状，鲁迅在致刘炜明的信中所谈到的《二心集》的遭遇③，即这种怪状的明证之一。

图书杂志审查制度所带来的怪状之一是"开天窗"。由于实行预先审查制度，预先排版好的书刊报纸被检查官删削之后，便留下空白，此之谓"开天窗"。留下空白，有时是因为出版时间的限制——来不及以其他稿件补足、替换，有时是为了生意眼，减少重新排版的麻烦，有时甚至是故意不采取补救措施，一方面使当局和检查官难堪，另一方面也向读者传达某种迫不得已的消息。对这类"开天窗"，老练的读者甚至能够凭借长期的阅读经验补足被删削的信息。但总而言之，不论何种情况，这种"开天窗"无论如何总是一种惩罚措施，有人甚至联想到了昔日土匪捉到了敌人之后在敌人脑袋上开洞"点天灯"的行为。④ 邹韬奋曾举例说明重庆图书杂志审查会老爷们对文艺的"贡献"：欧阳山的小说《农民的智慧》描写了一个地主出身的伪军司令宋文楷，"审查老爷把全篇中的'地主'二字，用墨浓浓地涂得一团漆黑"；沙汀的一篇小说《老烟的故事》，写一个爱国青年被特务跟踪，又烦恼又恐惧，他的朋友安慰他说："现在救国无罪，你怕什么呢？"结果被审查老爷改为："这里又不是租界，你怕什么呢？""地主"和"救国无罪"都犯忌，甚至"前

---

① 鲁迅：《340609 致杨霁云》，《鲁迅全集》第 12 卷，北京：人民文学出版社 1981 年版，第 454 页。

② 鲁迅：《341128 致刘炜明》，《鲁迅全集》第 12 卷，北京：人民文学出版社 1981 年版，第 577 页。

③ 鲁迅："《二心集》我是将版权卖给书店的，被禁之后，书店便又去请检查，结果是被删去三分之二以上，听说他们还要印，改名《拾零集》，不过其中已无可看的东西，是一定的。"（《鲁迅全集》第 12 卷，北京：人民文学出版社 1981 年版，第577 页。）

④ 莫闲：《"开天窗"》，《骨鲠》第 44 期，1934 年。

进""顽固""光明""黑暗"一类字词也入不了检查官的法眼,"他们把文艺作品'修改'以后,往往和原作者的意思完全相反!"① 更可恶的是,后来为了遮掩检查官的滥禁滥删,国民党官方又明文规定出版物不许留下检查官的任何刀削斧凿的痕迹。1942 年 4 月 23 日公布的《杂志送审须知》第七条规定:"各杂志免登稿件,不能在出版时仍保留题名,并不能在编辑后记或编辑者言内加以任何解释与说明。其被删改之处,不能注明'上略'、'中略'、'下略'等字样,或其他任何足以表示已被删改之符号。"② 实施这条规定的结果,是经过审查删削后的稿件已面目全非、贯注了官方和检查官的意志,可文责却要由原作者来承担。

任意删削比起查禁和不予通过来,只能算小巫见大巫——被查禁和不予通过的作品堪称胎死腹中、先天夭折,有的甚至连原稿的所有权也被剥夺了。胡风回忆自己抗战时期在桂林的编辑活动时写道:"有的被书审处通过了,有的就不行。我的《密云期见习小纪》,本来已被广西书审处通过(被删去了五篇),中央图书杂志审查委员会忽然来训令查禁了。鲁藜的《为着未来的日子》没能通过,后来我拿回来改名为《醒来的时候》,给审查官送了礼,才算是通过了。但是,杜谷的《泥土的梦》和何剑薰的一本讽刺小说就不但没通过,连底稿都没收了(那时还不知道可以向书审处的官们打通关节)。"③如是看来,文艺图书杂志的禁载标准又是有弹性的,全看检查老爷的喜怒和脸色,有时还要加一点运气甚至"潜规则"的因素。

"审查者在作家和读者之间设置障碍,以此禁止作家在读者中的直接影响,这一事实使他成为知识生活中一个重要但往往被忽

---

① 参见韬奋《经历》,北京:生活·读书·新知三联书店 1979 年版,第 194~198 页。
② 《杂志送审须知》,倪延年编《中国报刊法制发展史》(史料卷),南京:南京师范大学出版社 2006 年版,第 202 页。
③ 胡风:《胡风回忆录》,北京:人民文学出版社 1993 年版,第 281~282 页。

视的决定性力量。审查者试图在读者和具有潜在危险的作者之间建起一道防护墙。当然，在很多情况下，预想的坚固墙垣，不过是一层多孔的隔板。然而，审查制度确实在一定程度上成功阻止了思想的'自然'流动。因此，在任何地方审查制度都是自由的精神生活的障碍。"① 审查制度对言论自由和思想自由的阻碍，关键还不限于检查官们对某个作品或某个作家的删改和禁绝，更在于它酿造了一种无孔不入的文化恐怖与思想钳制的气氛。这种气氛迫使作家为了全身远祸乃至争取作品公开面世的机会，有意、无意地在创作过程中建立起自我审查机制，使创作中的思想和艺术表达的自由大打折扣。当然，正如科塞所指出的，审查制度既是作者和读者之间的一道防护墙，但同时又是一层多孔的隔板。作家们总是能够凭借自己的勇气、信仰和智慧，以及审查制度天生的弱点和漏洞穿墙而过，建立起与读者之间的思想的连接。

20 世纪 20 年代末，中国作家特别是左翼作家通过频繁变换笔名或书刊封面和名称、故意不送检等方式规避出版法和出版审查制度，以达到巧妙地与图书杂志检查机关和官员周旋的目的。这种变换名目的手法用的如此之多，以至于国民政府于 1929 年 4 月和 6 月分别颁布了《查禁伪装封面的书刊令》和《取缔销售共产书籍办法令》。

审查机构和审查官的贪得无厌、徇私枉法常常也使检查制度沦为一层多孔的隔板，从而为自由思想和左翼文学获得流通的渠道和生存的空间。赵家璧曾详细写到编辑《中国新文学大系》过程中与审查官打交道的一则逸事。② 邹韬奋在给国民参政会的提案中甚至记录下了检查官们更奇葩的事件："搜查者纷至沓来，亦无一定标准，

---

① 〔美〕刘易斯·科塞:《理念人:一项社会学的考察》，郭方等译，北京:中央编译出版社 2001 年版，第 90 页。
② 赵家璧:《编选〈中国新文学大系·小说二集〉——对审查会的斗争》，赵家璧等著《编辑生涯忆鲁迅》，石家庄:河北教育出版社 2000 年版，第 106～107 页。

今日甲机关认为非禁书，明日乙机关来却认为禁书，甚至有些机关借口检查，将大量书报满载而归，从不发还，亦不宣布审查结果（衡阳有一个机关的检查老爷居然利用这个机会，把这样'满载而归'的书籍另开一只小书店大做生意，这个事实后来被发现，在出版界传为笑谈，但却无可奈何……）。"① 且不论检查制度本身是否合理，但当制度的执行者也将其视为儿戏，甚至将其当作可以兑换成名和利的自肥手段时，检查制度本身的荒谬性和不攻自破就不言而喻了。

"像其他类型的法律控制一样，审查制度只有在人口和执法官员中有相当一部分人接受并同意贯彻它时，才能成功地付诸实施。也就是说，在现代社会里——除了极权主义社会——公众舆论实际上比审查制度更厉害。如果舆论拒绝认可审查者的行为，这种行为将是无效的。"② 在国民党政府、日伪政府、汪伪政府等试图以出版法和出版检查制度推行文化统制的过程中，文化界（包括文学界）对言论自由和出版自由的呼吁自始至终没有停止过。1934 年，在图书杂志审查委员会成立时，甚至中间派作家也多有非议。邵洵美（郭明）当时即写道："人民有言论及出版之自由，条文早已明载法典。关于出版方面，民法中亦有所谓出版法，违法者当局尽可依法给以相当的处分。那么，这个审查委员会，假使有权干涉言论出版，则不啻在法院以外，另立了一个司法机关。此中的矛盾，不言可知。"③
1945 年 2 月，300 位文化名人签名的《文化界对时局进言》所提出的实现民主的六大措施的第一条即"审查检阅制度除有关军事机密者外不应再行存在，凡一切限制人民活动之法令皆应废除，使人民

---

① 韬奋：《经历》，北京：生活·读书·新知三联书店 1979 年版，第 242～243 页。

② 〔美〕刘易斯·科塞：《理念人：一项社会学的考察》，郭方等译，北京：中央编译出版社 2001 年版，第 91 页。

③ 郭明：《言论自由与文化统制》，《人言周刊》第 1 卷第 19 期，1934 年。着重号为引文原有。

应享有的集会、结社、言论、出版、演出等之自由及早恢复"。① 抗
战胜利后，重庆《东方杂志》《新中华月刊》等八大杂志的主办人
认为战争时期已经过去，图书杂志审查制度已无存在必要，故函请
国民党中宣部等单位明令废止，同时决定从 9 月初起拒绝将原稿再
送审查。此举首先得到了成都 17 家新闻杂志团体的支持，然后在西
安、昆明、桂林等地蔓延开来，从而掀起了广泛的"拒检运动"。迫
于压力，9 月 22 日，国民党第十次中常会通过决议，明确宣布从 10
月 1 日起撤销战时的新闻和图书杂志审查制度。但与此同时，国民
党仍保有一套钳制人民思想、言论自由的制度，例如：申请登记制
或特许制，事后检查、事后惩罚制度等等。② 正是在此前后，各界文
化名人发表了大量呼吁和争取民主与出版自由的文章，出版界提交
了《出版业争取出版自由致政治协商会议意见书》。该意见书从法理
上详细论列了现行出版法与其他法规之矛盾或重叠处，明确提出了
"废止《出版法》""取消期刊登记办法""撤销收复区检审办法"
"明令取消一切非法检扣""取消寄递限制"五项措施。③ 可以说，
解放战争时期，舆论已呈现一边倒的态势，思想、言论、出版自由
的呼声完全压倒了文化统制的呼声。此一阶段，甚至国民党内部的
文人，也发表公开信，请求陈立夫出面致力于"主张废止旧出版法，
反对新出版法之提出"，其理由是："实在国家既有宪法为根本大法，
又有刑法民法在，不必再有其他法律的。就文化而言，有内乱罪与
诽谤罪，皆有惩治的条文，（风化治安均在内），又何必再有出版法
之颁行。若是本之旧日的观念，以防止中共的宣传，则戡乱条例已
有。中共既为内乱犯，则不必再要出版法以为之治。即为中共宣传

---

① 《文化界对时局进言》，重庆《新华日报》1945 年 2 月 22 日。
② 《在"拒检运动"压力下 国民党宣布部分"废检"仍保有窒息思想言论自由的一套
制度》，《晋察冀日报》1945 年 10 月 29 日。
③ 《出版业争取出版自由致政治协商会议意见书》，重庆《新华日报》1946 年 1 月 9 日。

而工作的人，也可以同样治之，又何必多此一举，这不是等于俗语所谓，脱裤放屁么？"① 当自己人也认为出版法和出版检查制度是多此一举时，这种制度本身的合法性就岌岌可危了，这种现象成为国民党政权摇摇欲坠、大势已去的文化征候。

---

① 李焰生：《为文化统制致陈立夫先生一封公开信》，《客观》第 1 卷第 7 期，1948 年。

第二章
典型空间与抗战时期小说景观

　　抗战时期原有的文学中心散落，在战时各种力量的作用下，文学活动又在新的空间聚合。在福柯看来，空间由权力关系组成。新文学空间怎样在战争中形成又怎样作用于新的文学活动，特别是小说的创作？抗战时期，文学空间的异质性不仅体现在外部环境、文学风貌与战前二三十年代的迥异，而且表现在内部不同力量互相作用使文学活动发生的动态变化。本章以上海、延安、香港几个迥异的文学空间特例为对象，探讨战时小说的特殊生产、传播和消费方式。北平、南京、重庆、桂林及台湾等，因其特殊的情形和丰富的创作，将另文展开论述。

第一节　上海：异质空间下的杂色沦陷生活

　　随着抗战形势发展，整个中国大陆地区政治区隔迅速分野，文化中心接连转移，文学空间发生变化。陈思和先生以"庙堂"、"广场"和"民间"揭示抗战之后文化空间的主要形态，称"在每一个政治区域里，政治意识形态、知识分子的新文化传统与民间文化之间构成微妙的三角关系"。① 其实，抗战时期文学空间的影响因素远超过这三方面，其复杂性还在于诸因素之间互相对抗、浸润、妥协产生的驳杂效果。福柯在《另类空间》的演讲中说，"我们不是生活在一个同质的、空的空间中"，而是"生活在一个关系集合的内部"、在"一个异质的空间"里。② 文学空间的非均质性在抗战时期体现得尤其明显，而正是其中强弱力量的博弈和渗透促进了文学民族化的深层调整。

上海，作为中国最早的现代化大都市，在中国现代文化史上有着特殊的地位，因为其经济的发达、政治力量的犬牙交错，而一直成为文学活动的中心之一。面对日本的入侵，上海展示了一种独特的民族文学生长形态。西方汉学研究者指出："战时最有才气的新作家，不产生在重庆或延安，而产生在上海。"③ 这一论断的准确性还有待商榷，然而这是一个绝好的提醒：提醒我们关注上海沦陷时期的文学成就，也提醒我们在政治评判之外考察文学生存发展的特殊性。如果说从革命文学、左翼文学到现代派文学，上海都市还只是文学生产的外部背景，那么，在民族性被压抑的沦陷空间中，上海都市的诸种因素共同发酵出了民族文学的再生力量。其中政治禁锢、商业媒介、市民文化的互相作用改变了传统文学生长的均质空间，展示了文学民族化发展的另一种路向。考察上海沦陷时期文学空间诸因素之间互相对抗、浸润、妥协的驳杂关系，可以进一步反思中国新文学民族化建构的复杂性。

一　禁锢与传承的颉颃

由于租界的存在，孤岛时期的上海"虽已不是中国现代文学的

---

① 陈思和：《民间的浮沉——从抗战到文革文学史的一个解释》，《中国当代文学关键词十讲》，上海：复旦大学出版社 2002 年版，第 133 页。
② 〔法〕M. 福柯：《另类空间》，王喆译，《世界哲学》2006 年第 6 期。
③ 夏志清：《中国现代小说史》，上海：复旦大学出版社 2005 年版，第 224 页。

主力所在地和中心，却仍然是战时中国文学的华东重镇"。① 然而，随着太平洋战争爆发，租界特权消失，新文学作家撤离，上海沦为新文学力量的真空地带。民族文学在异族禁锢下没有走向凋零反而走向了复杂的重生。

上海沦陷后，日本侵略者进行了严酷的法西斯统治，进入所有史书所称的上海历史"最为黑暗的岁月"。军事管制、保甲连坐、随时封锁，整个上海变成了一个大的监狱。异族统治下的大恐怖包括自由的失去、物质的匮乏和精神的压抑。日本侵略者在物质生活上"以战养战""以华制华"，实行战时经济统制，通过疯狂掠夺、压榨控制来缓解其严重的危机。对普通市民最为需要的物资进行统制，阻断商品的自由流通，造成物价飞涨、囤积成风的混乱景象。对米面等生活必需品实行配给并一再降低配给标准，直接影响到每一个普通市民的日常生活。上海"报刊补白大王"郑逸梅说道："日寇入侵，上海沦陷，当时市民的生活是很艰苦的。市民们的口粮来自两个方面，大部分是只能依靠日本当局配给的平价米、食粮（即苞米粉之类的食物），极少数比较有钱的，则买一些上门来兜售的大米。""当然依靠薪水过日子的市民，是吃不起大米的，只能吃配给的口粮。""配给米，当时市民称之为'八宝饭'，因为其中掺杂着沙粒、黄沙、石子、稗子等有八种不能吃的杂物，每餐以前，必须把这些杂物拣净，否则根本无法入口。"② 价格的飞涨、米质的粗劣、领米的繁难等，增加了沦陷生活的混乱、压抑和恐怖。"配给米""户口米"成为沦陷区文学中典型的创痛名词。再加废止旧币、推行中储币、开征各种特捐特税，沦陷区人民生活在水深火热之中。

在所有禁锢之中，思想的控制、文化的毁坏是最严酷的。上海沦陷伊始，日伪通过逮捕、传讯、拘禁、酷刑等方式，对进步文人

---

① 陈青生：《抗战时期的上海文学》，上海：上海人民出版社1995年版，第75页。
② 郑逸梅：《艺林旧事》，哈尔滨：北方文艺出版社2016年版，第321页。

进行打击和恐吓；对文化出版进行了严格的清理，停办一切反日倾向的报纸，查封沦陷前有影响力的书局，禁售一切稍有牵连的书籍。叶圣陶 1942 年 2 月日记中记录：得上海来信，知"开明将收去门市，专营批发。店被封几个月，今已开业，有些书禁售，余之《倪焕之》与《文章例话》亦在其列"。①《倪焕之》《文章例话》被禁，禁售书目之广由此可见一斑。日伪不仅严密控制视觉纸本，而且严格检查入耳声讯，把思想上的监控渗透到生活的各个角落。当时市民的生活实录中这样记载："要租界居民将所藏的抗日书报，以及有关国民党史事的文献，一齐搬出来当众焚烧，并且限定连烧三天。要是隐藏不拿出来烧掉，以后搜查出，就有被处罪的危险。"② 郑振铎蛰居上海，也亲历这场异族统治的兵劫、书劫、文化的浩劫。在《烧书记》中，郑振铎说，"敌人的文化统治的手腕加强了。他们通过了保甲的组织，挨户按家的通知说：凡有关抗日的书籍、杂志、日报等等，必须在某天以前，自动烧毁或呈缴出来。否则严惩不贷。""同时，在各书店，各图书馆，搜查抗日书报，一车车的载运而去，不知运向何方。"人们害怕因书得祸、害怕挨家搜查，"这一次烧书的规模大极了！差不多没有一家不在忙着烧书的"。面对令人泣血的民族劫难，郑振铎为同胞们在侵略者淫威下的噤若寒蝉而心痛，"心头像什么梗塞着，说不出的难过"。"这个书劫，实在比兵，比火，比水等等大劫更大得多，更普遍而深入得多了！"③ 满天飞舞的焦纸片是沦陷区上空不散的阴影，也是人们心中对民族之殇的深沉祭奠。这样一幅悲情的场景应该成为我们考察沦陷区文化活动、小说创作的重要背景。

在严酷的禁锢之外，日本侵略者十分注重文化宣传、文艺创作

---

① 叶圣陶：《叶圣陶集》19，南京：江苏教育出版社 2004 年版，第 444 页。

② 陈存仁：《抗战时代生活史》，上海：上海人民出版社 2001 年版，第 199 页。

③ 郑振铎：《烧书记》，《蛰居散记》，福州：福建人民出版社 1982 年版，第 34 ~ 37 页。

对建立"大东亚共荣圈"的推动作用。其文艺宣传的政策是限而不死，努力把文艺纳入侵略战争的宣传轨道。在采取禁绝民声、封锁消息、割断历史等一系列举措的同时，日伪加紧"大东亚'和平文学'"的规范和建设，展开了对中国作家的利诱和拉拢。三次召开"大东亚文学者大会"，两次组织"大东亚文学赏"的评奖，以可选择的"阳关大道"诱惑可能的合作者。

东北沦陷区作家季疯的文章《言与不言》常被研究者引用，"应该说的话"与"能够说的话"严重错位，这是"沦陷区作家所面临的""双重压力：既不准说自己想说而又应该说的话，又要强制说（不准不说）自己不想说也不应该说的话"。① 在"言"与"不言"都极不自由的境况下，言说什么、如何言说不是非此即彼的政治立场表达，其中包含着复杂的情感倾向和文化态度。在政治高压下，沉默是一种抗议，言说也是从物质到精神两个层面的生存方式。

言论禁锢使民族文学的创作一方面不能进行明确政治立场的宣扬，另一方面不能专注于深邃文化思想的表达。这改变了新文学的质地，旨意、题材的下移成为必然，从实际生活出发融汇民族意识、时代精神及大众需求成为新的创作方向。戏剧的繁盛、市民小说的轰动等特殊的文学景观，都与"沦陷区市民的苦闷"有关。以沦陷时期上海满城竟说"秋海棠"的盛况来说，作品只是讲述生活琐屑、爱恨情仇的通俗故事，却能让观众在共通的汉语表达中感受到潜在的、默契的意识主题。当时的生活实录中说"日本报道部高层中人，有一个笼统的观念，认为凡是卖座的话剧都有反日意义"，而特地派人观看《秋海棠》，却发现"从头到尾没有一些反日的内容"。② 这里有语言的原因，但更多的还是民族文化心理的通与隔。张爱玲也

---

① 钱理群：《总序》，《中国沦陷区文学大系》（评论卷），南宁：广西教育出版社1998年版，第3页。
② 陈存仁：《抗战时代生活史》，上海：上海人民出版社2001年版，第250～251页。

注意到传统元素沟通民族情感在沦陷区的特别作用。她说："《秋海棠》一剧风魔了全上海，不能不归功于故事里京戏气氛的浓。""《秋海棠》里最动人的一句话是京戏的唱词，而京戏又是引用的鼓儿词：'酒逢知己千杯少，话不投机半句多。'烂熟的口头禅，可是经落魄的秋海棠这么一回味，凭空添上了无限的苍凉感慨。"① 当年饰演秋海棠的石挥在这两句台词上下足了功夫，唱的是历史上苏三的冤情，感触的是秋海棠的悲惨身世，观众联想的则是各自生活的酸悲。每次演出盛况空前，整个剧场同悲共泣。古典诗词、历史典故在这里成了沦陷区人们与过去、与他人、与民族国家连接的纽带。共有的价值观、历史感、文学趣味使身处相同苦难的民族成员聚合在一起，孤独的个体有了归属感，在同感共鸣中加强了民族文化的传播和延续。

民族记忆的保存在异族侵略时期是一场没有硝烟的战争，既有对抗异族的中外之争，也有中国文学内部新旧之别的重新调整。日伪的各项文化政策在上海沦陷区形成天罗地网，民族文化的传承气息奄奄。当一个民族在异族统治下从物质到精神都处于手无寸铁的情形时，对文化记忆的传承是唯一的微末依靠。艾勒克·博埃默说："文化表征（cultural representations）在对别国实行殖民化和在后来从殖民者手中赢得独立的过程中，始终都占据着一个中心的位置。""对一块领土或一个国家的控制，不仅是个行使政治或经济的权力问题；它还是一个掌握想象的领导权的问题。……恰如钦努阿·阿契贝所说，'故事界定了我们'。民族主义运动依靠文学，依靠了小说家、歌唱家、剧作家而打磨出具有凝聚力的有关过去和自我的象征，从而使尊严重新得到肯定。"② 上海沦陷时期，师陀对果园城的乡间

---

① 张爱玲：《洋人看京戏及其他》，《张爱玲文集》第 4 卷，合肥：安徽文艺出版社 1992 年版，第 22 页。
② 〔英〕艾勒克·博埃默：《殖民与后殖民文学》，盛宁、韩敏译，沈阳：辽宁教育出版社 1998 年版，第 6 页。

回忆、施济美对儿时生活的青春感伤、谭正璧对历史典故的重新戏
说，都启动了为外族无法通晓的民族文化密码。张爱玲们从民间文
化的底蕴出发，对民族大义与日常生活、个体自由与道德约束、物
质欲望与生命追求等复杂关系作了本土性探索。与西方哲学思考意
趣影响下的战争文学不同，中国文学注重与民族的实际生活、文化
传统、欣赏习惯紧密融合。这种生活实感的战争表达使当时的每个
读者都能从自己的角度获得不同侧面、不同程度的呼应，达到"要
一奉十"的文化包容量，具有意韵深远的民族连接作用。

二 商业化与民族化的勾连

文学的商业化生产使沦陷区文人可以一定程度地实现自食其力
式的生存，同时促进了雅俗文学发展的种种调适。商业化在五四时
期，是新文学批评旧派小说的一个重要方面，茅盾在 20 世纪 20 年
代初期批评旧小说最大的错误之一是"游戏的消遣的金钱主义的文
学观念"，称"拜金主义"是"真艺术的仇敌"①。五四作家把文学
看作严肃的工作，对文学的商业化极其反对，称围绕市场写作的通
俗作家为"文氓""文丐""文娼"，言辞刻薄可见鄙弃之极。然而，
在上海沦陷区商业化往往成为政治清白的象征，《万象》《紫罗兰》
《大众》等杂志以其商业化身份得到进步文人的青睐，也在阅读接受
上拥有了大量读者。商业化成为异族统治下民族文学的独特生存
方式。

商业化生存方式使民族文学将根与普通市民紧密地联系在了一
起。沦陷区杂志的商业化加强了杂志对读者的依赖，也改变了写、
编、读之间的关系。对于留居上海的文人来说，写作是百业凋敝中
的主要谋生手段。如学者谭正璧由于上海沦陷后"各书局皆停止收

① 茅盾：《自然主义与中国现代小说》，《茅盾文艺杂论集》上集，上海：上海文艺出版
社 1981 年版，第 90、89 页。

稿，而一介书生，又无从改业，不得已，开始为各定期刊物写些已有十多年不专门写作的文艺作品"。① 含蓄如师陀，也表达过为了生存而写作的目的。卖文为生的境遇是作家们的无可奈何，但在无形之中促进了文学的重新定位。对于许多作家来说，写作也是一种精神寄托。师陀借创作以摆脱"饿夫墓"的鬼气，施济美反复叙述的是战争中痛失亲人的创伤记忆，张爱玲"出名要趁早"的尖叫充满着对"大而破"时代的惶恐。文学创作对于作家来说不再是余裕的产物，而是谋生的手段、心灵的寄托。

　　一些编辑的出场也有生存境况的逼迫因素，柯灵两次失业而编《万象》即是一例。柯灵每忆及沦陷生活时总郑重强调"贫困对人是考验"，他说："身处战时，更在日本侵略者的残酷统治下（特别是沦陷期间），既要应付饥寒的威胁，又要维护清白和民族尊严，这件事本身就是极其艰苦的斗争。"② 柯灵为沦陷区文学研究者特别推荐的几篇文章是：《遥寄张爱玲》《回首灯火阑珊处》《爱俪园的噩梦》。其中对张爱玲的回忆已为大家耳熟能详，而其他几篇关于抗战无关论、关于钱锺书的"忧患之书"、关于哈同花园前尘影事等的追忆，也不同于一般的政治化评判，很带着个人温热的记忆，对战乱之中的生存更多一份体察。

　　对于作家、编者而言，文学成为物质与精神的双重依托，这种关系也密切了其同读者的联系，读者成了衣食父母和倾诉对象。自谋出路的商业杂志一方面在栏目安排上注重读者要求、回应读者的问题，另一方面在作品的导向上注重与读者的沟通。日本入侵的烧杀抢掠及沦陷地区的高压统治，打乱了老百姓正常的生活秩序，造成了普遍的恐慌心理。进步的编者、作者集结于商业性杂志周围，

---

① 转引自陈青生《抗战时期的上海文学》，上海：上海人民出版社1995年版，第223页。
② 柯灵：《给傅葆石的信》，《煮字人语》，上海：上海远东出版社1996年版，第261～264页。

使杂志成了沦陷生活交流的一个平台，具有了某种公共空间的意味。在这里，作者、读者交流处于压抑时空下共同的生活感受，编者通过诗文画表达言外之思、画外之情，唤起一种共同的历史记忆。文学期刊成为沦陷区中国人共享的一份精神食粮。于是，杂志的消费、文学的阅读，成了沦陷生活中的一种安慰和寄托。在沦陷区上海，文学空间与生活空间互相敞开，文学深深地融合于民众的生活中。

翻看《万象》杂志，经常可以看到读者、编者关于生活琐事、文学创作的交流。这固然是一种营销的策略，但也极有意义地昭示了一种文学接受的新模式。在这种文学接受中，作家与读者之间实现了一种平等的交流、一种相互的情绪纾解。在这个层面上，沦陷区杂志对贫病作家的救助，如《万象》《紫罗兰》杂志对孙了红、顾明道的救助，具有新阅读关系的标志意义。而《万象》杂志几十次的涨价也脱去了铜臭气，表现出民族危难中读者、编者对民族言说的共同维护。1941 年 7 月《万象》创刊时定价一元，到 1943 年 8 月涨至二十元，1944 年 10 月定价至一百五十元。在《万象》存续的四年多时间中，发行人秋翁多次陈述提价的无可奈何，言辞极为恳切。第三个年头之初所登《二年来的回顾》虽然是一篇涨价说明书，读来却别有一种真实。文中细说沦陷时期的纸张供应、出版印刷情况，也是一种时代的记录。出版者与读者之间互通心曲、互相扶持的情感关系，在异族统治下增加了一种民族情感的认同。出版者呼唤"读者群来共同负担这扶持的责任"，使刊物"在风雨飘摇中不致摧折"。① 这一呼吁超越了刊物生存的个别意义，触动了沦陷生活共同的民族感情，成为对民族文化的共同维护。

在沦陷时期的高压统治下，畅销的杂志往往成为人们勉力求生

---

① 秋翁：《二年来的回顾》，《万象》第三年第一期，1943 年 7 月。

的互相慰藉，这促进了文学创作切近现实的民族生活。《万象》杂志坚持"使读者看到一点言之有物的东西"①，为杂志赢得了广泛的读者。那些战事状况报道、市民生活描摹、往日生活回忆、言情抗战故事，是趣味之所在，也是文学意义之所在。徐开垒的《两城间》赋予"作家"以医治创伤的作用，文中说："世界上最美丽的文字，往往也便是灵验的药物。"小说通过一个"作家"与受伤足球健将的书信交流，展开了"作家"劝导足球健将重新鼓起生活勇气的过程。张爱玲在《封锁》中很有象征意味地把包子与报纸粘黏在一起。封锁时，让吕宗桢聊以慰藉的是有包子可以充饥、有报纸可以打发时光。小说写全车的人"有报的看报，没有报的看发票，看章程，看名片。任何印刷物都没有的人，就看街上的市招。他们不能不填满这可怕的空虚——不然，他们的脑子也许会活动起来。思想是痛苦的一件事。"文学，成了惶恐、焦虑生活中思想的填空、精神的慰藉。

在商业杂志的引导下，上海沦陷区文学更加贴合大众的感受，与抗战前以"旧瓶装新酒"实现大众化的主张不同。张爱玲说："要迎合读者的心理，办法不外这两条：（一）说人家所要说的，（二）说人家所要听的。"② 这种走进民众心理的创作态度，也改变了作家作为精神导师的角色定位。上海沦陷区大量"故事新编"式的小说，灵感起于鲁迅的历史题材小说，但重点不在"故事"，而在当下的生活。平襟亚、谭正璧、吴伯攸等以历史故事为骨架借古讽今，表现沦陷生活的水深火热，获得极大反响。鲁迅在历史故事中"只取一点因由，随意点染"，表达了"心理的荒诞感、危机感"，"寻求一种文化认同的价值立场"③。而与鲁迅不同，沦陷时期小说

---

① 蝶衣：《编辑室》，《万象》创刊号，1941 年 7 月。
② 张爱玲：《论写作》，《张爱玲散文全集》，郑州：中原农民出版社 1996 年版，第 136 页。
③ 郑家建：《被照亮的世界》，福州：福建教育出版社 2001 年版，第 49 页。

不是着意追求心灵世界的深入挖掘，而是对现实的揭露和批判，描摹沦陷生活的种种怪现象：孙悟空西天取经途经乌鸡国"噤城""寒蝉弄"，门边写有"不许吃饭""莫谈国事"的对子，是暗示沦陷区的黑暗生活（平襟亚《孙悟空大战青狮怪》）；汉人操鲜卑语、学琵琶琴是家国沦丧乞食于异族的无奈，最终仍亡于淫威，则是谄媚者的下场（谭正璧《琵琶弦》）；高祖还乡的大戏不是普天同庆的欢愉而是普通百姓的灾难，与元散曲一样从一个乡民的视角将耀武扬威的高祖还原为"无赖刘三"（谭正璧《还乡记》）；至于让阿房宫里储存的米面油糖广散人间，则是穷困者心愿的直白表达了（谭正璧《楚炬》）。这些叙述不仅为沦陷生活提供了一份形象的社会写真，而且以有力的讽刺为当时的读者舒了一口气。平襟亚在《秋斋说笑》中表达了这一层意思，"这个年头儿，据说'哭笑不得'……随处可见都是哭的材料。例如：全家觅死，跳楼自杀，轧米晕倒，人肉充羊肉出卖……但就我个人暗暗的观测，一般同胞们的脸上，还只是充满着乐意，还只是笑靥相向，喜气迎人"。[1] 这些作品不具有鲁迅《故事新编》强大的解构意义，却表现了不屈服、不妥协的民族生命力，在日伪的言论控制中意味深长。这与当时上海盛行喜剧的原因是相同的。至于一些作品的讽刺揭露，如写潘金莲贪图荣华富贵另攀高枝、反落得新主打骂，这些别具一格的"戏说"，只有放在沦陷区上海的语境中才能读出讽刺汉奸的弦外之音。这些作品中，生活表达、趣味营构、政治影射，同煮一炉，难分彼此，留下了民族逆境中曲折的嬉笑怒骂。

三　市民文化与雅俗互动

抗战前通俗文学关注于市场的占领，严肃文学着眼于民众的启

---

① 平襟亚：《秋斋说笑》，《万象》第二年第十一期，1943 年 5 月。

蒙,文学观念时有交锋,人员聚集上很有点井水不犯河水的味道。到抗战爆发、上海沦陷后,普遍的民族意识使通俗作家们无法沉湎于娱乐消遣;异族高压言论统治也使停顿于沦陷区的新文学作家难以无视生存的现状和读者的接受。

抗战之前的通俗文学,"宣扬娱乐性、消遣性、趣味性为唯一重心的文学主张是非常显明突出的"。① 但大部分通俗作家旧文人气较浓,受传统文化的节义思想影响,也看重大是大非的立场。谭正璧沦陷时期"因家累滞留上海卖文为生,妻子因忧成疯,一个孩子因失乳且又买不起奶粉而活活饿死,两个孩子因无力扶养而送人领养,他自己也身染多种痼疾"。但他仍然坚持不任伪刊编辑、不参与敌伪文学活动、"绝对不写为敌伪宣传而尽可能写反宣传的文章"。② 在民族大义面前,沦陷区有良知的作家都深恐评论界批评其"低级趣味"。《大众》月刊的《发刊献辞》颇有代表性。编者宣称"我们今天""不谈政治",因为"政治是一种专门的学问","无从谈起";"也不谈风月,因为遍地烽烟","不忍再谈"。"我们有时站在十字街头说话,有时亦不免在象牙塔中清谈;我们愿十字街头的读者,勿责我们不合时宜,亦愿象牙塔中的读者,勿骂我们低级趣味。"③生活的困境、心理的压抑都需要通俗文学贴近现实,表达一点严肃的追求。

沦陷区上海文坛就小说中要不要"意识"、如何表现"意识"展开了讨论。相对于文艺界抗敌协会对"民族危机""民族职责""民族命运"等等的呼告,其文学主张现实许多。作为上海沦陷时期

---

① 魏绍昌:《美丽的帽子》,《我看鸳鸯蝴蝶派》,台北:台湾商务印书馆 1992 年台湾初版,第 1 页。

② 参见徐迺翔、黄万华《中国抗战时期沦陷区文学史》,福州:福建教育出版社 1995 年版,第 534 页。

③ 《发刊献辞》,《大众》创刊号,转引自钱理群《总序》,《中国沦陷区文学大系》(评论卷),南宁:广西教育出版社 1998 年版,第 4 页。

最畅销的杂志，《万象》"根据数月来对于读者来函的分析"，"知道
多数人阅读本刊，并不是单纯以消遣为目的，而完全是基于一种
'求知欲'"。① 在动乱的大时代，"一般大众急切地要求着知识的供
给，急切地要求着文学作品来安慰和鼓舞他们……疲倦枯燥的生
活"。② 与传统市民文学为乡民进入现代大都市提供生活启蒙相一致，
沦陷时期的上海文学不是着力于思想启蒙、文化批判，而是在世情
描摹、社会写真中体现出严肃的意识追求。

上海沦陷时期文学对意识的强调，并非主张作家的民族意识、
政治立场、思想倾向在作品中的扩张。"由于沦陷区政治环境的严
峻，即使进步文学，也很难针锋相对地直接去表现抗战。"③ 他们民
族意识的表达与对时代现状的描摹、对时代脉搏的把握结合在一起，
这与小说作为"正史之余""极摹世态人情之歧，备写悲欢离合之
致"的传统更为相近。不同于五四文学推重作者权威、追求思想的
深与情调的浓，当时文学对沦陷生活原生态状况的"实录"，适应了
沦陷写作的狭窄空间，也体现了中国文学的柔韧生命力。如"孟母
六迁"（吕伯攸《孟母六迁》）不再是对教育环境的主动选择，而是
物价飞涨、到处居不易的被动迁徙；开药店却要尽量不卖出药，是
白娘子在沦陷区上海囤药发财的打算（平襟亚《新白蛇传》）；至于
小人物无力养家，买鸡的算计、囤鸡的狼狈都是艰难时世勉力维生
的心酸（吕伯攸《鸡》）。这些关注现实的书写提供了珍贵的历史记
录，而通俗作家也洗尽铅华，在作品中强化了社会意识的表达，获
得了一种质朴的风骨。早年化名"梅倩女史"的顾明道以言情和武
侠小说闻名，而他这一时期的《粉笔生涯》写尽了小学教师在日伪

① 陈蝶衣：《编辑室》，《万象》第二年第四期，1942 年 10 月。
② 陈蝶衣：《通俗文学运动》，《中国沦陷区文学大系》（评论卷），南宁：广西教育出版社 1998 年版，第 264 页。
③ 黄万华：《艺术借鉴：沦陷区散文同外来文化影响相处的基本格局》，《社会科学辑刊》1995 年第 1 期。

统治下的生存困顿；人称"小说界卓别林"的徐卓呆这一时期写了《李阿毛外传》，嬉笑之中仍是对现实生活艰难的表达，其中《日语学校》由李阿毛教授"米""油""煤球"的滑稽情节，写出了沦陷区米、油、煤球等生活必需品的极度短缺。与旧通俗小说追求新异甚至社会黑幕揭秘不同，沦陷时期通俗小说注重贴合现实、描写普通大众的生活面貌和微末心愿，为市民文化代言。

沦陷区文学关注市民文化，提倡文学创作要贴近大众的兴趣，必须"完全明了"他们的生活，"完全贴近大众的心，甚至于就像从他们心里长出来的"。① "民众自己的文学，具有为老百姓所热烈喜爱的中国气派和中国作风"②，创作者应该转变观念、改造思想表现属于民众的市民文学。这些观点与毛泽东对根据地文学的期待不谋而合，表现出民族化趋向上的遥相呼应。当然，由于出发点不同，最后两地文学的风格仍是迥异的。与解放区以民族解放为目标对乡村底层时代转变的表达不同，上海沦陷区文学"在创作宗旨、思想观念以及题材选择上，仍保持着市民文学的本色"。③ 市民文化的参与在沦陷区压抑环境下延续了民族书写的传统，文学空间的变化也促进了市民文学的革新，为新文学提供了另类的民族化经验。

上海沦陷区文学大多在异族统治下合法发表，不同于"二战"中其他国家所出现的"地下文学"，不同于真正意义的反抗文学。评论界普遍认为中国文学缺少对"二战"的深刻反思和人性的真正觉醒，对沦陷区文学的评价也往往在政治化与去政治化之间纠结。应该说，哲理的深思与追问不是中国作家擅长的，然而对底层趣味的关注却是中国人生之爱悦、现世之执着的民族性表达。上海沦陷区

---

① 张爱玲：《我看苏青》，《苏青文集》下册，上海：上海书店出版社 1994 年版，第 460 页。
② 陈蝶衣：《通俗文学运动》，《中国沦陷区文学大系》（评论卷），南宁：广西教育出版社 1998 年版，第 265 页。
③ 孔庆东：《超越雅俗》，重庆：重庆出版社 2008 年版，第 149 页。

文学坚持植根民众的文化姿态，表达出了富有中国民族特色的战争体验。

俄国著名作家果戈里盛赞普希金对"俄国大自然、俄国精神、俄国语言、俄国性格"的卓越反映，指出："真正的民族性不在于描写农妇穿的无袖长衫，而在表现民族精神本身。"果戈里强调民族生活世界本身是民族性的主要来源，普希金对民族性的认识也着重于本土性的体现，他说："作家拥有的民族性，是一种仅能被本国人所赏识的优点，——对于别的人，它或者根本不存在，或者反倒可能是毛病。"① 对于上海沦陷区文学而言，注目于本土民间世界的书写是民族战争威逼下的一次被迫转身，而民族危难中文学的收获也提醒我们反观文学空间的异质性与文学民族化的复杂关系，对中国文学的民族化与现代化作进一步思考。

第二节　延安：根据地文学的生活启蒙书写

延安，是黄土高原上偏僻的小城，是当时中国最贫困、最闭塞、最落后的地区之一，因为战争成了中国革命的红色圣地。抗战改变了内陆根据地，改变了中国。斯诺在《红星照耀中国》中写道，目睹中国人在灾荒、时疫中的惨状，"他们的消极无为使我深为迷惑不解。我有一段时间认为，没有什么事情会使一个中国人起来斗争"。② 然而，抗战后期延安呈现给前来考察的美国新闻界代表全新的面貌。斯坦因用富有文艺气息的笔调介绍"这就是延安"，写延安的"乡

---

① 果戈里：《关于普希金的几句话》，北京大学中文系文艺理论教研室编《文学理论学习资料》上册，北京：北京大学出版社1982年版，第587、586页。
② 〔美〕埃德加·斯诺：《红星照耀中国》，董乐山译，重庆：新华出版社1984年版，第196页。

气、安静、素朴","与其说像中国共产主义的军政中心,不如说是像中世纪学院的校园","这一个小小的延安,如何能作为半个中国的首都,抗日战争的另一个指导中心,新中国的模型,来和重庆争胜呢?"① 延安革命的道路与延安的文学给予我们许多的思考。

在抗战斗争的革命现实中,在政治斗争形势的要求下,延安对外来知识分子的改造与对根据地文化人的发掘、改造,共同完成了对五四文学传统的改变,实现了解放区文学的转型,新的农村生活世界得到了呈现。特别是,在抗战时期的延安,政治力量对新型文化的构想促进了新启蒙观念、新政治理念与根据地现实的交融。延安文学空间使根据地小说以日常生活书写表现生活启蒙、政治话语、审美超越,具有值得肯定的文学史价值。

"生活""日常生活"是中国现当代文学的重要关键词。自然主义、现实主义、革命现实主义、写实主义、新写实主义等不同的文学思潮,都是基于文学对"生活"的不同择取。《在延安文艺座谈会上的讲话》对文学"源于生活、高于生活"的倡导长远影响着文学创作生活叙事的不同风貌,以至于 20 世纪 40 年代后期始,"生活""日常生活"的含义逐步特别起来。在"深入生活"的焦虑中,"生活"逐步远离"日常生活"可被视为一个基本的趋向,而新写实主义对日常生活的过分沉溺,则是对前一定势的刻意反抗。在日常生活叙事的长期模糊中,抗战时期敌后根据地小说的日常生活书写具有特殊意义。② 这是政治话语、民间表达、文化思考的汇集地,是中国社会宏观革命与微观革命的共同表达。其中对社会革命与日常生活启蒙辩证关系的诠释,提供了一份从生活世界内在图式出发

---

① 〔美〕G. 斯坦因:《红色中国的挑战》,李凤鸣译,上海:上海科学技术文献出版社 2015 年版,第 1~6 页。

② 所论作品主要集中于抗战时期,少量作品属于解放战争时期。尤其是赵树理的创作从抗战时期到解放战争时期前后的一致性大于变异性。

推动现代化转型的经验和教训。

一 生活启蒙筑就“延安道路”

日常生活与非日常生活的区分是相对的，在现代社会中二者的界限明显一些。在文化相对不发达的时期与地域，二者的混杂更加突出。赫勒将人类社会生活划分为日常生活层、制度化生活层、精神生活层，分别指称衣食住行、道德政治、哲学艺术等领域。在根据地，这三个层面对于大多数人来说是互相交融的。一定意义上来说，文化就是生活方式。日常生活是个体生存的物质基础，也是精神世界的栖息之所。任何社会政治、思想文化的变革只有在日常生活中才能得到落实。“最彻底的社会历史辩证法就存在于最深层次的微观的日常生活世界之中！它不可能被专业化技术化的高级活动完全肢解与殖民化，而是有其永远不可同化与回收的剩余能量。”① 由于对日常生活的忽略，五四启蒙注重的是思想文化层面的革新。这种“纯粹思想观念的启蒙”，“往往只能触动和改造社会的一个很小的阶层”。因而，五四新文化运动，“从根本上说除了实现人文知识分子的自我启蒙以外，并没有真正触动普通民众自在自发的传统生存模式”。② 日常生活不是恒常不变的时代背景，日常生活内容具有文化变迁的指示作用，日常生活叙事可以体现社会的变化和文明的演进。

20 世纪 30 年代推行的“新启蒙运动”，以反思五四启蒙为基础，定位为“文化上的救亡运动”，提出“反对异民族的奴役，反对旧礼教，反对复古，反对武断，反对盲从，反对迷信，反对一切愚民政策”。③ 新启蒙运动加入了爱国救亡的时代内容，抗战全面爆

---

① 转引自吴宁《列斐伏尔对日常生活与非日常生活的思辨及其评价》，《南京社会科学》2007 年第 12 期。

② 衣俊卿：《日常生活批判与深层文化启蒙》，《求是学刊》1996 年第 5 期。

③ 陈伯达：《论新启蒙运动》，转引自何干之《近代中国启蒙运动史》，上海：生活书店 1947 年版影印，第 207 页。

发前其仍是局限于思想领域的文化运动。而在共产党领导的根据地，新启蒙与延安政治力量对新型文化的构想交融起来，才具有了现实意义。经过陈伯达、艾思奇、刘少奇等人的积极推动，经过延安整风的系列运动，新启蒙向实际文化工作、现实社会生活渗透。植根现实的生活启蒙在艰难时世中开创了独特的"延安道路"，形成了"关于经济发展、社会改造和人民战争的别具一格的方式"。① 同时，也深刻地影响了延安解放区的文艺政策和文学表达。

抗战期间，根据地发动、组织、训练广大民众参与保家卫国的战争，不仅仅是一次对民间力量的功利征用，其中也包含了"穷乡僻壤"与新文化、新文学的可贵互动。与五四启蒙对"民主""科学""自由"的倡导不同，抗日民主根据地的文化建设更注重的是贴近农村现实，进行"自己的民族的、科学的、人民大众的新文化和新教育"② 的实践。特别是延安整风后，文化教育活动格外重视根据地生产水平低、文化程度低、卫生医疗条件差、迷信活动盛行等实际情况，采取各种因地制宜的办法，实现对民众日常生活内容、模式、习俗的重塑。

根据地小说记录了生活启蒙打破农村原有文化循环、促进新文明在农村落户的过程。《卫生组长》（葛洛 1945 年）、《黑女儿和他的牛》（欧阳山 1944 年）等小说在人生病、牛发瘟这些农村日常事件中宣传医药卫生对巫神迷信的胜利；《我的两家房东》（康濯1946 年）、《识字的故事》（萧也牧 1946 年）等小说把"字典"引入农民的恋爱、生产，指出掌握文化的实际作用，《识字的故事》从实际斗争中阐明"字儿是一种工具，也是武器。你没有，你就

---

① 〔美〕马克·赛尔登：《革命中的中国：延安道路》，魏晓明、冯崇义译，北京：社会科学文献出版社 2002 年版，第 202 页。

② 毛泽东：《论联合政府》，《毛泽东选集》第 3 卷，北京：人民出版社 1991 年版，第1083 页。

得夺取它";《李有才板话》中详谈槐树下"老"字辈、"小"字辈与村西大户人家官名的称呼区别，折射了农村日常生活中无所不在的贫富区隔。

根据地小说不仅见证了延安生活启蒙的种种实践，其本身也是文化宣传工作的一部分，参与了形塑新文化的历史工程。关于解放区小说的现代性问题，赵树理是典型，他的通俗化主张显然受到新启蒙思想的影响。他认为通俗化不仅仅是"抗战动员的宣传手段"，而且是"'新启蒙运动'一个组成部分"；通俗化文艺"应该是'文化'和'大众'中间的桥梁，是'文化大众化'的主要道路"；"一方面应该首先从事拆除文学对大众的障碍；另一方面是改造群众的旧的意识，使他们能够接受新的世界观"。① 解放区的生活启蒙，不仅进行医药卫生、文化教育等方面的宣传和指导，而且拓宽了民众的视野，促进了民众自我意识的形成和民主政治的深入。"赵树理方向"的文学创作展示了生活启蒙对科学理性的实践，也展示了农村世界的个性启蒙。

仍以称呼来说，《喜事》（柳青 1942 年）、《俊英》（崔石挺 1946年）着眼于女性姓名权的细节，揭示了女性自我意识的觉醒。《喜事》中与招财离婚的"魏兰英"参加革命才有了这"官名"（正式姓名），从而变得不"安生"，成了"特出的一个"。虽然鼓动女性"闹自由"的文学宣传后来在解放区得到了扭转，但这些小说在历史的区间中记录并推动了农民自我意识的觉醒和旧式观念的改变。《俊英》中"俊英"喜欢"从妇女识字班里叫起来"的名儿，"她喜欢人这样称呼她，比婆婆喊'老大家'，邻居喊'他嫂子'，丈夫喊'喂！'都强，都好听"。名字的拥有、称呼的改变代表了新主体的诞生。鲁迅从名字说起，着眼于揭示阿 Q 经济困顿之外更严重的主体性缺乏问

---

① 赵树理：《通俗化"引论"》，《赵树理全集》4，太原：北岳文艺出版社 1986 年版，第 141 页。

题；而根据地小说则着力展现农民主体觉醒的时代，并示范了个性解放的可能性道路。

正如伍尔夫所说的："说来也真奇怪，还要感谢两场战争，一场是把南丁格尔从客厅里解放出来的克里米亚战争，另一场是大约六十年后的欧洲战争，它为一般妇女敞开了大门，正是由于上述种种原因，这些社会弊端正在逐渐得到改进。"① 应该说，战争与妇女解放的关系不是偶然的。战争打开了底层世界的日常生活空间，促进了思想启蒙在日常生活中的推进，女性解放只是生活启蒙的结果之一。延安解放区小说大量呈现了民族战争中新文化因子对农民伦常日用的改造，如《回地》（木风 1946 年）、《他第一次笑了》（申均之 1946 年）等小说展示了农民自身对"命"的反思和质疑。这些描写在日常生活的点滴中展现了新思想、新观念在根据地的渗透。

二 日常书写实现审美超越

根据地从日常生活展开的新启蒙运动使文化人贴近了民众生活，也使新世界、新文化、新文学对农民打开了门户。政治意识形态和制度化的组织是推动文化与农民历史性交流的主要力量，具有不可估量的开创性贡献。根据地小说在展示"延安道路"卓有成效的生活启蒙的同时，也呈现了根据地意味深长的政治启蒙，揭示了日常生活对政治话语建构与解构的两重作用。

怎样看待政治主题的表达左右着根据地直至新时期文学的评价。"我们在'文革'后一直回避政治这个问题，因为政治好像是党内斗争意义上的政治，宣传国家意识形态的政治，而不去想政治首先是、最终考虑的是如何界定和组织一个生活世界，如何为这个生活

---

① 〔英〕弗吉尼亚·伍尔夫：《论小说与小说家》，瞿世镜译，上海：上海译文出版社 2000 年版，第 167 页。

世界做出制度上的安排和价值论上的辩护。"① 不能狭隘化理解政治主题，政治与日常生活息息相关。赫勒认为"狭义的政治活动则总是旨在获得或维护政权的活动"，而广义的政治是"旨在保护或攻击一切大于家庭的社会整体的活动"，"政治变化影响每个人的日常生活"。"在重大社会动乱（战争、宗教战争或国内战争）中"，"'熟悉政治'""成为日常必需"。② 抗战时期激烈的社会变动，让政治影响日常生活的速度、范围与日俱增。根据地关于婚姻、土地、干部选用等方面的法规，是基层工作者的行动指南，也是民众百姓日常纠纷的维权法宝，与民众个体生活密切相关。

民族战争打破了乡村的宁静，根据地新政权的建设改变了"王权止于县政"的面貌。由于乡村经济的破败、农村政治的武化，中国乡村政治生态发生了根本性的变化，"政治"是日常书写无法回避的话题。特定时代、特定区域里，政治生活是日常书写真实性、深刻性的有机组成部分。周扬说："要反映新时代的人民的生活，就必须懂得当前各种革命的实际的政策，因为正是这些政策改变了这个时代的面貌，改变了人民的相互关系、生活地位、思想、感情、心理、习惯等等，总之一句话，改变了他们的命运。"从正视日常生活本身的复杂来说，不应简单否定周扬对新文艺方向的提倡。他又说："自'文艺座谈会'以后，艺术创作活动上的一个显著特点是它与当前各种革命实际政策的开始结合，这是文艺新方向的重要标志之一。"③ 这一新方向所引导的文艺生产（创作）与消费（接受）的新模式，值得特别关注。文学创作对日常生活（包括政治生活）的真

---

① 张旭东、薛毅：《批评与历史经验》，《批评的踪迹》，北京：生活·读书·新知三联书店2003年版，第17页。
② 〔匈〕阿格妮丝·赫勒：《日常生活》，衣俊卿译，重庆：重庆出版社1990年版，第104、105页。
③ 周扬：《关于政策与艺术》，《周扬文集》第1卷，北京：人民文学出版社1984年版，第475、476页。

实表达和深度融合，也是根据地文学的宝贵资源之一。

谈文学与政治的关系，正确的态度不是对政治的简单图解或刻意回避，而在于"把政策思想与艺术形象统一起来"①。但是这种"统一"的实现会遇到各种各样的矛盾：如党的政策与农民的利益、政策宣传与社会真实等等。在丁玲、周立波、赵树理、孙犁、艾青等作家的创作谈中，都专门涉及了处理这一类矛盾的创作体验。可以说，民间表达、知识分子良知与意识形态立场的错综关系，是根据地文学厚重意蕴的重要组成部分。而作家对日常生活的体验和坚守，是作品生命力的内核。现实生活的沉潜、日常逻辑的遵循，是实现政治话语与审美表达有效结合的必由之路，也是获得审美价值和回归民族传统的根本之途。

美国学者卡林内斯库关于现代性的考辨有助于根据地文学的深入解读。他说："意识形态当然能以诸多方式影响艺术，但审美价值从来就不是完全由意识形态决定的。事实上，审美价值之为审美价值，就在于它是超越意识形态的。"② 深入现实生活，切实地关注民众真正关心的话题，才能如盐入水地在日常生活表达中获得时代性、政治性和审美超越性。婚姻恋爱、阶级成分是农民日常生活关注的热点，这些问题的恰当处理是政治工作的重心，也是文学表现的中心。

根据地小说通过对人物内心感受的捕捉，聚焦群众感兴趣的话题，也呈现了大时代中小人物的心路历程。康濯的《我的两家房东》传神地展现了农村青年含蓄羞涩的表情达意方式，更突出地呈现了政策规范对农民日常生活、日常情绪的左右。小说在家庭争执中表

---

① 周立波：《关于写作》，《周立波文集》第 5 卷，上海：上海文艺出版社 1985 年版，第566 页。
② 〔美〕马泰·卡林内斯库：《现代性的五副面孔》，顾爱彬等译，北京：商务印书馆2002 年版，第 214 页。

现老头子陈永年的疑虑、焦躁、担心，体现了新政策法规在日常生活中的缓慢接受；与此主题相近，赵树理的《邪不压正》对政治主题的宣扬落实于聚财一家关于软英婚姻的纠结，特别以聚财的病起病愈表现农民生活与时代变迁、政策实施息息相关。"聚财本来从刘家强要娶软英那一年就气下了病，三天两天不断肚疼，被斗以后这年把工夫，因为又生了点气，伙食也不好，犯的次数更多一点，到了这年十一月，政府公布了土地法，村里来了工作团，他摸不着底，只说又要斗争他，就又加了病——除肚疼以外，常半夜半夜睡不着觉，十来天就没有起床，赶到划过阶级，把他划成中农，整党时候干部们又明明白白说是斗错了他，他的病又一天一天好起来。赶到腊月实行抽补时候又赔补了他十亩好地，他就又好得和平常差不多了。"身体的时好时坏随政策的变化波动，这不是政治"晴雨表"式的表面象征，而是彰显了农民生活对清明政治的密切依赖，表达了农民对"说理地方"的希冀。中国农民对"理"的信奉大于一切宗教教义和政治条文，"有理走遍天下，无理寸步难行"是农民自治空间的规则，政治意识形态对这一规则的顺应可以促进农民对新政权的心理接纳。聚财惊弓之鸟般的身体反应，体现了农民从老规则走近新政治的心理适应过程。正如研究者指出的："在赵树理的观念里，'秩序'的重建需要国家、基层和群众三方力量的互动与结合，尤其在基层出现治理困境时，国家力量的介入在一定程度上实现了危机的克服，并保障了村政民主政治的有效运转。"①

根据地小说还关注了农民在时代变迁中的内心变化，实现了对意识形态的超越，触及了中国底层民众心理觉醒的真实过程。赵树理、康濯、孔厥等作家侧重于深入刻画老一代农民在新政权下小心

---

① 史玲：《从"熟人社会"到"说理的地方"——赵树理〈邪不压正〉的空间视角与土地改革》，《文艺理论与批评》2022 年第 2 期。

翼翼地试探与适应，达到了一定的历史深度；孙犁等作家则更侧重于细腻描摹新一代农民在新社会里内心世界的逐步丰盈。《满子夫妇》（潘之汀 1945 年）突破了农民的物质生存世界，关注的是寡言少语的憨厚农民家庭关系的融洽。《未婚夫妻》（李古北 1945 年）的主调是表现不甘屈辱努力抗争，但作品的感人之处在于真实描写了农村姑娘艾艾对死的恐惧、对生的留恋以及对宁死不屈的逐步坚定。这些心理的挖掘丰富了主调表达的生动内涵。孙犁小说以关注人物的心理世界见长，尤其善于表现青年一代在时代变化中的精神成长。他的散文《借宿》对农村妇女扔下绣花布以后的生活展开了玄想。孙犁小说《走出以后》（1942 年）、《麦收》（1945 年）等写农村女性在新天地中洗去阴郁、获得自信，"再不走奶奶的路，娘的路"，走上了"一条完全新的道路"。

只看到根据地小说对时代风云、政治主线的记录，没有看到它们与农民日常生活的结合，一味以超政治的态度来要求历史作品是不公允的。根据地小说在农村日常生活书写中呈现了时代的风云，并以农民生活习惯、情感心理的变化折射时代政治。在日常生活中展示政治主题、实现审美超越，正是根据地小说特殊时空下的有益探索。

三　日常时空寄居民族传统

政治关注与审美表达犹如跷跷板的两端，维持二者的平衡是高难度的创作挑战，回归日常生活是问题的关键所在。日常时空不仅是私人话语与公共文化的承载物，而且是民间生态、民族精神的寄居地。蓝爱国指出：小说中的"时代风云碎片"蕴含于日常生活场景之中，"日常生活交往中的公共性文化表象绝不以改造日常生活为目的，而是成为它的'深度文化'的一部分。由此，我们可以将历史传奇、演义、章回小说中的所有政治、伦理文化观念都看成是公共文化表象'落入'日常生活的'语言遗产'"。^① 在这些"语言遗产"中寄存着丰富的民族精神符码,对日常时空的坚守连通着民族化回归之路。

赫勒称日常时空是"以人类为中心"的"此时""此地",生活中的熟悉感影响着人们的时空感受。^② 由于日常生活的重复性,日常时空呈现出程式化的惰性。每一次文化社会的巨变都指向日常生活的革命,指向日常时空的改变,但程式化的日常世界中包蕴着值得留恋的民族文化传统。根据地小说的时空表达不同于五四时期,它们把故事置于传统时间语境中,表现日常生活序列中的社会变化。《邪不压正》开头先交代故事发生在"一九四三年旧历中秋节",是聚财女儿与地主儿子订婚的日子。小说中四次写"这地方的风俗",一切以生活时间缓慢的进程细说老拐帮忙、亲戚往来、待客方式、女人拉家常、送礼开食盒种种细枝末节的事情。聚财与地主的矛盾也一直局限于民间婚俗礼节的范围,并未走到势不两立的境地,"聚财家因为对这门亲事不情愿,要的东西自然多一点"。订婚前后社会变化的大波大澜一律只在远亲近邻的走动闲聊中带出。第二部分写"过了年,旧历正月初二","二姨""走娘家"的情景,以二姨为传话人交代事情的发展和各自的心理,以"圆周式的日常时间"把社会发展的大事件蕴含在日常交往中。如果说五四文学旨在宣告一个旧世界的沉没、呼唤新世界的开始,那么抗战时期根据地小说以日常时间记录历史事件,在自然节令、生老病死中表现具有民族特色的生活习俗,意在传达历史波澜中底层民众的生活态度、情感习惯。

根据地小说的日常生活书写还提供了丰富的日常空间内涵。从空间上看,日常生活"一是在具有血缘关系的家人和亲属之间展开;

---

① 蓝爱国:《网络文学:日常生活空间里的美学视线》,《艺术广角》2003年第1期。
② 〔匈〕阿格妮丝·赫勒:《日常生活》,衣俊卿译,重庆:重庆出版社1990年版,第255~258页。

二是在同一共同体中的邻里和朋友之间展开"①。社会学研究指出日常生活空间不是建筑意义的房子住宅，而是由熟悉感所培养的一种安全稳定的"在家"的感觉。与之相反的是"不在家"的感觉，即异质因素进入并主导日常生活空间产生的动荡不安感。抗日战争打破了日常生活的稳定图式，外来力量为乡村、农户带来了各种新的讯息。"公家人"视角下的"房东"乡邻是主要的书写模式。但是也有小说展示了新形势对农民生活空间的改变以及这种改变中的种种细腻心理。郑笃的《情书》（1946 年）是一篇较特殊的小说，写一个叫竹香的农村小媳妇，战争拉开了她与当兵的丈夫之间的距离，书信拓展了她的生活空间，也研磨出了她细腻的情思。小说中的情书本没有多少情话，但以竹香请人代写情书过程中的种种思量，展开了农村女性生活世界与内心世界的复调空间。小说侧重写她不能看信的焦急、他人读信时的羞涩、复信辞不达她意的懊恼，体现出她丰富的情感世界；她因细密情思坐立难安、她的千言万语欲说还休，小说在表达根据地军民一致抗战的主题之外，微妙地展示了觉醒的新个体对私密空间的呼唤。这里对生活空间变化的描写，与一般革命小说对革命情谊公共性的突出不尽相同。这是抗战时期文学特有的贡献，即使是赵树理，其 20 世纪 50 年代创作的《三里湾》对政治因素侵入生活空间的书写仍缺少一定的反思。作者以"旗杆院"的开放明朗热闹为对比，写糊涂涂的家封闭阴暗鬼祟；以范登高家的生活消费气息为反衬，写玉生家工作劳动的气氛，特别是与小俊离婚后，玉生的窑洞就成了会议室、工作间。对家庭空间生活气息的置换展现了时代政治对生活空间职能的异化，两种空间的对照、叠印中折射出那个时代对私人生活空间的让渡。

---

① 衣俊卿：《现代化与日常生活批判》，北京：人民出版社 2005 年版，第 73 页。

"区分公域和私域的标准是可见性（visibility）和集体性（col-lectivety，Jeff Weintraub 1997），具有这两种性质的是公共领域。"① 公共话语与私人生活空间的关系，是文学表现常涉及的内容。张爱玲特别敏感于中国人生活私密性的缺失，说"拥挤是中国戏剧与中国生活里的要素之一"。中国人"缺少私生活"、没有私人空间，从生到死都在他人的目光之下"一目了然"。② 不同的作家对私人生活空间的书写是不一样的。根据地小说不同于张爱玲小资产阶级知识分子式的私密性需求，更多地着眼于农村生活习惯，表现农村生活空间的功能混杂，体现了乡村生活的一种原初样态。赵树理写李有才的窑洞"三面看来有三变"，集生活、休息、娱乐于一体，是对槐树下人家敞开的公共空间。福柯认为，"空间是任何权力运作的基础"③，但农村空间的混杂性、日常性是其重要特点，其中寄寓着民族生活传统。三仙姑的家既是烧锅煮饭的生活场所，也是她设香案、扮天神的民间宗教空间，当然也是众人看神像谈闲天的地方。赵树理写新政权介入，三仙姑在"区长房子"众人围观的新空间里认识到自己不像个"当长辈的样子"。赵树理写新空间的主导氛围还是农村的道德舆论标准。

对乡村公共空间日常性的关注是根据地小说的特色之一。庙宇、戏台、学校、村公所等是构成乡村"权力的文化网络"的公共空间，"是地方社会中获取权威和其他利益的源泉，也正是在文化网络之中，各种政治因素相互竞争，领导体系得以形成"④。从民众的日常

① 张静：《现代公共规则与乡村社会》，上海：上海书店出版社 2006 年版，第 24 页。
② 张爱玲：《洋人看京戏及其他》，《张爱玲文集》第 4 卷，合肥：安徽文艺出版社 1992 年版，第 26 页。
③ 〔法〕米歇尔·福柯、〔美〕保罗·雷比诺：《空间、知识、权力——福柯访谈录》，陈志梧译，包亚明主编《后现代性与地理学的政治》，上海：上海教育出版社 2001 年版，第 14 页。
④ 〔美〕杜赞奇：《文化、权力与国家——1900—1942 年的华北农村》，王福明译，南京：江苏人民出版社 1996 年版，第 13 页。

生活来说，这些公共空间有实际的作用，是生产劳动之余重要的祭祀娱乐空间。与革命历史小说凸显公共空间的政治性不同，根据地小说从它们的世俗性出发，写这些空间功能的混杂。以龙王庙来说，《李家庄的变迁》中写这里"也办祭祀，也算村公所"，既是敬神的地方，也是说理的地方；《刘二和与王继圣》中关帝庙既是农民上香祭拜的地方，也是社首议事、年节唱戏、孩子嬉闹的地方。赵树理写空间中的阶级矛盾、政治区隔，也写穷人富人在公共空间的日常来往、资源共享。日常空间的全息呈现记录了历史大变动在日常生活中的投影。

20世纪初中国迫于外敌入侵开始国家权力对乡村底层的下沉，形成了"与现代化和民族形成交织在一起的""国家政权建设"模式。[①] 抗战时期根据地小说以日常生活书写融汇生活启蒙、政治表达、审美超越，具有值得肯定的文学史价值。

第三节　香港：边缘场域与萧红的创作反刍

香港，这个曾经的小渔村，一百多年的英国殖民统治给它打下深深的烙印。抗战前，许多文人志士、爱国者、革命家在亡命天涯或投身回国的路途中都会逗留于此。香港是一个自由港，也是一个有着特殊历史的城市。如张爱玲小说所写，其近似西洋的生活方式里弥漫着复古的空气。抗战时期，更多的文人志士、文学家由于种种原因南迁香港、滞留香港，他们以香港为主要阵地，从事创作及出版等事业，香港成为抗战时期文化名人的集散地。抗战时期的文学空间中，香港作为"流亡中转站"，对作家和香港

---

① 〔美〕杜赞奇：《文化、权力与国家——1900—1942年的华北农村》，王福明译，南京：江苏人民出版社1996年版，第2页。

本身具有特殊的价值。以萧红为例，香港不仅为其提供了相对安定的外在环境，而且提供了远离抗战主场进行创作盘整的机遇。萧红香港时期对自己熟悉的、已写作过的题材、人物、主题进行了创作反刍，形成了基于生命立场、悲悯审美的独特抗战书写，促进了文学上的自我成长。

萧红是生前身后都颇受争议的现代女作家，在朋友圈、评论界、读者群中引起的情感反应、阅读体验都有很大的差异。萧红多舛的命运是早春时节现代女性寻求解放与独立的酷烈标本，萧红的创作生涯从始至终都是时代大潮中的同曲异调。萧红以其独有的尖锐不断触碰着抗战、启蒙和女性等话题的敏感内核，成为单一文学标准难以涵盖的异数。萧红评价中分歧最大的是香港时期的创作，边缘的香港给予异质的萧红一次重要的创作沉淀。细致检视香港时期萧红的创作反刍可以深入探寻"文学洛神"的独异灵魂，也有助于对抗战时期文学的相关问题作进一步的探讨。

一

萧红 1940 年 1 月离开大后方，远走香港，在当时引起很多费解、不满和叹息。在短短两年中，萧红完成了长篇小说《呼兰河传》《马伯乐》、中短篇小说《后花园》《北中国》《小城三月》《民族魂鲁迅》《骨架与灵魂》《"九一八"致弟弟书》等作，内容、风格上与早年《生死场》时期不尽相同，组成萧红评价中莫衷一是的后期创作。

对这一时期萧红创作的评价往往各执一端、不够全面：一是重视《呼兰河传》等回望乡土的个人抒情，而轻视《马伯乐》等反映抗战现实的作品；二是作品评价往往割裂风格与立场。不少研究者受茅盾的《论萧红的〈呼兰河传〉》影响，一方面肯定《呼兰河传》艺术上"是一篇叙事诗，一幅多采的风土画，一串凄婉的歌谣"，另一方面批评萧红"被自己的狭小的私生活的圈子"所束缚，为她脱离抗战予以惋惜。[①] 尽管后世学人对茅盾的"寂寞论"多有争议，但是都对香港时期萧红作脱离时代的一致判断，言下之意即萧红香港时期回归自我是对时代的抗拒。虽然政治立场下和审美视角下学人对萧红的评价高下不同，但都未能深入考察萧红创作中个人抒情与民族呼号的内在勾连。其实，优秀的文学作品往往都是自我内心与时代精神的深度融合，《呼兰河传》等萧红居港时期创作的成功肯定不只是艺术风格方面的。林贤治以《在文学史上：她死在第二次》为题著文指出，在从政治化到反政治化的文学评判标准下，"萧红成了前后两种不同的文学思潮的牺牲品"[②]。

萧红的创作生涯、人生历程深受战争的裹挟：少女萧红在哈尔滨为独立自由挣扎于泥淖之时，日军正在侵占哈尔滨、谋划伪满洲国；沧桑萧红在日军进攻香港的炮火中受尽磨难、抱憾离世。始于哈尔滨、终于香港，萧红在日本侵略战争的催逼之下从北到南一路辗转、颠沛流离，步步远离出生之地，"从异乡到异乡"，最后殒命天涯。战争与漂泊，是如此严酷地充斥在萧红短暂的人生中，这也是萧红一生创作最主要的题材来源。萧红作为东北作家的历史身份及她所在的左翼作家群体都在一定程度地影响着她自我体验的表达。到达上海后，"挟着一本《生死场》原稿来到上海"，得到鲁迅的提携，是萧红之幸[③]，也使她被简单定位为抗战文学作家，其早期创作中的多声部和张力往往被忽略了。

在抗战全面爆发后，抗战文艺一直在救亡宣传与艺术追求上左右摇摆。老舍在 1940 年总结三年来的文艺状况时反复说"艺术与宣

---

① 茅盾：《论萧红的〈呼兰河传〉》，《文艺生活》光复版第 10 期，1946 年。
② 林贤治：《在文学史上：她死在第二次》，《南方周末》2008 年 9 月 11 日。
③ 梅志：《"爱"的悲剧——忆萧红》，《怀念萧红》，北京：东方出版社 2011 年版，第 95 页。

传平衡"是文艺者未能解决的难题，"一脚踩着深刻，一脚踩着俗浅；一脚踩着艺术，一脚踩着宣传，浑身难过"。① 萧红更是在自我体验与时代要求的两股急流中不断调试。无论在私下争论中还是在公开座谈中，都能感受到萧红与"七月"文学圈在而不完全属于的疏离。萧红对高亢的爱国宣传一直保留意见，她时时力陈自己卓尔不群的文学观。在散文《失眠之夜》"我"与"三郎"都迫不及待地述说、轮流打断对方，"我们讲的故事，彼此好像是讲给自己听，而不是为着对方"。萧红的文艺思想在萧军、胡风及后来的端木蕻良那儿得不到共鸣，这在很多座谈会记录、萧红的散文、书评等中都能看到。

在抗战文艺主流话语中，萧红与一般人鼓励作家上前线的意见相左，她的创作也遭遇不完全兼容的尴尬。她在香港时期的创作有的是在大后方未能展开的。1938 年 6 月 18 日端木蕻良给《文艺阵地》的信中，"透露萧红已开始写作长篇（可能即是《马伯乐》），不久将给《文艺阵地》连载后未果"。② 有研究者分析连载未果与《文艺阵地》因《华威先生》《差半车麦秸》等作引起的"暴露与讽刺"之争有关。论争的不断升级"导致了作者和编者共同的犹豫，萧红中途辍笔没有完成这部长篇"。③《呼兰河传》的写作其实在大后方时也已经开始，"大约开始于一九三七年的十二月"。看过前两章的蒋锡金尽管很喜欢萧红的作品，但是对于她"一直抒情""人物迟迟的总不登场，情节也迟迟的总不发生""有点纳闷"，并说萧红"为了写《呼兰河传》""还怄了一场气，并且哭了鼻子"。④

① 老舍：《三年来的文艺运动》，《老舍全集》17《文论》，北京：人民文学出版社 2008 年版，第 266 页。
② 曹革成：《抗日战争时期端木蕻良活动年谱》（1937—1945），《抗战文化研究》2012 年第 0 期。
③ 季红真：《萧红全传》，北京：现代出版社 2012 年版，第 458 页。
④ 锡金：《萧红和她的〈呼兰河传〉》，《怀念萧红》，北京：东方出版社 2011 年版，第 29 页。

在诸多回忆中，萧红的香港之行充满诡异和仓促；其实，文艺思想自我辩解的焦虑、安定而宽松的创作环境的寻求、作品发表新阵地的拓展、生活与创作重新开始的需要，都是促成萧红远离大后方的原因，而文化驿站香港是一种选择。从历史上看，香港一直被新文学作家称为文化沙漠，缺少鲜明的文化主体特征，新文化运动以来，内地的"大中原心态"和侵略者的"种族态度上他者化"都使在港国人养成"寄居者的心态"和"政治恐惧感"，形成了香港"完全不同于中国内地"的"地域政治空间"。① 在英国人对香港史的描述中常见"边缘""夹缝""角隅"等词，甚至称香港是"维多利亚朝英国与大清中国"这两个"不情愿的双亲"的"私生子"。② 香港相对自由的政治空间中流行过诸多文艺思潮，尚未形成强势的独立主体。按照萨义德文化旅行理论，诸如左翼文艺思潮、抗战救亡宣传在香港的穿行必然伴随接纳、抵抗和变异，因此香港成为更具兼容性的文化空间。

从萧红港居时期的外部环境来看，日本侵略者占领香港之前的港英政府在中日之间保持中立的态度：一方面，为了大英帝国在远东和在香港的利益对华持中立合作的立场；另一方面，尽量避免激化英日矛盾，特别是广州失陷后对日政策日渐软弱、妥协，舆论上对香港抗日宣传加以限制。③ 因此，抗战爆发后虽有大量知识分子来到香港进行抗日宣传，但在殖民文化、商业氛围、大众接受的影响下往往以隐晦的方式表达出来：在聚会方式上不同于大后方的街头剧、演讲等，往往采用咖啡沙龙、下午茶、芭蕾舞、读书会等都市形式；在办刊立场上往往较为模糊，如香港版《大公报》发行申明

---

① 〔美〕傅葆石：《双城故事——中国早期电影的文化政治》，刘辉译，北京：北京大学出版社 2008 年版，第 131 页。

② 〔英〕弗兰克·韦尔什：《香港史》，王皖强、董亚红译，北京：中央编译出版社 2007年版，第 1 页。

③ 参见张连兴《香港二十八总督》，北京：朝华出版社 2007 年版，第 243～249 页。

中宣称"我们择地于香港,只因商业上的便利"①;中国共产党在港
创办的《华商报》依周恩来指示"不要办得太红,要灰一点"②,从
取名到编辑都立足抗日民族统一战线,避免过于明显的政治意图和
党派立场。萧红从重庆后期至香港时期作品主要发表在戴望舒主编
的《星岛日报》副刊《星座》上。这一杂志的老板是东南亚华侨
"万金油大王"胡文虎,戴望舒的创刊词也写得较为含蓄,希望
《星座》给"阴霾的气候""尽一点照明之责"。③ 在编辑风格上,戴
望舒也是少作呐喊、宣传,更加注重文艺的抒情感人作用。

　　这样的创作场域远离了抗战文艺活动的中心,远离了左翼文学
界的主流话语,使萧红也远离了原来文学圈的师友,为她提供了
较为宽松的物质和文化环境。这使作家有可能遵从自己的文学主
张进行创作。因此,香港为萧红提供了相对不太纷扰的外在环境,
提供了远离抗战主场进行创作盘整的机遇。当然,香港的物质和
文化环境对萧红来说并不意味着舒适自在,相反战乱中一路逃离
的流放感为创作带来某种紧张。初到香港时,萧红给友人的信说:
"不知为什么,莉,我的心情永远是如此抑郁,这里的一切是多么
恬静和幽美,有田,有漫山遍野的鲜花和婉转的鸟语,更有澎湃
泛白的海潮,面对着碧澄的海水,常会使人神醉的。这一切不都
正是我以往所梦想的佳境吗?然而呵,如今我却只感到寂寞!在
这里我没有交往,因为没有推心置腹的朋友。"④ 特别是萧红的最
后岁月,战火、疾病、遗弃给作家及其创作增添了一种流亡天涯、
遗世独立的悲怆。

---

① 杨纪:《大公报香港版回忆》,《新闻研究资料》1981 年第二辑,北京:新华出版社
1981 年版,第 179 页。
② 周晓辉:《香港〈华商报〉的抗战宣传及特点》,《红广角》2016 年第 4 期。
③ 戴望舒:《〈星座〉创刊小言》,《戴望舒全集》(散文卷),北京:中国青年出版社
1999 年版,第 182 页。
④ 萧红:《致白朗》,《萧红全集》下,哈尔滨:哈尔滨出版社 1991 年版,第 1307 页。

二

萧红香港时期的创作在题材上与前期写作有许多重合之处，呈现出特殊的反刍式创作现象。作家们通常避免同题重写，一是为了创新，二是因为重写实际上存在极大的挑战性。如果重写后的文本只是容量、篇幅上有一些变化，便没有多大意义。重写的成功在于意义的深发和审美的新变。萧红香港时期的创作反刍，不是内容上的扩充，而是在创作立场、审美风格上发生了明显位移，重新抵达了抗战书写的核心命意。

首先，回到熟悉的题材。

抗战全面爆发后，"文章下乡，文章入伍"的口号希望文艺工作者走出个人的小世界，去关注战时火热的斗争，以实现全民动员的宣传攻势。因此，抗战时期文学题材的选择曾一度成为重要议题，为了获取创作素材，一些作家弃笔从戎，一些作家走上前线采访体验，还有一些作家深入农村熟悉底层。作家自身的生活能否进入、如何进入战时文学，成了不断讨论的话题。丘东平说到抗战初期"许多中国作家的活动情形"，"他们忽而在难民收容所服务，忽而在街头募捐，忽而弄壁报，忽而弄'弄堂组织'，忽而作集体创作，作战场的报告文……开会的次数多至不能计算，类似文学青年战时服务团的名目也多至不能计算，但结果是并没有弄出杰出的东西来的"。① 在《七月》的座谈会中，作家们都意识到战争对文学提出了新要求，一些作家认为不能深入把握战争便不能创作出伟大的作品，战争背景下凡俗的庸常生活往往为战地报道、英雄书写所取代。萧红则始终强调在作家自身的生活中体会战争，她说："我们并没有和生活隔离。譬如躲警报，这也就是战时生活，不过我

---

① 丘东平：《在抗日民族革命高潮中为什么没有伟大的作品产生——答塔斯社社长罗果夫同志的一封信》，《七月》第 2 卷第 7 期，1938 年。

们抓不到罢了。"① 这在当时具有很强的前瞻性，直到 1941 年老舍还指出文艺趋向的问题："我们仍是多写正面的战争，而对于后方的种种动态及生产建设便无何表现。这是一大遗憾！""题材不丰"，"作品的内容自然显出贫血现象"。② 战时后方生活，包括沦陷生活，应该成为抗战文学的一部分。不仅如此，萧红还说："一个题材必须要跟作者的情感熟习起来，或者跟作者起着一种思恋的情绪。"③ 这是说文学的题材不仅应该取自作家的生活，而且不是自然主义的实录，而是作家深刻体验着的日常生活。作家在战争中没有上前线，但是流离失所的生活中包藏着丰富的战时讯息。写自己、写日常，与表现抗战实际是相通的。萧红香港时期回到自己熟悉的日常生活题材，并对自己创作过的题材、人物、主题进行了再度创作或反复创作，体现出思想上的不断掘进和创作的自觉意识。

萧红对熟悉的题材有创作的执拗，她曾反复创作一个地主家庭中的老仆形象。萧红 1935 年末出版《生死场》，1936 年是她生活较为稳定的"黄金时代"。这一年萧红三度创作"有二伯"的形象，分别是《马房之夜》（冯二爷）、《家族以外的人》（有二伯）、《王四的故事》（王老四），都是写一个与地主有着密切关系的老仆形象。在旅日期间给萧军的信中，萧红多次谈到《家族以外的人》的写作进程，尽管伴着"肚痛""发烧""困难的呼吸"，但"创作得很快，有趣味"。中间有一天，萧红在信中惊呼"不得了了！已经打破了记录，今已超出了十页稿纸"（接近五千字）。这一篇不仅写得快，而且萧红"自己觉得满足"④，足见作家对这一题材之熟悉，"有二伯"应该是萧红生活中实有的原型。但是这三篇小说的老仆形

---

① 《抗战以后的文艺活动动态和展望——座谈会记录》，《七月》第 2 卷第 7 期，1938 年。
② 《一九四一年文学趋向的展望》（会报座谈会），《抗战文艺》第 7 卷第 1 期，1941 年。
③ 《现时文艺活动与〈七月〉——座谈会纪录》，《七月》第 3 卷第 3 期，1938 年。
④ 《为了爱的缘故：萧红书简辑存注释录》，北京：金城出版社 2011 年版，第 41～53 页。

象各有侧重，到香港时期的《呼兰河传》专章再度写有二伯，又是新的架构和新的主题，可见此前创作的老仆形象仍有未尽之意。

萧红去港之前对抗战的题材也作了多种尝试，《黄河》《滑竿》中萧红以黄河艄公、四川轿夫表达了民族必胜的信心，这些是萧红在民族呼号中的合唱之作。萧红逐步把目光投向战争中的普通人，《山下》《林小二》分别描写了战争环境下两个孩子的不同遭际；萧红还着意于表现战争在普通生活中投下的阴影，表现在血腥的战场之外，战争的罪恶也无处不在。在《汾河圆月》《朦胧的期待》《花狗》《莲花池》《孩子的演讲》等作品中，她表现战争中失去儿子的老人、惦念征夫的女人、被主人遗忘的花狗、被暴力残害的老弱、惶惑无依的孩童。

在民族的大苦难中萧红关注老弱孤寡，不仅关注他们在战争暴力中所遭受的直接伤害，而且关注民族解放的大义对他们个体生存的挤迫。如《朦胧的期待》《孩子的演讲》，萧红以一个孩子的腼腆、手足无措，表现民族大义所不能取代的个体的惶恐与不适，这些在大后方救亡洪流中难以充分展开的话题在萧红香港时期创作中得到了延续。居港时期萧红创作小说《北中国》，表现父子两代人对抗战的不同态度，保留了大后方时期小说《看风筝》《旷野的呼喊》的题材骨架，但叙事重点发生了变化。1933 年的《看风筝》中父子形象都有直接描写，小说试图表现革命者的形象，但极为隔膜。作家对革命者不是很熟悉，整个情节因为虚构而显得不太具有逻辑性。1939 年的《旷野的呼喊》调动了萧红中学时参加反日护路的游行体验，写陈公公的儿子瞒着父母参加修路弄翻日军火车而被抓。小说以陈公公夫妇为儿子担惊受怕为主，也试图展示儿子敢于反抗的正面形象，但较为闪烁模糊。正如散文《一条铁路的完成》中所回忆的，萧红对这次游行更多的是一种青春的热情。1941 年萧红在香港创作《北中国》，人物关系设置与《旷野的呼喊》相似，但以耿大先生夫妇苦等离家抗日的儿子为主体事件，叙事的重心是萧红熟悉的北方小城新旧时代交替下没落的地主家庭，而她不很了解的革命者形象及抗日的内容被推到了背景之中。

萧红香港时期还对战时知识分子形象进行了反潮流的拆解，不仅从自己流亡生活的体验出发塑造了非英雄的小人物，而且对虚空抗战宣传进行了嘲讽。长篇小说《马伯乐》以卑琐的小知识分子为主人公，是对之前的短篇小说《逃难》的全面升级。小说中马伯乐从青岛到上海到武汉的逃亡路线是萧红和身边许多知识分子所亲历的，文中关于战时文坛的描写也是萧红浸泡其中的日常生活，这个灰色知识分子的灰色琐事显然不符合当时抗战文学高亢呼号的要求。

在救亡的呼号中写恋爱的故事更是不合时宜，然而香港时期萧红频频重写封闭小城里普通生命的觉醒与爱恋。萧红1933年的《叶子》曾写叶子与莺哥一段青涩的情感，香港时期的《呼兰河传》中"我"与兰哥的两小无猜还依稀可见，到绝笔《小城三月》中便是翠姨与哥哥哀婉无声、凄美泣血的故事。此外，她还在《呼兰河传》和《后花园》中两次写磨倌混沌生活中的顿悟和绵韧。小人物的小爱小恋似与整个时代主题毫无关系，但其中关于生命的体悟（包括口述遗作《红玻璃的故事》）是萧红跌宕人生的痛彻痛悟，也是能与战争乱世之叹深切共鸣的时代话题。其中对生命本身的关注是萧红与抗战时代主题连接的一种方式，也是萧红文学跨越时代的意义。

其次，立足于生命的立场。

萧红一开始便带着独特的生命体验走上文坛，在早期的创作中充满着民族意识、阶级立场、启蒙话语、女性视角等各种冲突，她习惯于以矛盾对立来结构情节。在早期的《夜风》中，萧红以地主婆和她穿着皮袄的儿孙在屋里喝茶与穷老婆子的儿子穿破衣守炮台受冻生病对比，以"穷妈妈抱着病孩子"愤而反抗作结。在小说《叶子》中叶子妈妈是一个嫌贫爱富的家长，生生拆散了叶子与莺哥。"穷人没有亲戚",小说表现了左翼立场下的贫富冲突。在小说《旷野的呼喊》中陈公公对抗日不关心、不支持,对于他来说"睡在他旁边的儿子,和他完全是两个隔离的灵魂",这表现了启蒙视角下的父子矛盾。萧红早期的成名作《生死场》更是以"生是中国人,死是中国鬼"爆出了抗战文学的第一声呐喊,同时以金枝"恨男人""恨小日本子""恨中国人"的悲诉表达出民族立场、女性立场的含混交杂。陈思和说《生死场》中"有原始的生气","是带血带毛的东西,是一个年轻的生命在冲撞、在呼喊"。① 可以说,萧红的起步包含着多重阐释的空间,也有着多种发展方向。

　　萧红对自己创作的多重性是有所觉察的,她也有意识地寻找自己的文学定位。有二伯原型的数次重写,是萧红在时代与自我之间进行创作选择的一组实践。1936 年的三篇小说是《呼兰河传》的练笔和调试。《马房之夜》写一个孤独、寂寞的老猎人在昏盲的衰年等待少时伙伴五东家短暂相聚的急切与激动,这里没有阶级的冲突,着重写的是老人英雄迟暮的孤独;《王四的故事》写王四在主人家待到老已经"把自己看成和主人家的人差不多了",但丢了支工钱的手折还是让他"感觉异样的寒冷",阶级的差距在小说中透露了出来;而《家族以外的人》则以限制性的儿童视角写"我"与有二伯因都被家庭排斥而结成同盟,一起偷东西、一起被收拾。在顽皮的孩子的眼中,偷盗无伤大雅,甚至值得佩服。因此整个小说充满对有二伯的同情,把"我"的父母作为狠心、冷酷的家族强权进行批判。这三篇小说中摇曳着阶级视角和生命立场两种笔墨,萧红的创作深受时代话语的影响。然而,经历 1938—1940 年的"香菱学诗"(萧红自述)般的摸索,萧红逐步形成了自己的文学观。在抗战全面爆发初期最群情亢奋的救亡氛围中,萧红公然宣称:"作家不是属于某

---

① 陈思和:《启蒙视角下的民间悲剧:〈生死场〉》,《天津师范大学学报》(社会科学版) 2004 年第 1 期。

个阶级的，作家是属于人类的。现在或是过去，作家们写作的出发点是对着人类的愚昧!"① 因此，香港时期病重的萧红重新怀念起最初的《马房之夜》，将之推荐给史沫特莱带到美国翻译，这是萧红对生命立场的一种主动回归。在《呼兰河传》中重写有二伯的故事时，萧红完全剔除了阶级对立、强弱对抗的影子，也放弃了同情与批判的企图；深埋不忍与不弃之情，深情而又冷静地叙述他老境的颓唐、卑微的人生，将笔穿透到幽暗人性和不堪命运的深处，并将老仆有二伯在主人家尴尬的处境、凄凉的晚景汇入呼兰小城活便活着、死便死去的春夏秋冬、生老病死的轮回中。

萧红的后期创作不再像通常抗战文艺那样以民族至上、国家主义、阶级意识的立场为最高价值取向，而是回归到了生命的层面上。在《无题》中萧红写到一个残废的女兵，表达了对于民族视角下英雄礼赞的质疑。她说看到女兵"那腋下支着两根木棍，同时摆荡着一只空裤管"时，想着"那女兵将来也是要作母亲的"，便没有办法只是讴歌了。她说，"无管这残缺是光荣过，还是耻辱过，对于作母亲的都一齐会成为灼伤的"。萧红从生命肌体的痛感、创伤来控诉战争，她的战时书写有生命的温度。

萧红由外倾的战时记录转而内倾的生命体验，表现战争在身体上和心灵上所造成的创痛。香港时期的《北中国》并没有批判耿大先生对日伪统治的逆来顺受和对儿子抗日的不理解，而是充满温情地表现他思儿心切的可怜父母心，从中国人特别看重的人伦亲情角度表现战争对生命、对正常生活秩序的摧毁。小说一开始写世代相传的老树被伐、树上的喜鹊窝被毁，取的是覆巢之意。小说中没有把母子、父子、夫妻、主仆放在对立的关系格局中，而是表现他们之间难舍的伦常情谊。特别是小说把耿大先生不是作为地主而是作

---

① 《现时文艺活动与〈七月〉——座谈会纪录》，《七月》第 3 卷第 3 期，1938 年。

为父亲的形象，表现得极为感人。对儿子长久的等待、盼望使他神智糊涂，每天给儿子写信，但"大中华民国抗日英雄耿振华吾儿收"的空信封永远无法投递，一个父亲的无尽思恋是对战争强有力的控诉。小说中的耿大先生已经不再是贪婪的地主、凶悍的家长，而只是一个迂腐而不失温暖的父亲。

《北中国》也真实地写到抗战过程中的重大事件——皖南事变，但是与茅盾《腐蚀》明显的党派立场不同，萧红并没有站在政治的大局上对同室操戈进行谴责和抨击，仍然从普通民众的角度来写。小说写耿家听说"中国要内战了，不打日本了，说是某某军队竟把某某军队一伙给杀光了，说是连军人的家属连妇人带孩子都给杀光了"，"自相残杀"，耿大先生认为是日本人挑拨离间，但是确确实实传来大少爷"被中国人打死了"的噩耗。萧红从少爷无名死后，太太的痛苦、长工们的叹息、大先生的痴梦中表达出她对自相残杀、无谓牺牲的悲愤。结尾写耿太太怕耿大先生招惹祸端，把他幽禁在花园一角的凉亭里。满园落雪的时候耿大先生已经不可能回到红泥火炉、吟诗赏雪的风雅生活中，他熏死在炭烟之中。萧红站在生命的立场上表现了战争对所有人，包括对地主阶层父子两代人的戕害，她以无限哀婉之情伤悼富庶乡绅之家在战乱中的没落，写战争对中华文化、中国民众的巨大戕害。小说最后写道："外边凉亭四角的铃子还在咯棱咯棱的响着。/因为今天起了一点小风，说不定一会工夫还要下清雪的。"这风声、铃声，这荒园，这清雪，述不尽人亡、家毁、国颓的无限悲凉。

此外，萧红香港时期的《后花园》《呼兰河传》《小城三月》等怀乡之作，不仅延续了对乡村愚夫拙妇麻木、惰性的批判，也表现了对生命的庄严礼赞和深情眷恋，带有浓郁的东北地域特色。那磨坊窗口爬满黄瓜的蔓子，"它们彼此招呼着似的""一不留心""把那磨坊的窗给蒙住了"；那后花园"新鲜漂亮"，"明晃晃的，红的

红，绿的绿"；那三月的小城"河冰发了"，"杨花满天照地飞"，
"草儿头上还顶着那胀破了种粒的壳"，"春天带着强烈的呼唤从这
头走到那头"。以生命意识为底色，萧红在羁旅漂泊中徐徐展开北国
小城的生活画卷，写自然生命的更迭、写婚丧嫁娶的热闹及跳大神、
放河灯、看野台子戏的民间生命样态。萧红突破启蒙视角国民性批
判的单一维度，在呈现乡野子民无知无觉的麻木中也自有一份生命
的庄严。写有二伯浑浑噩噩的生、小团圆媳妇无力抗争的死，也写
冯二成子自我生命意识的觉醒、冯歪嘴子对生命责任的担当。这种
对生命本身的呈现和信仰并非仅是萧红背井离乡精神安慰的纾解，
在国土沦丧、家园荒芜的战时最艰难时节更是一种绵韧民族力量的
展现。这与从抗战区到沦陷区同时兴起的民族伟力的文学追寻颇为
暗合，但萧红用情真切，写得更加深沉。

最后，沉淀于悲悯的审美。

经历了长长的人生坎坷，萧红遍尝为人、为女性、为女作家的
种种苦痛，在文学中进入了哲学化的人生体悟。伍尔夫说，女性往
往在艺术中寻求自我救赎，但是女性表达往往受到其文学经验的限
制，女性小说中"因自身受到歧视而感到愤怒、因自身不受重视而
想大声呼吁的女性意识"，"通常会使小说扭曲"。"愤愤不平的情
绪""使她永远也不可能把自己的才华彻底表现出来"。优秀的女性
创作需要超越女性作家的局限，通过"心平气和地写作，不怨恨，
不哀诉，不恐惧，不愤怒，也不说教"，才能达到"令人惊异之
处"。她还以哈代为例指出，一部小说"是一种印象，不是一场争
论"。①萧红香港时期的创作反刍正是回到了对生活本真面貌的呈现，
不仅表现在创作内容不随流俗、贴近自我的内心，而且表现在文学
审美上追求悲悯的境界，实现了悲凉与温情、讽刺与体恤的交融。

---

① 〔英〕弗吉尼亚·伍尔夫：《伍尔夫读书随笔》，刘文荣译，上海：文汇出版社 2006
年版，第 51、63、61、134 页。

　　许多研究者注意到萧红香港创作对家庭关系的设置、对父母的描写都有美化的倾向，这是作家思乡恋家之情的流露，更是萧红与家族、与亲人、与自己情感和解的文学表征。与鲁迅先生对"暗陬的乡村"①的展示不同，在香港时期的创作中，萧红一方面展示沉闷的环境、麻木的生存，另一方面也表现了韧性生命简单的欢愉。生命的喧哗与生存的荒凉在萧红小说中交相辉映，她在平淡而微带调侃的叙述语气中表现宿命式的悲剧意识。这种"愚昧保守"却"也悠然自得其乐"的生存呈现，虽被茅盾指为"作者思想上的弱点"②，但这恰是萧红的深刻之处，表现出她具有民族特性的悲剧意识，带有哲学的意蕴。

　　萧红香港时期的创作反刍以一种悲悯情怀表现出对人物的理解之同情，并把人生的历程放在历史的序列中，表现凡俗个体生命在历史狂澜中的无力自主。萧红并未局限于救亡的创作目的，而是在历史的视野下展示"在现代性劫掠下""家族的溃败、乡土的溃败、文明的溃败"，"最终都是以人生的溃败为焦点，"讲述"巨大历史灾难带给整个民族的苦痛与牺牲"。③《呼兰河传》《小城三月》等对人生无奈和世事沧桑的诘问因此带有更深广的哲理体认。赵园说："在中国现代作家中，也许萧红比之别人更逼近'哲学'。"④ 萧红自陈她与鲁迅的不同："鲁迅以一个自觉的知识分子，从高处去悲悯他的人物。""我开始也悲悯我的人物，他们都是自然奴隶，一切主子的奴隶。但写来写去，我的感觉变了。我觉得我不配悲悯他们，恐怕他们倒应该悲悯我咧！悲悯只能从上到下，不能从下到上，也不

---

① 茅盾：《读〈倪焕之〉》，《茅盾选集》第五卷《文论》，成都：四川文艺出版社 1985 年版，第 126 页。
② 茅盾：《论萧红的〈呼兰河传〉》，《文艺生活》光复版第 10 期，1946 年。
③ 季红真：《溃败：现代性劫掠中的历史图景》，《文艺争鸣》2011 年第 5 期。
④ 赵园：《论小说十家》，杭州：浙江文艺出版社 1987 年版，第 244 页。

能施之于同辈之间。我的人物比我高。"① 这种对普通生命无力自主的理解和体恤，带有一种人生的况味，在战争书写中别有意义和价值。相较于在战乱香港擦肩而过的张爱玲，萧红的文字更有个人的体温和生命的深情，这也许是她穿越战争的硝烟仍为后世读者所喜欢的原因之一。

萧红直接表现抗战现实的《马伯乐》与端木蕻良的《新都花絮》也不同。端木蕻良还是以知识分子视角展现陪都重庆战时上层与底层两个世界的两重空间：居于小说前景的是宓君等上层女性空虚奢靡的生活，作者把战时生活的轰炸、警报、死伤推到了远景。《马伯乐》扩充了之前的《逃难》，絮絮叨叨地呈现小知识分子庸常、琐屑、为外力所驱策的逃难生活。小说对主人公有讽刺，也有同情甚至认同。整个小说"回落'民族大义'、'正气凛然'之外的日常生活情景与琐事描写，对于'抗战术语'也多有'冒犯'之处，反映在'英雄'之外，平民百姓的真实生活情景"。② 作品中谐谑的调侃与温和的呈现不是金刚怒目的批判，而是微讽与同情。

萧红对战时普通生命的悲悯叙事，呈现出看似极淡却极隽永的情致与韵味，体现出一种沉静之美。萧红说不相信"小说有一定的写法"，她认为小说不一定都"写得像巴尔扎克或契诃甫的作品那样"，并且她宣称"有各式各样的作者，有各式各样的小说"。③ 在散文《无题》中，萧红表达了对屠格涅夫式文学的欣赏，她说文学不应是"暴乱、邪狂、破碎"的，而应是"合理的，幽美的，宁静的，正路的"，走向灵魂的。萧红香港时期创作对沉静美的营构表现在意象的选用上，如《旷野的呼喊》从"风撒欢了"开篇，以"风

---

① 转引自聂绀弩《回忆我和萧红的一次谈话》，《新文学史料》1981 年第 1 期。
② 陈洁仪：《论萧红〈马伯乐〉对"抗战文艺"的消解方式》，《中国现代文学研究丛刊》1999 年第 2 期。
③ 聂绀弩：《回忆我和萧红的一次谈话》，《新文学史料》1981 年第 1 期。

便作了一切的主宰"结束，全文情节几乎都在狂风的吹刮之中，人物生活、心境都在大风肆虐的动荡之中。《北中国》以"清雪"贯穿始终，小说的氛围情调却变得充满悲凉之意。也有研究者注意到萧红作品"标点符号在使用上的明显变化"，"在她初期的创作中感叹号的使用多得超出常规"，而香港时期感叹号的使用比例"落入低谷"；"即便是《马伯乐》这样一篇极尽讽刺之能事的小说"感叹号也极少使用，并且一些疑问句式也都标以句号。①叙事速度上，萧红香港时期作品叙事趋于平缓，如果说《生死场》以极具动感的画面切换，表现"人和动物一起忙着生，忙着死"的蒙昧，《呼兰河传》则以长镜头平稳地呈现严冬封锁的小城和城里的"两条大街"及小胡同里的"生，老，病，死"。萧红走过激愤的言说，不再注重视觉和心理的冲击力，走向蕴藉、节制、简约的抒情。

三

萧红在港两年逐渐从左翼文艺圈中疏离出来，从时代大潮的裹挟之中独立出来。这一时期的创作反刍是后期萧红寻求女性独立与文学独立的二次努力。有研究者很感性地说："我认为萧红与同时代同群体的作家比较，其特异之处，在于她被时代风潮裹着向前跑了一段之后，还保持着警醒与天真。萧军说她'没有处事经验'，萧红反驳道：'在要紧的事上我有！'什么是要紧的事？于萧红而言，只能是写作。……离开萧军之后，萧红决定了这几件事：……离开重庆去香港。这几件事，任何一个决定不对，中国大概就没有《呼兰河传》了。"②应该说萧红的远离不是对抗战现实的简单疏离、自我拒绝，香港时期萧红与抗战的关系是一种内化，是一种边缘的在场。

---

① 王琳：《从激愤的感叹到悲凉的陈述——论萧红标点符号的使用与情感形式的演变》，《文艺争鸣》2011 年第 5 期。
② 杨早：《〈黄金时代〉：一篇被史料压垮了的论文》，《现代中文学刊》2014 年第 6 期。

空间理论说，"遥远的就是在场的，边缘和中心具有同样的实存"。①
施蛰存同时期在香港所写的散文《薄凫林杂记》也表达了这个意思。
他说，"抗战质已经改变了——至少是部分的——我的气质"，虽然
"没有参加抗战，即使是间接的"，但"我的心灵已完全溶化在抗战
的氛围中而不觉得"，"这是到香港以后才发觉的"。萧红的香港之
行，对其意义重大，对抗战时期文学启发良多。

　　一方面，视写作为宗教的萧红选择边缘之地的香港，实现了她
的创作涅槃，这是她创作上的一次成人礼。她在生活上与萧军的分
离，实际上是抗战时期作家不同道路的选择，在私人情感纠葛之外，
跟文学观的分歧有着重要关系。萧军回忆说，他们"永远分离的历
史渊源，早在相结合的开始就已经存在"，"问题还是老问题，我要
随着学生们去打抗日战争的游击战；而她却希望我仍然继续做一个
'作家'，但是那时我已经失却了做为一个'作家'的心情了！对于
'笔'已经失却了兴趣，渴望是拿起枪！"② 在他的《侧面》中更清
楚地记录了萧红在文学与抗战之间更强调"文学事业"是"自己的
岗位"。③ 在抗战的大潮中，萧军代表了一种文人态度，而回到文学
本身是萧红的选择。

　　萧红的文学选择促成了她的精神主体的自我成长。与其他东北
作家不同，萧红不着力于极富地域标志景观的描述，她的创作带有
浓郁的主观情绪。不同于民族立场、家国意识下所表现的富有政治
意义的"东北三省"，萧红将呼兰河小城、后花园等以情感浸润成独
有的"我城"，这是流离他乡的归根之思、怀乡之忆。萧红研究专家
季红真说，"在这惊悚艰难的十年中，她写下了近百万字的作品，其

---

① 〔法〕加斯东·巴什拉:《空间的诗学》，张逸婧译，上海:上海译文出版社2009年
　版，第222页。
② 萧军:《萧红书简辑存注释录》，哈尔滨:黑龙江人民出版社1981年版，第86页。
③ 萧军:《侧面》，《萧军全集》10，北京:华夏出版社2008年版，第234页。

中一多半都以呼兰以及邻近的哈尔滨附近、与以张家血缘世系分布相关的阿城福昌号屯为环境，人物也都取自这个家族分布的文化地理圈"，"而《呼兰河传》则是一部寄托着流亡者家国情怀、充满了难言之隐和欲言又止的自传体哀祭童话，正如艾略特的名句'所有探索的尽头／都是我们出发的起点／而且生平首次了解这起点'"。①萧红在远离故土的香港建构自己的文学世界时，她的主体意识增强了、笃定了，文学成了她的另一个家园，作家在文字中重回故土。法国作家埃莱娜·西苏称"词语是我们通向另外世界的大门"，"对于一个已然失去一切的人，不论他失去的是一个人还是一个国度，在某个特定的瞬间，语言总会变成一个家园……这个国度抹去了各种空间地理分界和时间分野"。②对于除了文学一无所有的萧红而言，她在边缘的香港以边缘的姿态完成了青春的淬火，在其沧桑的生命文学中融汇了个人之痛与民族之殇。海德格尔说，漫游者"返乡就是返回到本源近旁"。③对于萧红而言，回到文学、回到自我，就是她的抗战姿势。有研究者从语言实践与生活形式的密切关系指出，"按照德里达的说法，萧红可能是最接近写作行为之源的作家"，《呼兰河传》中萧红特有的絮絮童言是其"生命呼吸的气息"，"但是《呼兰河传》中的原点绝对不是以往论者所说的萧红所描写的故土、萧红所追忆的童年，而是另外一种根本与它们异质的东西"。④独立的文学世界，也许是作家追寻的另一个原点。

另一方面，正是对文学自我属性的坚守，萧红与前代左翼作家形成了有趣的互文关系，丁玲的《风雨中忆萧红》、茅盾的《论萧

---

① 季红真：《时空同体流转中的哀祭童话或〈呼兰河传〉的现代性主题》，《文艺争鸣》2021 年第 12 期。

② 〔法〕埃莱娜·西苏：《从潜意识场景到历史场景》，孟悦译，张京媛主编《当代女性主义文学批评》，北京：北京大学出版社 1992 年版，第 218～219 页。

③ 〔德〕海德格尔：《荷尔德林诗的阐释》，孙周兴译，北京：商务印书馆 2000 年版，第 24 页。

④ 文贵良：《〈呼兰河传〉的文学汉语及其意义生成》，《文艺争鸣》2007 年第 7 期。

红的〈呼兰河传〉》都带有作者政治姿态上的曲辞和艺术直觉中的真言。萧红病逝3个月后的1942年4月，丁玲在延安的窑洞里写作散文《风雨中忆萧红》悼念萧红，同时诉说"难于忍耐的""阴沉和絮聒"。文中，丁玲回忆起好友雪峰与秋白在"政治"与"自己"之间的矛盾，回忆起萧红的"少于世故"以及"纯洁和幻想"、"稚嫩与软弱"。很显然，恰是萧红"苍白的脸""神经质的笑声"让"很久生活在军旅中，习惯于粗犷的我""唤起了许多回忆"，让丁玲想起了过去的自己。这篇散文寄寓了丁玲太多一言难尽的弦外之音，实在是借萧红之酒杯浇自己块垒。是月，延安各机关开始整风学习，丁玲的《三八节有感》等作受到批评。次月，延安文艺座谈会召开，丁玲在《关于立场问题我见》《关于〈在医院中〉》《文艺界对王实味应有的态度及反省》一系列文章中深刻检讨，她在两重自我的艰难撕裂中走向"革面洗心""脱胎换骨"。萧红1938年初春在山西与丁玲短暂会面后擦肩而过，1942年早春病逝于香港，而此时女大学生张爱玲在日本占领香港的惶恐中中断学业离港，随后在上海沦陷区亮相走红。萧红很有意味地标识出了中国现代文学中女性作家不同的道路选择。

同样的互文关系也存在于茅盾与萧红之间。在《论萧红的〈呼兰河传〉》中，茅盾首先以单独一部分从自己的心境写起，写自己在战乱之中的"酸甜苦辣"，写自己痛失爱女的悲伤。在写萧红的"寂寞"之前，"感伤""抑悒""困扰""悲痛"等词随处可见，单"寂寞"一词茅盾为自己使用了五次。也可以说，萧红的"寂寞"中寄托着茅盾的流离之痛和其他难以明说的寂寞之感。因此茅盾文末说对萧红蛰居的"不可解"，"惋惜"萧红"不能投身到工农劳苦大众的群中"，则是理性茅盾的评说，也是茅盾之"矛盾"的又一明证。其实，茅盾对萧红已经赞赏有加了，对其人物"原始性的顽强"，对其艺术上"含泪的微笑"，对其"不像""严格意义小说"

之外的价值，作为评论家的茅盾如数家珍、推崇备至。[①] 萧红的创作和身世是如此深切地挑动着同时代作家的人生感喟，这是萧红的魅力所在。众多作家怀念萧红的文化行为背后有着含义深刻的历史潜文本，这是很值得研究的文学场域现象。

文学史上，与时代截然隔绝的作家毕竟极少，更需要研究的是作家与时代连接的方式。抗战大潮中，疏离与回归、边缘与中心，有着内在的辩证关系，香港时期萧红在创作反刍中的自我成长也是抗战时期重要的文学经验。

---

① 茅盾：《论萧红的〈呼兰河传〉》，《文艺生活》光复版第 10 期，1946 年。

第三章
战时空间与中国新文学的成熟

　　关于抗战时期文学的评价一直有不同的观点，这跟研究还不充分有关。但早有学者在对 20 世纪 40 年代文学的研究中肯定抗战时期文学的价值。钱理群先生 20 世纪 90 年代即关注到 40 年代文学的"历史地位"，在北大课堂对当时（乃至今日）处于"边缘"的非主流作品进行师生研读，并指出，40 年代"出现了一大批相对成熟的作品，而且其作者面之广，文学体裁、题材之丰富，形式、风格之多样……都是现代文学史上所从未有过的"。① 杨义先生则在《中国现代小说史》中以大量的文本分析详细地展示了中国现代小说的实绩。他说，"据粗略统计，1937 年至 1949 年出现的新文学中长篇小说有四百部"，长篇小说"绝大多数是 1941 年以后的产品，于 1946 和 1947 年达到出版的高潮"。经过抗战初期至 1941 年的摸索，文艺界探讨了文学如何适应抗战形势的诸种问题，很多作家迎来了创作的深化和反思，因此"自觉的审美意识和踏实的创作实践，使中国现代文学的第三个十年出现了中长篇小说竞写的热潮"。杨义先生以"春天"和"夏天"比喻 20 世纪二三十年代的小说，而"四十年代的小说，已是金黄满目，散发

---

①　钱理群：《对话与漫游——四十年代小说研读》，上海：上海文艺出版社 1999 年版，第 497 页。

着秋天的满苑馨香"。① 那么，战争怎样催生了中国现代小说的成熟？深化时代救亡的语境，走向民间、沉潜五四，战时文学空间加快了文学的民族化、现代化、本土化，中国新文学以此走向了成熟与更生。

第一节　救亡语境：抗战时期英雄形象建构的困境

在民族战争的时代危机中，救亡与启蒙、救国与建国构成抗战时期文学空间的复杂内涵。在强烈的时代召唤下，英雄书写成为抗战时期文学的重要内容。其中数量众多、类型驳杂、面目多样的英雄形象折射了作家们在战火中进行创作调整的不懈努力和艰难时世中所遭遇的种种困境。抗战时期文学中英雄形象在主体性、人文性、悲剧性等方面的缺失，是一面镜子，以此可以折射民族危机、民族情感对中国抗战文学书写的影响，有助于进一步审视抗战文学的特质、成因及后世影响。

英雄崇拜是普通人对现实困境想象性征服的一种表达。从远古到现代，英雄是历史的主角，英雄形象也是文学作品追逐的对象。英雄的概念随时代发展变化，带着不同民族的文化个性。在不同的历史阶段，不同的民族对英雄的想象有很大差异，不同的个体对英雄的认定也不尽相同。但是，"英雄崇拜从没有死，并且也不可能死"。② 究其实质来说，英雄情结代表着一种心理期待，英雄形象是人们对各种困境的想象性征服。悉尼·胡克说，每当社会出现危机时，人们对英雄的兴趣便强烈起来，"谁救了我们，谁就是一个

---

① 杨义：《中国现代小说史》（第三卷），北京：人民文学出版社 2005 年版，第 38、14 页。

② 〔英〕卡莱尔：《英雄和英雄崇拜——卡莱尔讲演集》，张峰、吕霞译，上海：上海三联书店 1988 年版，第 208 页。

英雄"①。一些哲学家认为，英雄崇拜是解救绝望现状、寄托人生缺憾的唯一办法。从早期神话传说英雄半神半人的形象到现今以"英雄"之谓对各种突出人才的嘉许，神性与人性的综合是历代英雄形象不变的精神内核。英雄崇拜表达着普通人超越既有限定性的渴望，承载了生命个体自我完善的神格化向往。正是在这个意义上，有人称"英雄是一种原欲"，认为英雄拨动了"我们发蒙开智的心弦"，在"人类的童年与个人的童年刹那相撞"中"点燃个体生命的火把"②。因此，英雄形象的建构关键在于表达出生命个体在现实情境下对理想精神向度的追寻。

不同时代、不同民族对英雄精神内核的不同把握，受一定文化传统、时代氛围影响。因此，英雄形象的建构往往带着时代氛围、文化传统和创作主体的深刻印记，成为不同时代价值规范的文学投影。如何想象英雄的面目、如何讲述英雄的故事、如何建构英雄的形象，可以折射出相应历史阶段的时代风貌和文化氛围，并潜移默化地积淀为新的文化传统。美国思想者讨论民族自豪感时强调文学经典的启迪价值，指出"任何国家都必须忠于自己的过去和历史上的英雄人物。每个国家都要依靠艺术家和知识分子去塑造民族历史的形象，去叙说民族过去的故事"③。作为集体经验的时代密码，英雄形象往往成为内存丰富文化信息、价值规范的生命原型，在重要的历史转折时期尤其是这样。

抗战时期对英雄的吁求极为强烈，可以说，遍布不同政治区域，也贯穿于整个抗战背景中。从"九一八事变"东三省沦陷到抗日战争全面爆发，中华民族一步步被置于亡国灭种的边缘，民族矛盾逐

① 〔美〕悉尼·胡克：《历史中的英雄》，王清彬等译，上海：上海人民出版社1984年版，第9页。
② 周泽雄：《英雄与反英雄》，《读书》1998年第9期。
③ 〔美〕理查德·罗蒂：《筑就我们的国家》，黄宗英译，北京：生活·读书·新知三联书店2006年版，第2页。

步上升为主要矛盾。在 14 年抗战的艰难历程中，中华民族从生死存亡到顽强抗争走向最后胜利。在保家卫国的艰难历程中，中国人民以可歌可泣的英雄壮举实现了民族涅槃。这是一个召唤英雄并产生英雄的伟大时代，英雄书写也很自然地成为抗战时期的重要内容。文人普遍认识到："再没有比这个大时代——更正确地说，我们这个民族的这个大时代——更需要英雄的了。"① 及时报告抗战过程中的英雄事迹、竭力弘扬危难中民族自救的信心，成为抗战伊始作家们的共识。在大后方和敌后根据地，国共两党都将宣传英雄事迹作为时代赋予文学的神圣使命，抗战时期杂志上随处可见各类英雄事迹的报道、历史名人的纪念、国外英雄理论的译介等等。

因而，从纪实传记到文学创作，从小说到话剧，英雄书写成为抗战时期的重要内容。周扬说，空前的大抗战对作家提出了新的要求，"假如说表现抗日英雄的典型是我们作家的一个最光荣的任务，那末，不能不说这也是一个最艰难的任务"。② 现在看来，这一艰难而光荣的任务完成状况是不尽如人意的，抗战时期文学的英雄形象塑造没有充分演绎中华民族对英雄概念精神内核的独特把握。这样一个大毁坏、大转变的时代没有留下彪炳史册的独异的英雄雕像，多少是中国文学的遗憾。然而，综观抗战时期的文学创作，众多复杂、模糊的英雄形象对我们进一步审视抗战时期的中国文学有着另一种意义。

一

20 世纪 30 年代起国际国内局势进一步动荡，日本帝国主义的步步紧逼催生了中国普遍的民族危机。英雄，成为整个社会的高频词，

---

① 孙晋武：《论英雄主义》，《新意识》1938 年第 5 期。
② 周扬：《新的现实与文学上的新的任务》，《中国解放区文学书系 文学运动·理论编》2，重庆：重庆出版社 1992 年版，第 1005 页。

英雄书写也被大力提倡着、广泛期待着。在国统区，表现抗战中"英雄的姿影"，鼓动全民族抗战的热情，是抗战初期文协向全体文艺家发出的号召；在抗日根据地，毛泽东等共产党领导人也多次要求发掘生产斗争中的各种英雄事迹，利用一切文艺形式宣传抗战中的各路民族英雄；在沦陷区，对英雄主义的呼唤成为反抗文化侵略、保存民族文学的重要方式。

抗战时期文学中的英雄形象数量众多、类型驳杂、涉及范围广、延续时间长。在不同阶段、不同区域，不同风格的英雄形象错杂展开，呈现出复杂的发展态势。总体上来说，战时英雄书写与抗日救亡的宣传和民族出路的思考紧密相连，因而，战地英雄和历史英雄、平民英雄与知识分子英雄两组形象是抗战时期文学的重要贡献。

战地英雄和历史英雄最易于抗战激情的鼓动。抗战初期一批现实感极强的作品首先拉开抗战文艺的大幕。从紧承卢沟桥事变的《保卫卢沟桥》（田汉）、《卢沟桥》（田汉）到萧乾的《刘粹刚之死》、吴奚如的《萧连长》、陶雄的《0404号机》、张恨水的《虎贲万岁》以及老舍的《张自忠》等，英雄从集体的群像中逐步呈现出具体的面孔。但形象的塑造集中于骁勇善战、英勇无畏的英雄共性，其作用主要在于纪念英烈、鼓舞士气。推动个性化战地英雄书写的是丘东平，他以独有的战地体验真正实现了文学与战争的相遇。《给予者》（丘东平执笔）、《将军的故事》、《第七连》、《我们在那里打了败仗》、《我认识了这样的敌人》、《一个连长的战斗遭遇》等小说深入战争内部，真实展现了战火硝烟中的英雄搏杀，被称为"真真实实的抗日民族战争英雄史诗底一首雄伟的序曲"，"中国抗日民族战争底一首最壮丽的史诗"。① 他专注于战争残酷性的具象呈现，聚焦于战火下人的生存、人的命运、人的心理，对中国战争文学做出

---

① 胡风：《忆东平》，《胡风评论集》（下），北京：人民文学出版社1985年版，第162、165页。

了独特的贡献。

历史英雄在话剧舞台上复活，以借古喻今的方式增强了抗日救国的宣传力度。抗战时期历史剧主要选择屈原、郑成功、文天祥等著名历史人物，以战国、南明、南宋等历史为基础，激发观众的民族情绪。从被评为"有口皆碑，誉腾孤岛"的《海国英雄》（阿英）到重庆雾季公演中"上座之佳，空前未有"的《屈原》（郭沫若），以及阿英的《碧血花》、阳翰笙的《李秀成之死》、陈白尘的《金田村》、郭沫若的《虎符》等，都是抗战背景下重要的英雄剧。历史英雄在孤岛、沦陷区、大后方成了表达时代呼声的文化载体，实现了"演员们隔着一道历史的幕子和台下观众们心心相印地爆发出要求抗战的呼声"。① 相比较而言，历史小说中正面的英雄形象较少，大部分历史小说是戏说讽喻式的"故事新编"。

平民英雄的出现将抗战的呼号转入了抗战的观察和思考。随着抗战初期的英雄主义热情逐步消减，文学进入调整期，作家们开始关注现实生活中更熟悉也更普通的底层民众形象。国统区的《差半车麦秸》《牛全德与红萝卜》（姚雪垠）、《我们的喇叭》（鲁彦）、《自由射手之歌》（万迪鹤）、《吹号手》（司马文森）、《鸭嘴涝》（吴组缃）、《伙伴们》（于逢和易巩）等，是萧红、萧军《生死场》和《八月的乡村》的承续者，它们塑造的众多泥腿子英雄形象，依然以"生的坚强"和"死的挣扎"表现了下层民众在战争中的意识觉醒，表现了农民在抗战中的成长。

平民英雄的塑造标志着抗战文学英雄观的转变。邵荃麟的小说集《英雄》以"英雄"题名，却全写"社会上最委琐最卑微的人物"。在题记中他表达了对英雄形象序列下移的思考。他说由于对真正的前方不了解，对"悲壮慷慨的英雄人物"很是"茫然"，而对

---

① 陈白尘：《〈岁寒集〉后记》，《陈白尘写作生涯》，天津：百花文艺出版社1986年版，第217页。

"卑微的平民"不仅接触得多而且很"爱好"。更重要的是，他认为"史诗式的英雄奇迹"与本质的民族觉醒距离很大，"很难获得其现实意义"；诞生于民族觉醒中的"新的英雄的因素"才"是现实主义英雄典型创造的基本条件"。① 于是，在持久抗战的过程中，发掘民间英雄成为英雄形象创作的新方向，七月派、战国策派、东北作家群等先后参与其中。路翎的《饥饿的郭素娥》、陈铨的《野玫瑰》《无情女》、骆宾基的《乡亲——康天刚》、端木蕻良的《风陵渡》及碧野的《乌兰不浪的夜祭》、姚雪垠的《长夜》等作品，以强悍的个体形象对英雄作出了不同的诠释。而沦陷区作家针对文坛的"营养不良症"提倡"新英雄主义"的健康文学，把"名士"和"强盗"作为提请文学特别关注的对象。② 潜羽（唐弢）的《海和他的子女们》、师陀的《马兰》《荒野》、沈寂的《盗马贼》、郭朋的《盐巴客》、疑迟的《雪岭之祭》、梁山丁的《绿色的谷》等小说表达了反抗现状的生命冲动和民族生存意志。小说对另类英雄的描写，既是民国时期"匪患"的写照，也是抗战背景下知识分子对底层民间力量的新期待。

平民英雄也是根据地写作的主要对象，丁玲的《一颗未出膛的枪弹》、马加的《过梁》、王林的《五月之夜》《腹地》等前期的作品表现了普通民众在险境中的勇气和民族觉悟。延安文艺座谈会后，根据地写作强调英雄人物是"平凡的儿女""集体的英雄"③，着重于表现出身平凡的英雄人物投入革命队伍的激情和壮举，出现了革命英雄书写的小高潮。柯蓝的《洋铁桶的故事》，邵子南的《地雷

---

① 荃麟：《〈英雄〉题记》，钱理群编《二十世纪中国小说理论资料》第4卷，北京：北京大学出版社1997年版，第113~114页。
② 上官筝：《新英雄文学、新浪漫主义和新文学之健康的要求》，钱理群编《二十世纪中国小说理论资料》第4卷，北京：北京大学出版社1997年版，第176~178页。
③ 郭沫若：《〈新儿女英雄传〉序》，《新儿女英雄传》，北京：人民文学出版社1956年版，第1页。

阵》，马烽、西戎的《吕梁英雄传》，以及华山的《鸡毛信》等革命
英雄传奇，以大众喜闻乐见的传统形式开启了英雄书写的新范式，
带有明显的革命浪漫主义色彩，对战后直至"文革"期间的文学产
生了直接的影响。

与平民英雄书写兴盛的趋势相反，抗战时期知识分子英雄形象
走向式微，其形象内涵主要局限于民族大义的表达。巴金的《火》
三部曲、靳以的《前夕》、李广田的《引力》等小说把知识分子道
路与民族命运紧密相连，展示知识分子在抗战中的责任和觉醒，也
是一种英雄成长故事；沦陷区谭正璧的《沪渎垒》、赵荫棠的《宋
瓷碗》等历史小说在文化高压下对士人应尽之责任、应守之节操作
了隐晦的回答，也是民族情绪的一种表达。除此之外，一些作家也
有尝试突破的努力，试图以生命个体与民族战争的相遇表现大动荡
时代的人性反思。路翎的《财主底儿女们》以蒋家三兄弟为主要对
象，叙述知识分子在时代变动中的道路选择和人生遭际，塑造了失
败的知识分子英雄群像；冯至的《伍子胥》取材于历史人物，但小
说不写历史上伍子胥复仇的谋略，而写流亡中伍子胥精神上的一次
次蜕变，英雄形象与作家抗战过程中的人生颠簸、生命感悟相连，
是"一个含有现代色彩的'奥地赛'"①，具有极强的现实意义；徐
订的《风萧萧》以奇幻的笔法描写都市洋场的间谍英雄，展开了个
人与民族、女性与抗战、美与善等敏感话题的哲理思考。

综上所述，抗战时期英雄形象的建构经历了一个曲折的过程，
从初期的救亡宣传逐步走向短暂的多维探索，后创作以根据地革命
英雄传奇的单一风格作结。战时文学对英雄题材的反复书写体现了
作家在民族大义与个人思考之间的努力协调。而抗战文学在民族英
雄与阶级英雄、集体英雄与个人英雄、神圣英雄与世俗英雄建构上

---

① 冯至：《〈伍子胥〉后记》，《冯至全集》第 3 卷，石家庄：河北教育出版社 1999 年
版，第 426、427 页。

的种种探索，体现了民族文学发展的诸种可能性和历史的未完成性。

二

抗战时期，理论家的极力倡导和作家们的努力实践一直在尽力阐释着英雄的时代内涵。然而，这些英雄形象是否真的具备了英雄的实质，真的传达了时代对英雄的期待？受诸种因素的掣肘，作家们塑造的英雄形象在人物主体性、人文性、悲剧性的展示上都有不足，以至于英雄形象呈现类型化、简单化的模糊面影。

（一）民族英雄主体性的飘忽

黑格尔把古希腊艺术的英雄时代称为理想时期。他认为，在古代英雄身上社会的要求不是外在于，而是内在于个人意志的。这种人的个性与社会共性的统一，即为"个体的独立自足性"，"只有在个性与普遍性的统一交融中才有真正的独立自足性"①。学界一般认为中国文化的英雄想象深受儒家文化的浸染，但从"该出手时就出手"的水浒好汉、大闹天宫的齐天大圣等仍可看出，中国英雄形象对强权秩序的反抗与对个体自由的追求和谐共融。独立的主体意识是中外英雄形象令人荡气回肠的精魂。所以，无论在何种时代氛围下，单纯的社会性和单纯的个别性都是空洞的，主体精神的缺失必然导致英雄形象患上无骨症。

在民族战争的时代语境中，抗战时期的英雄书写不可能超越保家卫国、反帝反侵略的主题思想，但因此而忽略英雄的主体性却是一大缺憾。作家们热衷于表现英雄形象的时代特征，表现集体的英雄、英雄的群像；着力弘扬大义凛然、视死如归的雄浑气魄，善于以"我们"代替"我"，热衷于塑造具有共性特征英雄人物，如

---

① 〔德〕黑格尔：《美学》第 1 卷，朱光潜译，北京：商务印书馆 1979 年版，第 229、230 页。

"我们的吹号手"（《吹号手》）、"我们的射手"（《自由射手之歌》）、"我们的喇叭"（《我们的喇叭》）等；叙述英雄故事也往往有殊途同归的相似模式，都是表现从小家走向大家，从小我进步为大我，"写农民如何成长为抗日的英雄"①。作家们对英雄人物民族共性的揭示缺少鲜明主体精神的描述，这些英雄叙事成了时代政治的反复演绎。另一些英雄书写虽写的不是群化英雄，但由于过于追求民族的象征意义，也失去了个人的主体特征。如端木蕻良的《风陵渡》，从黄河、图腾、艄公写起，显然是要把民族文化中古已有之的英雄气概与饱经沧桑的马老汉联结到一起，但小说的寓意色彩过于强烈，形象的塑造明显缺乏血肉和个性。

英雄形象主体性的飘忽与个性化书写未能深入展开有关。不管是什么英雄，他首先必须是个人，有着个人所有的一切特征。但也许是因为太急切表现对英雄的歌颂，抗战文学很少能直陈英雄品德的旧习、灵魂的怯懦、心理的孱弱。对此缺点，丘东平在直觉上有所警惕。他说："战争使我们的生命单纯了，仿佛再没有多余的东西了……以为最标本的战士应该……就是意志与铁的坚凝的结合体。"②他的创作也对此有所突破。他所塑造的士兵，都不是政治进步、道德完善的理想化英雄，而是有着不同的缺陷和性格特征。如《给予者》中一支抗日队伍和旧式封建的军队并没有什么根本的差别；《第七连》中胆怯的青年连长始终对战争的恐怖有着难以克服的复杂想象；《一个连长的战斗遭遇》中英勇的战士们身体里盛炽着"狭窄、私有、独占的根性"。但是这些并不妨碍他们成为英雄，成为时代的"给予者"。遗憾的是，这种来自战争腹地的人性

① 孙犁：《论战时的英雄文学》，《二十世纪中国小说理论资料》第 4 卷，北京：北京大学出版社 1997 年版，第 79 页。

② 丘东平：《1938 年 10 月 10 日致胡风的信》，转引自张晓风《丘东平致胡风的一束信》，《书屋》2003 年第 3 期。

透视在丘东平那里也没有形成自觉。明显的纪实性使丘东平小说倾力于战争的一个场面或是一场厮杀的描绘。除《第七连》等，他的大部分人物形象因未加雕琢而只是一个炭画式的剪影，主要英雄形象被场面所裹挟而未能从背景中凸显出来。抗战初期萧乾的《刘粹刚之死》也是如此。作品内容属于实录，但写作上始终围绕爱国尽忠的主题进行，人物本身的特征和个性，特别是内心情感被完全忽略了。

　　抗战时期英雄形象主体性的飘忽，也与未能达成个别性与社会性的深入融合有关。姚雪垠《差半车麦秸》的出现在抗战时期英雄的建构历程中具有里程碑意义，它最大的特点是充分尊重英雄成长前后的一致性，将个别性融入社会性之中。王哑巴尽管加入了游击队，但他农民的本质未变。他邋遢的举止、庄稼汉的土气、农民式的狡黠与朴实，与他走向抗日并不矛盾，反而是协调的，他身上的英雄壮举与农民特征的交相辉映闪耀着独立主体的光泽。正是这种多面性凝聚成黑格尔所定义的"主体"，一个人"本身就是一个世界"，"是一个完满的有生气的人，而不是某种孤立的性格特征的寓言式的抽象品"①。但是始料未及的是，《差半车麦秸》所揭示的人民大众在抗战中觉醒成长的主题后来又成了被评论家批评的新的"抗战公式"。许多英雄成长小说无论写农民、写土匪、写二流子、写知识分子都无一例外地关注人物成长前后的转变、关注英雄成长前后脱胎换骨的异质性。它们有意无意消隐了英雄本来的身份。带着历史烙印的社会属性被隐匿了，英雄主义的魂魄也就无处附丽。

（二）英雄传奇人文性的犹疑

　　在民族危亡的呼号中，威猛勇敢、身怀绝技、为国杀敌、快意

---

① 〔德〕黑格尔：《美学》第1卷，朱光潜译，北京：商务印书馆1979年版，第303页。

恩仇是英雄想象的主流。但是，文学的存在价值主要在于现实判断之外的人文启示、人性关照。在抗战时期战国策派的讨论中，贺麟指出："其实英雄崇拜，根本上是文化方面，道德方面，关于人格修养的问题，不是政治问题。"① 英雄想象中不仅承载着解脱现实困境的希望，也寄托着人类精神理想的向往，代表着人们超越生存限制不断完善的永久冲动。② 注重英雄形象的人文性因素便是以生命为本、以个体为中心，展开战争与人的思考。

　　抗战时期英雄书写人文性的探索一直是作家们试图逼近而未能展开的话题。碧野的传奇小说《乌兰不浪的夜祭》塑造了一个威震大草原的女英雄飞红巾。小说叙述的重点不在飞红巾双枪匹马的高强武艺，而在细述氏族之仇、杀父之仇与个人爱情在英雄人物内心的激烈冲突。英雄气短儿女情长的罗曼史使飞红巾的形象流芳文坛，长期受到青年读者的赞赏。但小说在发表之初便被批评为"改头换面的'才子佳人'"，人性描写不够"真确"③。缺乏对英雄真实遭遇的直面，特别是缺乏对他们命运的同情、理解和关爱，就难以塑造感人的英雄形象。当然，抗战时期部分作品也有突破这一缺陷的描写。如丘东平执笔的《给予者》写在战争残酷的对峙中，黄伯祥无奈向自己家的方向开炮，结果，自己家人都被炸伤炸死。作品写黄伯祥在瓦砾中抱起奄奄一息的女儿，看到孩子深陷的眼睛、听到微弱的呼唤，他全身遭了猛击似的沉重颤抖。但短暂的二十秒后，黄伯祥踉跄地、寂寞地继续提枪前行。这才是真正的英雄！这里既写出了英雄人物坚韧不屈的精神特质，又对他内心的儿女情长给予了

---

① 贺麟：《英雄崇拜与人格教育》，《时代之波——战国策派文化论著辑要》，北京：中国广播电视大学出版社1995年版，第302页。
② 贺仲明：《乡村主体的高度张扬——重论"十七年"乡村题材小说的理想性问题》，《文学评论》2012年第2期。
③ 江华：《创作上的一种倾向》，《抗日战争时期延安及各抗日民主根据地文学运动资料》上，北京：知识产权出版社2010年版，第97、98页。

深刻的体悟。但这样的作品在抗战时期文学中并不太多。在绝大多数抗战时期文学作品中，似乎英雄生来就是英雄，他们没有普通人的苦痛、烦恼，也不需要得到普通人的关怀。如《四世同堂》中的瑞全是作家表彰的理想市民形象，其舍弃小家为国尽忠、秘密锄奸不徇私情的形象堪称英雄。然而，小说中瑞全杀招弟、爱高娣的情节描写看不出年轻英雄情感的挣扎。他在小家与大家、私情与大义之间的毅然决然，几乎全部出于他理智的认识、政治的立场，这多少折损了他的感人力量。①

不仅理智与情感矛盾纠葛的浪漫想象受到批评，在民族救亡的大叙事中作家们对个人追求与民族大义的矛盾也表现出微妙的犹疑。冯至在《伍子胥》中让英雄人物始终无法抗拒民族复仇的使命。在后记中作者称抗战中的"流离辗转"脱去了伍子胥形象的浪漫衣裳，小说中"掺入了许多琐事"，"反映出一些现代人的、尤其是近年来中国人的痛苦"。作者"不顾历史"新添两章显然具有指向性，其中"延陵"一章写伍子胥踌躇于是否拜访贤人季札，表现了英雄在隐逸山林与报仇雪恨之间的两难选择，显示出作家对复仇、对战争一定程度的反思。值得注意的是，伍子胥终究没有叩响季札的大门，走向吴市、实施复仇似乎是伍子胥流亡的必然归宿。这一犹疑改变了情节方向，作家要表现的是历史英雄蚕蜕般成长为"在现实中真实地被磨炼着的人"的历程。② 显然，这个"伍子胥"带着冯至抗战精神体验的深深印痕，作者与人物形成了紧密的互文关系。一个勇于承担家国命运的"伍子胥"，标志着冯至精神探索中对个人浪漫主义的有意"断念"。而冯至一生"未完成的自我"也成为中国知

---

① 据说，《四世同堂》的英文回译版本中恢复了老舍中文版删除的一些内容，这一段瑞全的心理活动便有删减。《四世同堂》的版本差异值得另论。

② 冯至：《〈伍子胥〉后记》，《冯至全集》第3卷，石家庄：河北教育出版社1999年版，第426、427页。

识分子现代性困境的表征。

在集体主义盛行的时代，儿女情长、个人追求以及私人生活都退居其次，但乱世生活又不断提请每个人面对自己、回到日常。这种矛盾困扰着严肃文学作家们：冯至否定小我走向大我终至"身受内伤"①，而师陀在沦陷区叙述回归个人生活的渴望最终无法完成。在未完成的小说《荒野》中，师陀通过土匪顾二顺厌弃"杆子"生活却无法重回日常的故事，表现了在异族统治下英雄抗争与回归的双重末路。钱理群说《荒野》主人公"'欲有一个安宁的家而不得'的悲剧"，"不仅具有'国难毁家'的时代内涵，更是揭示了超越时代的人最终无所归宿的生存困境"。②《荒野》最后的未完成除《万象》杂志的原因外，作家在荒野之中虚空好梦的无法继续也使情节走到了山穷水尽之处。

相比较而言，通俗作家在大后方的人文思考更余裕一些。徐讦的《风萧萧》紧承《鬼恋》关于革命幻灭的反思，围绕白苹、梅瀛子和海伦三个女性展示了三种人生道路的选择。梅瀛子坚持以个人牺牲换取民族胜利，海伦从单纯逐步坚定于自我的世界，而白苹则挣扎于个人小善与民族大义之间。小说关于爱情、人道、友谊等人文话题的讨论宣泄了战乱人生的压抑，但在绚丽的色彩、扑朔的情节中，这些哲理思考成了虚无人生的轻轻喟叹和暂时逃避，轻逸有余、厚重不足。

（三）时代英雄悲剧性的缺失

在艰苦卓绝的抗战期间每天上演着现实的惨剧，由于文学中的悲剧会进一步加重悲伤、哀怜、恐惧的心理感受，因此抗战初期学人普遍认为悲剧于现实不相宜，"喜剧型的英雄"大受欢迎。喜剧被

---

① 转引自张辉《冯至 未完成的自我》，北京：文津出版社 2005 年版，第 5 页。
② 钱理群：《〈万象〉杂志中的师陀的长篇小说〈荒野〉》，《中国现代文学研究丛刊》2005 年第 3 期。

认为"是最适宜的形式",也"是最有力的形式"①,实际演出的效果也较火爆。随着抗战宣传由亢奋转而沉郁,英雄喜剧的弊端为文坛警觉,悲剧化的结尾开始在英雄书写中出现。但是由于对英雄人物内外矛盾冲突的狭窄化处理,作家把鼓舞人心、争取胜利作为最高的审美范式,一些英雄悲剧缺乏真正的悲剧性。

英雄人物的审美价值不在现实的胜负得失,而在一种崇高精神的引领。崇高产生于"现实(客体)与实践(主体)""对立、冲突和抗争"的过程中,"考验愈严重,困苦愈艰巨,斗争愈激烈,也就愈能表现出崇高"。② 没有冲突便没有崇高,没有崇高感就没有悲剧性。人类超越外在现实与自然本性的永恒追求,是英雄情结长存的根本原因。抗战时期文学对英雄人物内外冲突的展开不够充分,导致了悲剧性的缺失。

在抗战时期,英雄人物所处的环境是复杂的,对现实重荷的担当是英雄人物的感人之处,但抗战时期文学对英雄人物的复杂处境涉笔不多。《张自忠》是老舍以抗日将领张自忠血战疆场的历史事实为依据创作的话剧,在给导演的话中老舍坦言了"写作时所感到的困难"。作为"抗战宣传剧"有许多"真的材料"为抗战现实所忌"未能采用"。他说:"这时代的英雄无疑的就是能克服困难,解决问题的人。假若我沿着这条路走,也许能使剧本更生动深刻一些。""一谈困难与问题就牵扯到许多人许多事。"事实上,历史上的张自忠曾被蔑为"华北最大的汉奸",在错综的历史情境下,英雄所引起的巨大争议纠结着复杂的国族情感。但强烈的民族责任感驱使作家把历史人物构想成服从民族责任的完美英雄。③ 在民族战争中,英雄

---

① 宋之的:《论新喜剧》,《宋之的研究资料》,北京:解放军文艺出版社1987年版,第172页。

② 李泽厚:《关于崇高与滑稽》,《美学论集》,上海:上海文艺出版社1980年版,第205~206页。

③ 老舍:《写给导演者》,《老舍剧作全集》第1卷,北京:中国戏剧出版社1982年版,第120~123页。

人物所面对的外在困难不仅仅是异族的侵略，民族矛盾之外还有与其自身密切相关的社会纷争、人事纠葛。把人物放在错综的矛盾中才能表现出英雄人物的巨大压力和取舍抉择，有意简化矛盾冲突是不妥的。

冲突的简单化使抗战时期文学中的英雄要么勇猛刚强、慷慨赴死，如刘粹刚；要么技高人胆大、总能化险为夷，如洋铁桶。除丘东平等作家外，大部分抗战时期英雄书写不能直面战争的残酷，不能坦言生命个体在战争中的心灵悸动。根据地的英雄传奇中，英雄人物个个置生死于度外，埋雷能手李勇、身轻如燕的李四哥、枪法极准的洋铁桶，还有人小鬼大的海娃，他们遇到的敌人很蠢。如陈思和所说，"如果创作者不敢正视战争的残酷与非理性状态"，就无法"从战争中生命力的高扬、辉煌和毁灭过程里揭示它的美感"。① 没有悲剧性的英雄形象也就无法激发人们对战争的憎恶、对生命的尊重。

对生命的敬畏、对死亡的恐惧，是人类生存的本原困境。心理学家贝克尔说，"在身处险境的不安全感后面，在懦弱和压抑感后面，永远潜伏着基本的死亡恐惧"，而"英雄主义是对死亡恐惧的反映"。② 战争的非常状态最能够催生关于死亡、关于生命的思考，《战争与和平》《静静的顿河》等小说对战争中生命觉醒的描写是最动人的篇章。路翎从自身经历出发在《财主底儿女们》中触及了这一话题，蒋纯祖在沦陷南京的逃亡路途中的目之所及、耳之所闻，推动了他的成长，但这一成长在后文中没有被进一步完成。大多数抗战文学吝于表现英雄人物的求生意识和战争伤痛，只一味地写英雄的敢拼不怕死、单纯的刚直勇武。渺小个体在巨大灾难中的苦痛挣扎被省略了，英雄形象缺少了搏击苦难的巨大震撼力。

---

① 陈思和：《鸡鸣风雨》，上海：学林出版社1994年版，第22页。
② 〔美〕厄内斯特·贝克尔：《拒斥死亡》，林和生译，北京：华夏出版社2000年版，第13、17页。

生命意识的淡漠，既表现在对英雄死难身体之痛的忽略，也往往把敌人做简笔化的处理。抗战文学少见个性化的敌人形象，少做具体的描写，将之物化、平面化，表现杀敌立功中麻木的快感，如《地雷阵》中写地雷爆炸的情景。敌我双方都失去了生命个体的本性，减弱了震撼人心的力量。

三

抗战时期英雄形象建构的缺憾与民族救亡、时代政治、知识分子文化等诸多因素有关。英雄形象的得失成败记录了战时文学调整带来的变化和存在的困境，这些对中国文学的发展仍有着深刻的影响。

（一）救亡宣传的限制

抗战救亡改变了文艺的性质，"文艺再不是少数人和文化人自赏的东西，而变成了组织和教育大众的工具。同意这新的定义的人正在有效地发扬这工具的功能，不同意这定义的'艺术至上主义者'在大众眼中也判定了是汉奸的一种了"。① 对文艺的重新定位可以促进文艺与现实的融合，但是把文艺态度上升为政治立场的楚河汉界则会对创作产生极大的限制。"抗战高于一切"，救亡成了最大的道德。巴金在敌机的大轰炸中完成了抗战小说《火》，在第一部"后记"中他陈述了自己的创作目的："我写这小说，不仅想发散我的热情，宣泄我的悲愤，并且想鼓舞别人的勇气，巩固别人的信仰……老实说，我想写一本宣传的东西。"但三部曲完成后作者宣布了作品的失败。② 原因是多方面的，急迫的抗战动员意图是主因。

---

① 夏衍等：《抗战以来文艺的展望》，《中国抗日战争时期大后方文学书系》第 1 编，重庆：重庆出版社 1989 年版，第 181 页。
② 巴金：《火 第一部 后记》，《巴金全集》第 7 卷，北京：人民文学出版社 1988 年版，第 173、373、613 页。

抗战后"廉价地发泄感情或传达政治任务的结果"使左翼时期即出现的公式化倾向"不但延续，而且更加滋长了"，成了"根深蒂固的障碍"。英雄形象的塑造中也只是一味强调"英勇"，"难看到过程底曲折和个性底矛盾"。① 茅盾分析，"描写壮烈事件"的"热辣辣""风气"在抗战热情的渲染下一哄而上，造成了"重写'事'而不注重写'人'"的倾向。一些创作完全成了抗战宣传的图解，"先有了固定的故事的框子，然后填进人物去，而中国人民的决心与勇敢，认识与希望，对目前牺牲之忍受与对最后胜利之确信等观念，则又分配填在人物身上"。② 公式主义，是抗战最初五年理论探讨的核心话题。直到 1943 年徐訏小说风靡大后方，仍可以反衬出文坛的状况。徐訏自己分析《风萧萧》的成功与环境因素有关，"在那时候重庆出现的大部分是宣传性的或是左倾的小说，没有像这样自由发挥的作品，也许这就是因而畅销的原因"。③ 这在中国现代文学史上绝不是作者所言的"偶然的误会"。

抗战热情的发酵与舆论环境的复杂，使文学创作成为难辨的政治问题。延续至今仍存分歧的"与抗战无关论"的讨论，说明了这一点。梁实秋 1938 年 12 月在《中央日报》副刊发刊词中称："现在抗战高于一切，所以有人一下笔就忘不了抗战。我的意见稍为不同。于抗战有关的材料，我们最为欢迎，但是与抗战无关的材料，只要真实流畅，也是好的，不必勉强把抗战截搭上去。"此言一出，文艺界对梁实秋进行了长达四个月的批判。在当时的政治气候下，整个讨论实际上与抗战文艺无关，而与抗战有关。抗日文艺界对"与抗

---

① 胡风：《民族革命战争与文艺》，《胡风评论集》中，北京：人民文学出版社 1984 年版，第 78 页。

② 茅盾：《八月的感想》，《二十世纪中国小说理论资料》第 4 卷，北京：北京大学出版社 1997 年版，第 25~26 页。

③ 转引自吴义勤《漂泊的都市之魂——徐訏论》，苏州：苏州大学出版社 1993 年版，第 81 页。

战无关论"的集体扑杀表现了全国上下对抗日救亡的高度维护。然而，高涨的救亡热情掩盖了对抗战文艺公式化的真正思考，讨论者甚至表露出这样一种认识：即使是八股只要是抗战的总比不关抗日的优秀文艺要好。

言必称抗战成了必需的创作姿态，而实际上救亡宣传中民族自救的政治立场也造成了英雄题材处理的困难。歌颂还是暴露，影响着英雄人物的塑造深度。如邵荃麟的题为《英雄》的小说，写负伤抗日战士回乡后受到种种轻蔑和利用，作者因此被加上"妨碍役政"的罪名。又如吴奚如的《萧连长》写勇敢的萧连长因腐朽的军纪、昏聩的上司险遭枪杀，小说结尾萧连长被放走并准备改名换姓再当新兵，而萧连长的原型实际是被正法了。作者 1956 年补记了"不得已的虚构"原因："为了不给日本帝国主义拿去作不利于我们中华民族的宣传，所以在结尾处留给他了一条生路。"① 鲁迅在《半夏小集》中曾提醒过，文学要写出"沦为异族的奴隶之苦"，但不可得出"做自己人的奴隶好"的结论。历史地看，作家应该鼓舞共赴国难的热情，但是文学应辩证地展示民族的立场与思考的深度。

由于中国知识分子积极入世的人生态度，在民族存亡的生死关头，强烈的社会责任感和历史使命感成为其超越一切的情绪状态。如何自处于历史的大变动中，作为大是大非的名节问题拷问着每一个知识分子的良心。抗战时期的不少知识分子书写英雄形象立足于知识分子道路的现实指引，表达出明显的抗战宣传的目的。如巴金的"抗战三部曲"表现青年知识分子如何浴火重生的主题，曹禺的《蜕变》展示知识分子心态在抗战中"蜕"旧"变"新的过程，而老舍的《人同此心》则是通过大学生在"英雄与汉奸"之间的抉择，表达为国捐躯、"人同此心"的时代心声。由于民族抗争的紧迫

---

① 吴奚如：《萧连长》，《吴奚如小说集》，武汉：长江文艺出版社 1984 年版，第 215 页。

宣传需要，这些作品只是发抒了一种未经沉淀的激情，英雄形象缺少生活的实感和艺术的提炼。刘西渭曾不无感慨地说："我们如今站在一个旋涡里。……我们处在神人共怒的时代，情感比理智旺，热比冷容易。我们正义的感觉加强我们的情感，却没有增进一个艺术家所需要的平静的心境。"①

（二）时代政治的纠结

抗战爆发后，国民党政府的文艺政策不断受到民族立场与党派立场两种力量的左右，呈现出摇摆不定的两面性，文艺领域的各种迂回斗争阻碍了民族救亡大主题的深入表达。抗日战场政治意识形态互相阻隔，战地英雄书写受到影响，"当局防共排共的政策及其激起的反拨，妨碍了更多作家对正面战场的倾力表现"。② 特别是抗战进入相持阶段，种种社会问题加剧，民众对国民党政府普遍失望，共产党的抗日主张和亲民政策受到极大拥戴，民心向背促进了文学民族化潮流中的阶级化分野。国民党对左翼文人的排斥迫害加剧了两党文艺宣传的分道扬镳，国统区正面英雄书写减少，根据地英雄书写向革命传奇模式转变。蒋锡金在对抗战生活的回忆中提到："茅盾和适夷都认为，随着抗战转入相持阶段，早期抗战作品中描写正面战场作战及将军、士兵爱国热情的作品已远不能适应时代要求。"③ 茅盾与楼适夷两位作家对创作转移的建议应该与当时形势有一定关系。阶级立场限制了英雄书写的深入，加剧了英雄革命化、政治化的转向。

不仅如此，阶级论的文学观在战后也影响着既有英雄书写的评

---

① 刘西渭：《咀华二集》，上海：文化生活出版社1947年版，第36页。
② 秦弓：《抗战时期民国政府文艺政策的两面性》，《郑州大学学报》（哲学社会科学版）2012年第5期。
③ 蒋锡金口述，吴景明整理《抗战时期的文艺逃亡之旅》，《新文学史料》2005年第1期。

价，一些英雄形象在无产阶级文学经典化过程中逐步淡化于历史的选择性记忆中。以臧克家为例，他四年多的从军生活留下了大量真实悲壮的战地诗歌和感人至深的英雄形象。"在臧克家叙事诗描绘的英雄画廊中，不仅有火线上冲杀的官兵，也有支援前线的百姓。"① 毋庸置疑，这种血与火的洗礼一定在他的诗歌创作中打下深深的"烙印"。但是，对这些英雄的赞歌"30 年间"作者的态度"与整个社会同调"："创作之初，热情高涨，信心十足"；"40 年代末至 70 年代末"，"能回避就回避，不能回避就贬抑，极少例外"。② 以此来看，文学史上熟知的"泥土诗人"，只是臧克家创作的一个方面。

抗战时期文学的梳理需要进一步拨开历史的烟尘，继续打捞被忽略的英雄书写，重新评价被改写的英雄形象。《野玫瑰》与《屈原》是同时火爆于重庆雾季公演的英雄剧，但由于时代政治，两部作品在当时引发了广泛的争议，在之后受到完全不同的评价。抗战时期，在一致抗日的时代舆论约束下，国共两党通过一些文学创作，包括英雄形象的书写和展演进行政治斗争。郭沫若与陈铨这两部剧作在双方力量的推动下发酵为政治对手戏，英雄形象的塑造和阐释受到非文学因素的影响。如今尘埃落定，不仅需要对《野玫瑰》进行审美还原、重新评价，而且需要反省《屈原》借民间趣味表达政治意图所导致的英雄书写的缺失。《屈原》一剧从二元对立的军事思维出发，采用忠奸对立的情节模式、善恶分明的人物格局、爱憎相对的情感逻辑，设置张仪小人作祟、南后争风吃醋作为屈原的主要反对面，具有批判现实的宣传作用，但因对历史真实的"失事求似"，削减了屈原真正的精神感染力。

---

① 秦弓：《臧克家抗战诗歌的艺术特征》，《抗战文化研究》2011 年第五辑。
② 秦弓：《臧克家与正面战场》，《山东社会科学》2011 年第 8 期。

（三） 融入民间的艰难

战争的烽火打破了文人安宁的生活，把新文学的生长空间从书房、沙龙转到了茶馆、田间。新文学与底层民间的可贵互动，促进了中国文学在文化危机中的成熟。抗战"成为中国文艺现代化过程中的一个重要转折点"①。但是，作家与文学融入民间不仅仅是空间的简单位移，更是艰难的精神炼狱。就英雄形象的塑造而言，融入民间意味着直面民间英雄的善恶并存，也意味着读懂英雄传奇的悲与喜，尊重民间趣味的土与俗。

抗战爆发后，由于文人对民间的接触，也由于抗战宣传的需要，文艺界对底层民众有了不同于启蒙视角的重新认识。文学开始立体地表现农民英雄的优良品质和历史缺陷，但英雄形象单面化、谐谑化的问题仍然存在。大部分作家"不是照着自己的样子，把他们写成了婆婆妈妈的知识分子；就是凭着幻想，把他们描写得奇形怪状"，"歪戴的帽，斜睨的眼睛，三句不离'他妈的'"。要写农民就要了解农民，"不但熟悉他们的外形，而且深知他们的灵魂，不但知道他们的生活，而且理解他们的思想"。② 众多的农民英雄形象中只有"差半车麦秸"等少数几个成了独特的"这一个"，许多革命英雄形象只是爱国抗日的代名词。《差半车麦秸》发表之初引起了争议和批评。批评者认为作品的重心应该写出主人公从农民到英雄的转变，称转变过程中"内心的痛苦的矛盾斗争，是特征的东西"，而对转变揭示不透是作品的"大醇小疵"。③ 显然，这种批评意见并非偶然，而是代表着时代政治的要求——政治所要求的是英雄的激励作

---

① 虞和平：《抗日战争与中国文艺的现代化进程》，《抗日战争研究》2005年第4期。
② 林默涵：《关于描写工农》，《中国解放区文学书系》（文学运动·理论编）2，重庆：重庆出版社1992年版，第1171～1173页。
③ 黄绳：《抗战文艺的典型创造问题》，《中国抗日战争时期大后方文学书系》第2编，重庆：重庆出版社1989年版，第951页。

用，认为英雄是没有缺点的或已经摆脱了缺点的，英雄成长小说应该写他们如何脱胎换骨，如何从复杂个性蜕化成单一英雄性的过程。当时论辩的影响是巨大的，姚雪垠稍后创作的《牛全德与红萝卜》与《差半车麦秸》相比有所改变。作品书写的是牛全德从旧的江湖义气向革命责任感的进步，最后成长为"一个为革命和同志而牺牲的民族英雄"。牛全德的发展和改造的过程，符合了时代潮流提纯的要求，离开了民间生长的土壤。此后，英雄的不断提纯、不断神化就成为抗战文学的一种走向，根据地及之后的解放区文学，无论是丁玲《一颗未出膛的枪弹》中的小战士，还是《吕梁英雄传》中的雷石柱，《新儿女英雄传》中的黑老蔡、牛大水，都着力体现的是英雄气概。

由于不能深入民间，抗战时期的英雄书写也隐现了知识分子在民间重新定位的艰难。作为一个有着强烈英雄情结的作家，路翎是其中突出的例子。《财主底儿女们》中的蒋纯祖是带有作家自况色彩的英雄形象。小说中，主人公的形象在南京出逃、参加演剧队等经历中日渐丰满，但是当作者写到石桥场的生活时，由于作者不了解农村世界，英雄人物与乡村保守思想的斗争没有被清晰地展示出来。现实矛盾冲突转变成了英雄人物狂热的内心独白，英雄形象在神经质的压抑与人为的夸张中陷入混乱的迷失。在晦涩难懂、精芜杂陈的文字中，蒋纯祖是一个漂浮于民间之外的个人主义者，没有走向作家希望的对人民原始强力的发现，他的失败缺少了时代的概括性。

路翎是知识分子作家中的一种典型，但对民间的隔膜是较有代表性的。他们对民间的认识带有强烈的主观色彩，不少作家塑造的英雄形象是穿着工农兵服装的知识分子，其价值停留于抽象的精神探寻。而与之相反，根据地工农兵作家熟悉民间生活、民间曲艺，但由于知识背景、文学观念的限制，他们不能坚持民间本位进行创作，只是借用民间英雄传奇的叙事方式灌注集体主义革命理论，其中的英雄形象洗去了民间英雄的草莽气、江湖气，却增加了政治信仰、阶级立场、革命理想。实际上，民间英雄惩恶扬善、锄强扶弱的武侠精神体现的是以个人自由为核心的民间小传统，它对正统思想的偏离恰恰是其生命力之所在。革命英雄传奇对民间伦理、民间趣味的净化增强了政治宣传鼓动效果，但远离了民间的原生状态，也就难以在大众中产生情感上的广泛认同。在民族的大灾难中，英雄形象只有出自民间的生活、带着本民族精神特征的深刻印记，才能使民众产生情感上的认同。这要求作家融入民间生活，以深切的体验诠释民族性格，这将是一个漫长的旅程。

在生死存亡的民族战争期间寻找超脱的文学显然是太平年间的求全责备，但是回到历史的现场，追寻前人探索的痕迹则是对历史的尊重。斯宾格勒的名言"战争的精华却不是在胜利，而是在于文化命运的展开"，深刻地道出了战争与文化的关系。正是在这个意义上，战争被称为人类文化、民族精神的显微镜。沙汀说："我们的抗战，在其本质上无疑的是一个民族自身的改造运动。"① 在需要英雄也产生英雄的抗战中，中国文学对英雄形象的建构是时代政治、文化传统作用的结果。任何一个人、任何一个时代都需要崇高精神的引领，在这个意义上，英雄情结永存。抗战时期文学的英雄书写是重要的历史资源，在抗战时期英雄形象的驳杂背影中凝结着民族自救的渴望和民族自新的艰难，其中所昭示的文学与政治、文学与底层的密切关系仍然启发着我们今天的文学。

---

① 沙汀：《这三年来我的创作活动》，《二十世纪中国小说理论资料》第 4 卷，北京：北京大学出版社 1997 年版，第 63 页。

第二节　走向民间：抗战时期小说民族化路径探索

现代化的追求与民族化的表达，是中国现代文学互相缠绕的双重渴求。抗日战争爆发后，民族形式、民族化、中国气派等成为文坛的热点话题，文学创作、理论争鸣表现出回归传统的明显倾向，与五四文学的反传统形成鲜明的对照。一般认为，抗战时期的文学民族化是民族危亡中功利的应激反应，是"救亡压倒启蒙"的战时策略。然而综观抗战时期的文学成就，不得不承认新文学原有创作惯性在这里作了一次被动停顿，促进了中国文学在本土立场下的现代性调整，从而造就了20世纪40年代文学的丰收和成熟。怎样中肯地评价这一民族化回归的趋势，怎样深入认识抗战时期文学民族化与五四启蒙现代性之间内在的承续关系，怎样从特殊的历史情境中总结出文学民族化发展的一般规律和历史教训，是抗战时期文学中值得总结的重要经验。

战争生活的困厄、民族意识的高涨改变了抗战时期文学生产和传播的空间，使现代文学走入市井、走向农村，与中国底层社会有了更紧密的接触。抗日战争促进了中国社会发展的民族化定位，加快了外来影响在本民族文化中的融合，推动了现代质素的民族化沉潜。当然，回归之中的后退、沉潜之中的流失，也是需要细致分析的。因此，深入战时文学空间的内部，具体考察抗战中民族化追求的背景过程、形态特点，可以深入思考民族化思潮对文学嬗变的内在影响，重新审视民族文学建构的诸多问题。

一

中国现代文学的发生发展与民族国家的想象紧密相连。研究者们说，"'五四'以来被称之为'现代文学'的东西其实是一种民族国家文学"①，"一部现代文学史，可以说正是新的中国形象的创造史"②。民族意识的觉醒与现代文学的生成互相催生，是中国现代性发生的特殊国情。鸦片战争时期，西方列强的坚船利炮打开了国门。与日本的甲午海战的失败，进一步摧毁了中国人的天朝大梦，敲响了积弱不振的警钟。中国现代民族意识在外界刺激下逐步形成，现代文学对民族共同体的最初想象以西方为模板。五四文学"基本精神是抛弃旧传统和创造一种新的、现代化的文明以'挽救中国'"③，"用欧化的语言表现个人主义，顺带着人道主义，是这时期知识阶级向着现代化的路"，这种思想和语言上的变革，"一般称为欧化，但称为现代化也许更确切些"。④ 被委以重任的五四文学激越于民族国家的表达，而逐步吊诡般地偏离了文学革命肇始关注的大众化问题。日本学者在考察中国现代文学提倡大众化的四个时期后指出，每一次大众化讨论"都处在中国民族的存亡危机时期。在这种意义上说，文学大众化的历史，也就是中国革命的历史。因而，它构成了中国革命的一环，同时在每个时期，中国文学也都获得了新的生命"。⑤ 可以说，民族化与大众化是现代文学发展中又一紧密关联而互有颉颃的问题。

　　抗战前从文字口语化、旧形式利用等方面的大众化探索，仍局限于外在技术层面，尚不能实现实际的大众化，也无法抵达真正的

① 刘禾：《语际书写—现代思想史写作批判纲要》，上海：上海三联书店1999年版，第191页。着重号为引文原有。
② 王一川：《现代性文学：中国文学的新传统》，《文学评论》1998年第2期。
③ 〔美〕周策纵：《五四运动：现代中国的思想革命》，周子平等译，南京：江苏人民出版社1996年版，第491页。
④ 朱自清：《文学的标准与尺度》、《中国语的特征在那里》，《朱自清全集》第3卷，南京：江苏教育出版社1988年版，第136、64页。
⑤ 〔日〕今村与志雄：《赵树理文学札记》，王保祥译，黄修己编《赵树理研究资料》，太原：北岳文艺出版社1985年版，第466页。

民族化。20 世纪 30 年代文学大众化的三次大讨论参与人员甚多，却
没有推动文学创作的实质转变。如何大众化，成为新文学发展中始
终纠结的重要关节。胡风在抗战初期分析指出："八九年来，文学运
动每推进一段，大众化问题就必定被提出一次。这表现了什么呢？
这表现了文学运动始终不能不在这问题上努力，这更表现了文学运
动始终是在这问题里面苦闷。"① 大众化不是单纯的文学话题，不能
在文学发展过程中自然实现，其间交杂着时代政治、意识形态、文
学观念的种种影响。

　　抗日战争不仅促发了全民族被动的文化自救，而且开启了广大
国人深层的文化反省。整个文艺界关于"民族形式""中国气派"
的热烈讨论，将大众化的问题深入民族文学建构的根基上，使抗战
"成为中国文艺现代化过程中的一个重要转折点"②。全面呈现抗战
时期文学的民族化特征是一项头绪繁复的巨大工程，选择具有代表
性的区段文学可以部分地解读文学空间与民族化的复杂关系。相对
来说，国统区文学在作家队伍的组合、创作传统的继承上与战前五
四传统联系更为明显，而敌后根据地和沦陷区的文学在特殊的时空
下则具有更为明显的民族化实践。在此，选择上海和延安③这两个具
有特别意义的空间作为抗战中的文学切片，比较不同向度异质空间
文学民族化取向的异同，以期重新梳理、重新审视抗战时期文学的
民族化趋势。

　　上海与延安在 1941—1942 年先后进入民族文学发展的特殊空
间，前者在太平洋战争爆发后完全沦陷，异族统治基本切断了新文

---

① 胡风：《大众化问题在今天》，《胡风全集》第 2 卷，武汉：湖北人民出版社 1999 年
　版，第 504 页。
② 虞和平：《抗日战争与中国文艺的现代化进程》，《抗日战争研究》2005 年第 4 期。
③ 此处沿用"延安文学"的概念，指"在延安思想指导下，表现以延安为中心的解放
　区的那个历史时期的革命与战争的生活"（参见林焕平《延安文学刍议》，《文艺理论
　与批评》1992 年第 3 期）。

学的传统；后者在延安文艺座谈会后也重建了新文艺政策下的文学新秩序。直至抗战胜利，两地文学空间呈现出与战前的完全异质性，产生了民族文学的绚烂成果。特别是张爱玲与赵树理的横空出世，一直被奉为新文学发展中难以再现的"神话"。这两个政治性质迥异、话语空间不同的区域，其文学风貌的差异不言而喻。然而，上海与延安两地文学在大致相同的时间段、在相对封闭的空间中都呈现出明显的民族化追求，绝非历史的偶然。

二

1941 年 12 月日本占领上海租界，上海全面沦陷，新文学创作队伍的撤离，上海沦陷区原有的左翼文学传统和以新感觉派为代表的都市文学传统面临转变；日伪政府的言论控制使文学创作进入"低气压"氛围，但由于都市空间的多层化、多质性，文坛并未寂然消声。上海发达的市民文化以含混的面目参与了沦陷时期文学的重构。而延安文学，底子是原苏区的民间文学，后由全国各地投奔而来的文人壮大了文化队伍。1942 年 5 月延安文艺座谈会召开，文艺的工农兵方向得到了大力提倡，农民作家的发掘与知识分子作家的改造，加速了政治革命的书写对五四启蒙话语的取代。

抗战时期的上海与延安在文学民族化追求上处于两个极端：一个是异族统治，政治高压，民族文学处于逼仄的空间，另一个是共产党领导区，民族文学处于高昂的状态；一个是现代大都市，有着较为成熟的出版平台，作者读者群体都形成了一定的趣味习惯，另一个是边远的内陆农村，文化接受水平较低，作者读者的队伍都需作进一步引导。它们相同又相异的民族化追求，最根本的动因源于文学空间的重置。

20 世纪 40 年代初期，周扬即敏锐地指出文学环境的空间转换对文学创作的新要求。他说："战争给予新文艺的重要影响之一，是使进步的文艺和落后的农村进一步地接触了，文艺人和广大民众，特别是农民进一步地接触了。抗战给新文艺换了一个环境。"① 他的着眼点在根据地，而文学中心的变化对整个 20 世纪 40 年代文学的影响是普遍存在的。抗战时期文学空间的变化，体现在与战前从内而外的异质性，不仅表现在地域上由沿海到内陆的变更，而且表现在文学活动主体与方式的改变。战前，新文学实质上是知识分子主体的文化形态，"中国民间文化基本上被排斥在知识分子的精英文化传统以外"。② 抗战爆发后，新文学自足的文化体系遭到了前所未有的挑战，赵树理所谓"从文坛来到文坛去"的"新文学的圈子"被打破了。

首先，从作家队伍来说，新文学作家阵营不再是文坛的主导力量。新文学作家的撤离明显削弱了力量。统计显示，《中国新文学大系》史料卷所提供的五四时期作家有 142 名，到抗战中除鲁迅等 17 人去世外，剩余 125 人留居沦陷区的仅有周作人、俞平伯、张资平、陈大悲、傅东华等 9 人。③ 留居上海的少量新文学作家，基本选择韬光养晦、沉默蛰居。与新文学作家不同，著名的通俗作家除张恨水等大部分留居沦陷区。严芙孙等所作《民国旧派小说名家小史》中所列 66 位作家在抗战爆发后大部分活动于沦陷区。当然，"为什么某些作家留在日本占领区，而另一些作家逃到别处去"，理由有多种多样，"但是其中没有一种理由是属于政治方面的"④，除生活上的考虑，通俗作家对文化出版平台的依赖也更为明显。在当时的"意识形态真空"中真正投靠日伪，为"和平文学""大东亚文学"摇

---

① 周扬：《对旧形式利用在文学上的一个看法》，《延安文艺丛书》（文艺理论卷），长沙：湖南文艺出版社 1987 年版，第 627 页。

② 陈思和：《民间的浮沉》，《陈思和自选集》，桂林：广西师范大学出版社 1997 年版，第 202 页。

③ 张泉：《沦陷时期北京文学八年》，转引自孔庆东《超越雅俗》，重庆：重庆出版社 2008 年版，第 49 页。

④ 〔美〕耿德华：《被冷落的缪斯》，张泉译，北京：新星出版社 2006 年版，第 3 页。

旗呐喊的只是一部分。而影响较大、与日伪无染的文学期刊由通俗文人掌门的占到半壁江山，如陈蝶衣先后编辑的前期《万象》和《春秋》、周瘦鹃主编的《紫罗兰》、顾冷观编辑的《小说月报》、钱须弥编辑的《大众》等。它们极少有官方经费上的支持，几乎完全靠商业模式运作。当时活跃于文坛的年轻作家也大多持卖文为生的目的，如师陀，其中不少作家深受通俗文学影响，如张爱玲、施济美。文学的商业化在五四时期是新文学批评旧文学的重要方面，而在日伪的言论控制和文化殖民中，商业化却成为个体生存和民族文化保存的独特方式。

在延安，根据地文坛对"山顶上的人"和"亭子间的人"实行了双重形塑，使农民作家浮出水面，对知识分子作家进行了思想改造。赵树理的通俗化创作在《在延安文艺座谈会上的讲话》发表前受到重重阻碍，《小二黑结婚》的出版屡屡受挫。赵树理说："毛主席的《讲话》传到太行山区之后，我像翻了身的农民一样感到高兴……我觉得毛主席是那么了解我，说出了我心里想说的话。十几年来，我和爱好文艺的熟人们争论的、但始终没有得到人们同意的问题，在《讲话》中成了提倡的、合法的东西了。"① 赵树理、孙犁、康濯、孔厥等作家，代表了新文学乡村书写的"本地人"而非"外来者"的出现。相对于知识分子作家，这些在革命队伍中成长起来的文化工作者，大多出生于农村，没有正规大学或留学的教育背景，是没有喝过洋墨水的"土包子"。他们大多接触文学之前已经走上革命道路，文学活动是他们参与革命工作的一种方式。不管创作风格有怎样的差异，对农民和共产党革命的认同是这一类作家的共同特点。抗战改变了文坛组成，也催生了具有那个时代特别印记的作家。符合解放区文艺创作方向的赵树理"陡然兴起"，"是应大时代的需要

---

① 戴光中：《赵树理传》，北京：北京十月文艺出版社 1987 年版，第 174 页。

产生的"，孙犁说，如果没有抗战，作为文艺爱好者的赵树理，"按
照当时一般的规律，他可以沉没乡塾，也可以老死户牖"。① 同时，
孙犁直到晚年也感念抗战给他开启了文学之门。他说："假如不是抗
日战争，可能我也成不了一个什么作家，也就是在家里继承我父亲
那点财产，那么过下去。"② 一代中国底层作家为新文学注入了清新
质朴的活力，表达了中国抗战的部分真实。同时，知识分子作家在
民族战争的时代要求下，在政治意识形态的规训下，在延安军事化
生活的约束下，也逐步进行着民族化的自我改造。他们走出书斋、
走出知识分子的小圈子，积极与工农群众结合，投身于实际的革命
与建设，熟悉了底层的生活，也砥砺了纤弱的文风。这种清新、质
朴的新风对于久在都市、偏于书斋的知识分子而言是一种新世界的
吸引，正如何其芳所说，走了"太长，太寂寞的道路，而在这道路
的尽头就是延安"。③

其次，从文学创作的价值立场来说，底层趣味得到了重视。从
布尔迪厄所提的"区隔策略"④ 可以知道，趣味的区隔实际上是一
种权力关系的体现，权力场中的强势阶层通过趣味与生活方式的区
隔合法地进行权力的渗透；文化生产、文学创作中的趣味取向强化
着话语秩序的形成。战前，新文学把文学的趣味放在人生要义、社
会责任之下，对纯粹的趣味性持贬抑的态度，即使谈趣味也将之作
高级与低级的区分。

抗战时期上海与延安两地对底层趣味都予以了不同程度的关注。

---

① 孙犁：《谈赵树理》，《赵树理研究文集》上卷，北京：中国文联出版公司 1998 年版，
第 25 页。
② 孙犁：《和郭志刚的一次谈话》，《孙犁文集》续编 3，天津：百花文艺出版社 1992 年
版，第 329 页。
③ 何其芳：《一个平常的故事》，《何其芳全集》2，石家庄：河北人民出版社 2000 年
版，第 75 页。
④ 〔美〕戴维·斯沃茨：《文化与权力：布尔迪厄的社会学》，陶东风译，上海：上海译
文出版社 2006 年版，第 202 页。

在上海，作家们认为"能够活用""大众的趣味是通俗文学的第一要诀"①，并进而提出趣味无所谓高低之分，只有浓淡之别。予且说，"拿'食'，'色'两项来说，就是人生有趣味的事"，"作品不浅薄不平凡不粗陋，读者读之，趣味就浓厚"，不能以读者"阶级之贵贱而定其趣味的高低"②。张爱玲认为，创作态度上作家要把自己归入读者群里，"要低级趣味，非得从里面打出来"。这里所用"低级趣味"显然不带贬义，张爱玲深受通俗小说滋养，她对通俗的理解不是一种策略性的借用，而是趣味上的完全认可。她说："存心迎合低级趣味的人，多半是自处甚高，不把读者看在眼里，这就种下了失败的根。"③ 正是对市民趣味的肯定，作家们自检应放下知识分子夸大的自我幻想，去除自以为高的精神"洁癖"，要"完全贴近大众的心，甚至于就像从他们心里长出来的"④。他们认为"民众自己的文学，具有为老百姓所热烈喜爱的中国气派和中国作风"⑤。这些用词、观点与根据地文学遥相呼应，体现了共同的民族化取向。但由于出发点不同，最后的文学导向风格迥异，也是必须注意的。

在延安，《在延安文艺座谈会上的讲话》所导引的工农兵文学对一直处于霸权地位的精英文学进行了颠覆，对文学主体作了一次根本的改变。知识分子的农民书写侧重于文化的批判和思考，对于农民来说这是一种"被描写"。在民族文化的危机意识中，农民/知识分子的书写关系与东方/西方不平等的文化权利关系具有同构意义。

① 陈蝶衣：《通俗文学运动》，《中国沦陷区文学大系》（评论卷），南宁：广西教育出版社1998年版，第272页。
② 予且：《通俗文学的写作》，《中国沦陷区文学大系》（评论卷），南宁：广西教育出版社1998年版，第302页。
③ 张爱玲：《论写作》，《张爱玲散文全集》，郑州：中原农民出版社1996年版，第137页。
④ 张爱玲：《我看苏青》，《苏青文集》下册，上海：上海书店出版社版1994年，第460页。
⑤ 陈蝶衣：《通俗文学运动》，《中国沦陷区文学大系》（评论卷），南宁：广西教育出版社1998年版，第265页。

根据地作家活动空间的位移、圈子的改变，带来了文学主体的重大变化。"过去我们的新文艺运动主要的是在知识分子的圈子里，现在开始从知识分子的圈子跑到工农兵的圈子里去"。① 对农民群体欣赏趣味的尊重，先是出于根据地抗战宣传的功利目的，但赵树理等作家对农民文化权利的呼吁与坚守却别有历史价值，特别是把当时百分之九十未受文化教育的农民也列入文艺的接收对象，尤为难能可贵。表现在创作上，体现为对这一类受众文化程度、欣赏习惯的尊重。赵树理指出通俗化最根本的问题是文化立场上的隔膜，把通俗化看成是迎合、策略、屈就便不能实现真正的通俗。"不能'深入'，就不能'浅出'；艰深的词句容易捏造，而通俗明快的文章，却很不容易作！"② 因此，他的创作"都是以农民直接的感觉、印象和判断为基础的。他没有写超出农民生活或想象之外的事件，没有写他们所不感兴趣的问题"③，甚至在遣词造句上都特别注意到农民的欣赏习惯。而抗战后赵树理的农民立场逐步为政治功利所掩盖，对其个人和整个文学都是一种扭曲。

最后，从文学消费的方式来说，创作与接受的互动加强了。陈平原在描述五四小说叙事模式的转变时指出，现代文人"自觉意识到小说是写给读者读的，而不是说给听众听的"，"这一转变不是使小说变得更通俗、更口语化、更带民间色彩，而是更文雅、更书面化、更带文人趣味"，这"在一定程度上脱离了一般民众的审美趣味"。④ 五四文学书面化、个体化、向内转的鲜明特质表现为语言策

---

① 凯丰：《关于文艺工作者下乡的问题》，《延安文艺丛书》（文艺理论卷），长沙：湖南文艺出版社 1987 年版，第 167 页。

② 赵树理：《通俗化"引论"》，《赵树理全集》第 4 卷，太原：北岳文艺出版社 1986 年版，第 143 页。

③ 周扬：《论赵树理的创作》，《赵树理文集》第 1 卷，北京：工人出版社 1980 年版，第 11 页。

④ 陈平原：《小说书面化倾向与叙事模式的转变》，《中国小说叙事模式的转变》，上海：上海人民出版社 1988 年版，第 268～298 页。

略的陌生化和对震惊感阅读体验的追求。而抗战时期上海与延安两
地文学在叙述方式、语言选择上则是逆向的追求，十分关注便于大
众文化消费的互动性和熟悉感。

　　上海沦陷区的杂志非常注重内容上的言之有物，与民众日常生
活紧密相连的战事状况报道、市民生活描摹、融言情于抗战的故
事占据主要版面。与旧通俗文学为乡民进入大都市提供生活启蒙
相一致，沦陷时期文学在战时恐怖中俨然承担着传递信息、宣泄
苦闷、慰藉心灵的作用。当时《万象》杂志根据读者来函分析，
"知道多数人阅读本刊，并不是单纯以消遣为目的，而完全是基于
一种'求知欲'"。① 对动乱时代阅读心理的把握，也许是其成为最
畅销杂志的重要原因。《万象》上徐开垒的《两城间》也形象地赋
予文学以医治创伤的作用，很有时代特征。熟悉氛围的展示、现实
体验的呼应，在战时文学阅读中明显重于思想的震撼和启迪。张爱
玲显然借用了旧说书的叙事套子，而"东吴女作家群"对童年追忆、
生活挫折的青春诉说满蕴着古典的风韵，满足了阅读的怀旧气息。
其中成就最大的是施济美，其小说内外凄切的爱情故事引得许多读
者自称"施迷"。在1946年《上海文化》的调查中，施济美成为继
巴金、郑振铎、茅盾之后知识青年"最钦佩的作家"。② 她对旧梦的
深情追忆和无处依傍的矛盾心态，与沦陷时期的世态人心构成了
一种呼应。一篇评论阐释了施济美特殊的接受现象："年青的人喜
爱她的作品……喜爱的自然是她的优点，华美的文采，诗意的气
氛，纯真的理想……但是，更为年轻人所喜的却是她的弱点：她
的渴念和不安……热诚而又孤独，坚强而又怯弱的灵魂。"③ 对战

---

① 陈蝶衣：《编辑室》，《万象》第二年第四期，1942年10月。
② 王羽：《编后记》，《莫愁巷》，上海：文汇出版社2010年版，第407页。
③ 野萍：《读〈凤仪园〉》，《申报》1948年2月5日，转引自王羽《施济美传》，上海：
　　上海远东出版社2009年版，第106页。

争创伤的反复倾诉和倾诉中的自我疗救，是沦陷区文学接受的心理
基础。

与之相近也稍异，延安的文学接受更注重实际的教育意义，强
调文学创作中的另一种互动。不少作家的创作带有明显的工作记录
的特色。康濯小说中的"老康"、马烽小说中的"老马"、赵树理小
说中"老杨"都有作者的影子。纪实作品与虚构创作常常出现主题
同构的现象。不少作品源于真实的人物，创作中还反复征求当事人
意见。这种创作过程的敞开，有效地促进了读写交流，但也存在多
种因素对创作的干扰。倒是另一种以"读－听"为主的传播模式更
值得注意。赵树理说他的小说是"写给农村中的识字人读"，"介绍
给不识字人听"。[1] 这种读者可以参与的互动式阅读，可以引起直接
的交流和劝诫，与中国传统曲艺的文化娱乐形式异曲同工。传统曲
艺是中国大众文化生活的主要内容，是民众一般历史知识、文化观
念的主要来源，也熏陶了中国人"叙述一件故事，终究是'读不如
讲，讲不如演'"[2] 的娱乐方式。延安的文学接收方式与农业文明中
文化消费的氛围和习惯有着一定的联系。

在短短不到四年的时间里，上海沦陷区与延安根据地为中国现
代文学的发展提供了一个异常空间。柯灵那段被多次引用的话感性
地指出了张爱玲走红的特殊机缘，他说："我扳着指头算来算去，偌
大的文坛，哪个阶段都安放不下一个张爱玲；上海沦陷，才给了她
机会。"[3] 其实，偶然巧合论是片面的，我们可以借助流星般的张爱
玲窥见久被遮蔽的民族化问题。而对于延安文学，我们应该具体看

---

[1] 赵树理：《〈三里湾〉写作前后》，《赵树理全集》4，太原：北岳文艺出版社 1986 年
版，第 277 页。

[2] 潘光旦：《中国伶人血缘之研究》，《潘光旦文集》第 2 卷，北京：北京大学出版社
1994 年版，第 89、90 页。

[3] 柯灵：《遥寄张爱玲》，《张爱玲文集》第 4 卷，合肥：安徽文艺出版社 1992 年版，
第427 页。

到，与政治革命上中国道路的寻找同步，植根于艰难时世的"延安道路"实现了政治革命与文学艺术的中国化。正如李陀强调的："毛文体较之其他话语有一个特别重要的优势是研究者绝不能忽视的，这一优势是：毛文体或毛话语从根本上该是一种现代性话语——一种和西方现代话语有着密切关联，却被深刻地中国化了的中国现代性话语。"① 两地文学空间的急遽变化，标志着文化权力的调整。政治与文学、精英文化与大众文化的博弈打破了二元对立的文学生态圈，推动了文化权力在普通大众、文化精英与意识形态中的重新分配，从而孕育出了新的文学景观。

三

抗战时期上海与延安两地文学空间的变化，带来了文学表达上对日常生存的关注、对地域书写的深化、对文化传统的承续。

其一，日常生存的展示。抗日战争爆发，知识分子被迫从象牙塔走到十字街头，自身生计、民众存亡成为其直接面对的问题，境况的改变把生存的难题凸显了出来。个人生存、民族生存的逼问改变着文学的题材选择和审美向度。张爱玲说经历了香港轰炸、围城和陷落的"出生入死"，"重新发现了'吃'的喜悦"，"最自然，最基本的功能，突然得到过分的注意"。② 朝不保夕的战乱中，日常生活成为每个人主要的生存状态，生活的理想从非日常世界退回日常生活。日常生活的"重新发现"具有特别的文学意义。

有论者的研究指出，"日本占领的威胁和耻辱"使上海居民"日益艰难的物质生活雪上加霜"，"从早到晚，人们在指定的供应

---

① 李陀：《丁玲不简单——革命时期知识分子在话语生产中的复杂角色》，《北京文学》1998 年第 7 期。
② 张爱玲：《烬余录》，《张爱玲散文全集》，郑州：中原农民出版社 1996 年版，第 125 ~ 126 页。

点前大排长龙，争夺打斗无日不有"，"上海的街头从来没有这么多因饥饿而倒毙的人"。① 中国革命史的研究也揭示了延安根据地的困难发展，"1941—1942 年日军的进攻和国民党的封锁"，造成了中共历史上的第三次"灭顶之灾"。文艺整风、思想改造、大生产运动，是延安争取生存斗争的特色道路。② 两地文学作品表达了强烈的生存要求。《大荒年》（沈寂）、《多余的人》（施瑛）、《盐巴客》（郭朋）在饥民弃婴、易子而食等野蛮故事中表达出一种令人惊悚的意味。延安文学也在对农民苦难的正面描写中，真实展示了农村生活的衣食住行，具有史料意义。如《李有才板话》中以吃和住两项基本的生活内容写阎家山的社会面貌，"吃烙饼"与"喝稀饭"的分化、砖楼房—平房—土窑的"一道斜坡"，是阎家山"模范不模范"的真面目。

在物质生存的记录之外，两地文学对底层生活秩序也有真实的呈现。延安文学在表现农村旧社会的苦难时，着重揭示乡村政权的腐败和绅权阶层的劣变，以及这些对旧乡村精神的挑战。其中，赵树理对乡村政权状况的揭示、孙犁对乡村人伦关系的歌咏，极具代表性。赵树理的《催粮差》《李家庄的变迁》《刘二和与王继圣》《福贵》等作品表现了乡村社会旧权力体系的腐败；《小二黑结婚》《李有才板话》等作品对新政权中的种种问题提出了警示。《李家庄的变迁》通过龙王庙里吃烙饼议事，写出了乡土社会"无讼"的传统，但春喜的耍赖、李如珍的偏袒、小喜的蛮横，写出了绅权阶层对乡村秩序调节功能的退变，而对公审李如珍的血腥描写暗示了旧秩序崩塌后的混乱。《受苦人》等小说更是对传统乡村伦理进行了展

① 〔法〕白吉尔：《上海史：走向现代之路》，王菊等译，上海：上海社会科学院出版社2005 年版，第 271 页。
② 〔美〕马克·塞尔登：《革命中的中国：延安道路》，北京：社会科学文献出版社 2002年版，第 173 页。

示，描述理智与情感的矛盾、道义与利益的纠结，呈现了一个为新文学所忽略的农民精神世界。

抗战时期上海文坛一改鸳鸯蝴蝶派的哀情、奇情、苦情模式，在对沦陷生活的苦难体验中表达出日常的无奈。但如吴福辉所指出"悲欢离合"仍是其叙事定式，其内嵌"贫富沉沦""善恶有因""情义两难"等故事模式。① 这些情节原型是民间道德文化的沉淀物，以通俗的方式进行严肃命题的探讨，承载着道德惩戒的故事功能。予且小说人物的小智小悲、张爱玲小说中人物永远笼罩着的"惘惘的威胁"②，与广大市民的思维方式、情感态度、审美期待非常吻合，带有中国人的精神印记。

其二，地域书写的深化。地域特色是文学作品的魅力源泉之一，但地域性并不是漂浮于风俗人情表象之上的装饰物，而是深潜于包含政治、经济、文化实质的生存状态之中。鲁迅先生最早将"乡土文学"称为"侨寓文学"。侨寓性正是抗战前乡土书写的重要特点，乡土的叙事"缘于'外铄'的文化批判"，"促成了对于荒原式生存的发现"。③ 对于乡土的远景观照落脚不在乡土本身，而在侨寓者要抒发的"胸臆"。而对于都市，战前中国书写更鲜有真实地域感的表达，常常在现代性的漫游和反殖民的表述中，模糊了都市市井的本土特征。

抗战后从沿海到内陆、从都市到乡村的大迁徙改变了文人的生存状态。侨寓者的归乡、漫游者的沉潜，改变了作家的情感体验，也改变了文学表达的地域意指。加兰说："只有出生于当地并从内部了解当地生活的那个作家，才能真实地描写某个城市或某个农村的生活。对于这样的作家说来，任何东西也不会是'奇怪的'或'美丽如画

---

① 吴福辉：《新市民传奇：海派小说文体与大众文化姿态》，《东方论坛》1994 年第 4 期。
② 张爱玲：《〈传奇〉再版序》，《张爱玲文集》第 4 卷，合肥：安徽文艺出版社 1992 年版，第 135 页。
③ 赵园：《乡村荒原——对于中国现当代乡村小说的一种考察》，《上海文学》1991 年第 2 期。

的',对于他,一切都将是亲切的、充满了美与理性的。"① 抗战时期
两地文学不仅仅在方言俗语、风土人情中渲染地域氛围,而且着重于
特定地区生活样态的描述。师陀宣称《果园城记》的主人公不是"马
叔敖"或"我",而是"一个我想象中的小城",是"中国一切小城的
代表"。② 这时,"地域"与"空间"内涵更接近,它是人物的生存场
所,也是一个文化成长的特定场域。它不仅体现着明显的地理特征,
还包含了历史文化的人文因素。

列斐伏尔提出要改变空间作为人物活动场地的中性面目,关注其
作为社会关系集合的内涵。上海与延安的一些小说地域特征明显,人
物与环境紧密地融合在了一起,其地域书写体现出吉登斯所说的"本
地在场的有效性"③。张鸿声说:"在百多年来的上海文学中,张爱玲
是极少将上海作为'中国'来理解的作家之一,她将乡土中国理解
为上海自身城市逻辑,甚至是一种'底色'。这使她对上海的表现,
获得了空前的深度。"④ 白吉尔对上海史的研究发现,上海现代化历
程最可贵之处是对现代化的超越,即现代性在其文化本质中的植入。
她指出,"在这个乡村传统和官僚统治根深蒂固的中华古国,上海是
接受西方文明并使之与民族文化互相兼容的现代化样板",其现代性
不是社会发展物质层面上的现代化,而是"由现代化及其成果所唤
起的相应的精神状况和思想面貌"。⑤ 也就是说,现代元素在上海文

---

① 〔美〕赫姆林·加兰:《破碎的偶像》,《美国作家论文学》,刘保端等译,北京:生
活·读书·新知三联书店 1984 年版,第 92 页。

② 师陀:《〈果园城记〉序》,刘增杰编《师陀研究资料》,北京:北京出版社 1984 年
版,第 96~97 页。

③ 安东尼·吉登斯是英国社会学家,他指出现代性体现为传统的断裂,地域界线的模糊
是现代性的后果之一。参见〔英〕吉登斯《现代性的后果》,田禾译,南京:译林出
版社 2000 年版。

④ 张鸿声:《海派文学的"小叙事传统"》,《郑州大学学报》(哲学社会科学版) 2009
年第 1 期。

⑤ 〔法〕白吉尔:《上海史:走向现代之路》,王菊等译,上海:上海社会科学院出版社
2005 年版,第 2、3 页。

化中潜移默化地"在地化"生根，是其具有超越性的独特价值。

赵树理小说也在人物与环境的协调中体现出本土现代性的新颖。日本学者竹内好认为，与现代文学、人民文学人物创造的典型化手法不同，"赵树理文学的核心"在于，他"作品中的人物在完成其典型性的同时与背景融为一体了"。① 也就是说，赵树理的人物是带有乡村空间整体特征的个体。人物与背景之间不再是主次有别的关系，而形成了人物与空间互相说明、互相指涉的整体链接。上海、延安两地对本地风物、本地体验、本地文化的书写，体现了回到地方性的文学努力，是民族性回归的深化。

其三，文化传统的承续。上海与延安两地文学在民族化追求上的殊途同归，其重要意义不在于内容形式上的局部变化，而在于其中所昭示的民族文化本位立场。对本民族文化的正视、尊重，是民族生存、革新的力量源泉。研究者将"新文学自创始伊始即形成、并在以后的发展中不断加剧的与传统文学精神的巨大断裂"，称为中国新文学始终艰难承受着的"无'根'之累"。② 在新文学徘徊回旋的发展中，抗日战争非正常的时代环境提供了一次反观五四、重审传统的机会。

上海和延安两地文学动用文化资源浴火重生，部分地实现了精英走向底层、先锋融入常规。古老的文学记忆以不同的方式参与了两地文学的民族化进程。以小说为例，故事的复归、诗性的融合，展现了熟悉而又陌生的文学风景线。上海文坛对市民传奇的拓展、延安对评书体的改造，都是对传统小说形式的继承；同时，部分作家以诗化语言对意象、意境的营构，又是中国诗化传统的发展。张爱玲、钱锺书、赵树理、康濯、马烽等擅长以意象描写人物、推动

---

① 〔日〕竹内好：《新颖的赵树理文学》，晓浩译，《赵树理研究文集》下卷，北京：中国文联出版公司 1998 年版，第 76 页。

② 贺仲明：《无"根"之累——中国新文学与传统文学精神关系试论》，《社会科学辑刊》1998 年第 1 期。

情节，而施济美、师陀、孙犁等热衷于意境的创设。两地文学拓展了取象范围，对意境、物象的选择广泛于生活的方方面面。不仅有传统诗词中常出现的典型意象，如月亮城墙、园林私宅、松竹兰梅、历史人物等，而且几乎涉及古今中外文化思想、日常生活各个方面。不同于传统的比兴、借景抒情、寓情于景，两地文学的意象从文人雅趣转向生活实感，并融入了西方的心理分析手法，增加了情节叙事的多重意味。如三仙姑的神案、李成娘的传家宝、寒夜里的红棉袄、水上漂着的小菱角似乎并没有脱离实际的生活空间，却有着丰富的精神内涵；而张爱玲与钱锺书多维意象群的组合，把意象的作用从写景抒情扩展到说理批判，衍生出丰富的思想意蕴。意象等传统符码具有以一当十的象征性和隐喻性，在两地阅读中有效地勾连起共同的文化遗产，成为本民族共享、异民族隔膜的文化密匙。

传统的文艺形式、语言原料是从过去走向现代的重要载体。两地文学以形式的熟悉、情感的共构，与文化传统建立了或明或暗的联系。在诉诸大众读者文化心理的同时，以本土形式语言寄寓了民族现代性的生长。竹内好评价赵树理对传统的回归说，"赵树理以中世纪文学为媒介，但并未返回到现代之前，只是利用了中世纪从西欧的现代中超脱出来"；① 而张爱玲也说，"历代传下来的老戏给我们许多感情的公式"，"它不停地被引用到""新的事物与局面上"，"传统的本身增强了力量"。②抗战背景下民族化的回归是对五四的反拨与调整，也是五四思想武器的现实运用。先锋文化只有在事后与主流文化的融合中才被确认，抗战时期的民族化过程推动了五四文学的本土化过滤和整合。

---

① 〔日〕竹内好：《新颖的赵树理文学》，晓浩译，《赵树理研究文集》下卷，北京：中国文联出版公司1998年版，第78页。
② 张爱玲：《洋人看京戏及其他》，《张爱玲文集》第4卷，合肥：安徽文艺出版社1992年版，第22～25页。

四

上海与延安两地文学在战时文学空间的调整中，对读者接受的尊重、对民间生态的融入、对文化传统的敞开，创造了民族文学的重要收获。两地文学分别启示了商业与政治两股动力对新文学大众化的推动作用。延安文学借意识形态的力量使新文学与农村底层有了接触；沦陷时空下，商业杠杆促进了上海文学的雅俗共通。精英知识分子、底层普通民众、政治意识形态诸种力量的交互运动构成了文学场的历史变迁。应该充分肯定的是，商业与政治推动新文学与普通大众结合具有历史意义，处于文化权力边缘地带的底层文化获得了一次正典化机遇，同时其赋予了正统文学以活力。

但文学通俗化、大众化和民族化并不完全等同，商业与政治推动下的大众化路向也暗含着可能的困境。商业的改造和政治的控制也会扼杀底层文化的生命力，走向表面上的大众化，实质的庸俗化。上海沦陷时期文坛曾主动进行通俗文学的自我革新，热切呼唤兼有新旧文学优点的新文艺，但一段时间下来，"合乎'通俗'条件的短篇小说收到尚少"，预期的"通俗小说"专号未能刊出①，其间出版市场的掣肘是重要的原因。在市场效益的吸引下，大部分作品在思想内容上走向感官化，形式语言的创新越来越少。谭正璧关于苏青的批评对当时整个上海文坛都有警示意义。他说："我对于苏青的大胆直爽，没有女性的扭捏是钦佩的，但是她的过多的'直言谈相'有时很使我感到肉麻。她的'直言谈相'仿佛是和味用的'辣火'，偶然用些是很够刺激的，但是如果像'四川菜'那样每菜必用，那就要辣得我们'口舌麻木'。"② 对读者感兴

---

① 陈蝶衣：《编辑室》，《万象》第 2 年第 7 期，1943 年 1 月。
② 谭正璧：《论苏青与张爱玲》，《苏青文集》下册，上海：上海书店出版社 1994 年版，第 487 页。

趣话题的反复演义，使创作的视野狭窄、风格单一。创作力的衰退，即使张爱玲也难以避免。傅雷说奇迹在中国都没有好收场，竟有一语成谶的味道。

商业化的影响使小说成为感观消费品，与世俗的妥协、创新性的缺乏是其主要弱点；正典化的过程也会使民间文艺中质疑性、谐谑性脱落。从中央苏区时期开始，革命宣传即非常重视对民谣、小调、秧歌及说书等民间艺术形式的借用和改造。颠覆性、不妥协性、讽刺性是民间艺术形式的共同特征。巴赫金指出，诙谐是民间文化的重要特征，对不合理政治统治的批判和嘲弄、对食色节庆的狂欢是民间文化的娱乐本性。抗战时期民间力量的反抗性与政治革命内在相合，在根据地文化建设过程中，革命文化不断激活民间文艺中自由自在、野性活泼的元素。当然，这也是有一定限度的。以民间诙谐的体现者丑角来说，根据地及解放区文学对此有明确限定，如周扬所说，"在森严的封建社会秩序和等级面前，丑角是唯一可以自由行动，自由说话的人物"，但"在新的社会条件下，小丑的身份已经完全改变了"[1]。

现代中国一直处于现代化滞后与民族性丧失的双重危机之中，上海与延安两地文学在民族灾难中以民族化的明显趋向进行了本土化的现代性探索。两地异质空间下对文学民族化的多元探索，不仅提供了一份弥足珍贵的战时文学记忆，而且对民族文学的发展极有反思价值。这份难得的文学经验也启发身处全球化浪潮中的我们：坚守民族文化之根，融入民间、对话世界，以民族精神的独特性表达丰富世界文化的多样性。

---

[1] 周扬：《表现新的群众的时代》，《周扬文集》第 1 卷，北京：人民文学出版社 1984 年版，第 441 页。

第三节　五四底色：抗战时期文学在
解构中沉潜

五四作为中国新文学的起点，对中国文学有着深远的影响，后世文学对五四的书写也层叠着不同历史阶段诸种因素的斑驳烙印。在讨论抗战时期文学的价值时，五四文学一直是最重要的界碑和参照。抗战时期对于五四文学民族化、大众化的论争，以及后世对于20世纪40年代文学是否偏离五四文学的质疑，都体现了对于五四传统的认识。五四所开启的"启蒙"和"救亡"的双重话题成为重要的现代文学主题，时而合鸣时而变奏，共同参与着民族文学的建构。钱理群先生指出，"如果说'五四'文学的个人性主要表现为与启蒙主义相联系的个体意识的自觉，而40年代小说则更多地表现为对战争背景下的个体生命存在的体验、关怀与探寻"，"四十年代所出现的'个体与人类本位'的文学思潮""是对'五四'的一个呼应"。① 抗战时期，在生死存亡的压力下知识分子再一次聚焦五四，以寻求民族文化的再生力量。

相对来说，抗战时期大后方和根据地对五四作为政治运动的资源挖掘、对五四文化精神的召唤，在许多文献中都可以显明地看到②；而沦陷区文学对五四思想价值的继承与反思则呈现出复杂的态势，其间的承续关系需加清理论述。梳理上海沦陷区文学与五四文

---

① 钱理群：《对话与漫游——四十年代小说研读》，上海：上海文艺出版社1999年版，第505页。
② 相关研究文章很多，如丁晓萍《抗战语境下的文化重建构想——陈铨与李长之对"五四"的反思之比较》，《中国现代文学研究丛刊》2012年第3期；周游《抗战时期中共对"五四"的纪念》，《中国文化研究》2019年第2期；熊辉《抗战诗歌与五四新诗传统》，《广东社会科学》2013年第4期。

学的承续关系，有助于排除政治决定论的影响，考察上海沦陷区文学民族化与现代化的张力关系，理解沦陷时期上海复杂文学空间对文学的辩证作用。

一般认为，上海沦陷时期日伪的严酷统治武力切断了五四新文学传统；狭窄言路下上海文学的异常繁荣被认为是畸形的、偶然的；异族统治下文学民族化的追求也被视为不可能。然而，异族高压、民族情绪、市民文化等多种话语力量的交错博弈形成了沦陷时期上海的异质文学空间，推动了理论与创作上极有文学史价值的五四重审。在沦陷时期上海文坛各种话语力量的交错博弈下，抗战时期上海小说一方面对五四经典主题、情节、人物进行了叙事解构；另一方面也在题材选择和文学接受的调整中，继承发展了五四的精神实质。这一解构与沉潜并进的过程，促进了五四先锋质素的落地生根，产生了一种既不同于中国起源，也有别于西方典范的文艺之花，展示了民族文学发展的另类经验。

一

上海全面沦陷后，对五四文学精神的承续遭逢了特殊的空间环境。从时代政治上看，日伪的统治使整个上海成为"大的监狱"，进步文人因言论控制遭到严厉打击而离沪或蛰居，新文学力量明显减弱。日伪的统治不仅武力切断了新文学的活动，而且通过对文艺宣传的控制和对"和平文学"的提倡，窄化、扭曲了留沪作家们言论的空间。当"'言'与'不言'两方面都处于不自由的状态"时，"应该说的话"与"能够说的话"严重抵牾，沦陷区作家面临"双重压力：既不准说自己想说而又应该说的话，又要强制说（不准不说）自己不想说、也不应该说的话"。[1] 文学空间中侵略与反侵略、

① 钱理群：《总序》，《中国沦陷区文学大系》（评论卷），桂林：广西教育出版社1998年版，第3页。

合作与反抗、苟且与柔韧交织出了沦陷区文学的含混面目。

五四经典话语，如自由、民主、革命等，已经没有公开言说的可能。军事管制、保甲连坐、随时封锁，使整个上海进入最为黑暗的岁月。师陀称之为"瘟疫，饥饿，两脚兽，教人忍受够了"的"古墓"①，许广平称之为让人"死一样的活着"的"大的集中营"②。丧车、覆巢、囚牢、梦魇，是沦陷文学中关于上海的常用譬喻。汪伪政府上台之初即公布的《出版法》规定所有书报杂志均为统制对象，对有抗日倾向的书局、杂志社进行查封，"在出版界实行高压统制，禁绝一切宣传爱国和抗战以及不利于汪伪政权的出版物"。③ 特别加强对知识分子的管理，对"可疑"文人进行注册、随时传讯、肆意关押，许广平、柯灵等曾被逮捕刑讯，陆蠡等则在狱中被迫害至死。平常生活中一旦有可疑活动（指反日动向），立即封锁挨户搜查。"小的事情，一两小时可以解决；大的事情，非搜查到凶犯决不解除封锁，封锁地区一切车辆都要绕道而行。……封锁区内的老百姓连买菜都不许可。"④ 张爱玲的小说《封锁》中惘惘的威胁感正是沦陷生活压抑氛围的写照。同时，日伪又非常重视文艺创作对"大东亚共荣圈"的建设意义，通过文学评奖、文学者大会竭力拉拢中国文人，加强军国主义思想对沦陷区文学的干预和渗透。两次"大东亚文学赏"的评奖、三次"大东亚文学者大会"都是侵略者重要的思想宣传战。

但是，上海沦陷区真正投靠日伪的汉奸文人毕竟是少数，史料发掘显示一些文人兼有为日伪效力和暗中抗日的复杂身份，如穆时

---

① 芦焚：《华寨村的来信》，《师陀全集》第3卷下，郑州：河南大学出版社2004年版，第656页。

② 许广平：《遭难前后》，《许广平文集》第1卷，南京：江苏文艺出版社1998年版，第23、91页。

③ 郑明武：《汪伪政权的出版业统制》，《中国出版史料》（现代部分）第2卷，济南：山东教育出版社2001年版，第276页。

④ 陈存仁：《抗战时代生活史》，上海：上海人民出版社2001年版，第206页。

英（日伪《文汇报》社长）、张善琨（中华联合制片股份有限公司总经理）等。一般文人能避则避，不能回避则表现为表面的合作。在"大东亚文学者大会"上，日本代表看到"中国人几乎什么也不听，偶尔有人听一下，多数人则读桌上的杂志或是看报纸"，倒是"中国方面有关要解决文化人生活窘迫的实质性提案很多"。① 这种消极的态度既不宜作为妥协投降来批判，也不可视为对抗斗争来高赞。应该看到，沦陷区文学与战前五四文学传统表现出一定的断裂，也与战时抗战区文学的民族呼号表现出明显的差异。

这种暧昧与混杂的精神征候，在日伪对上海发达消费文化的假借和推助中更见其复杂性，进一步改变了新文学生存的均质空间，加速了五四话语的解构。孤岛时期由于大量资金和人员的涌入，上海的文化娱乐业已经异常繁荣。日伪全面占领上海后，为安定人心、制造"王道乐土"的假象，在一度灯火管制的黑暗后要求市面一般服务行业如影院、戏院、书场、茶楼等一律照常营业，形成了戏曲、话剧、电影相对较热闹的市民消费环境。许多回忆录说到沦陷时期娱乐业畸形兴盛，"晨舞开始、跳到天光""话剧风行、卖座甚盛"。② 日伪一面严格审查国产影视、剧作，一面不断渗透表现军国思想的"国策"影剧，期望在歌舞升平中实现异族统治的文化殖民。

与此同时，上海自开埠以来逐步成长起来的新市民群体也参与了沦陷区文化的消费和创造，其间包含着顺从妥协与抗争颠覆同在的多重样态。不同于西方意义的市民阶层，中国市民群体又有"小市民"之称谓，包含了其避乱趋安、圆滑依附的性格特点，"在整个二十世纪，'上海人'和'精明'差不多成了同义词"。③ 扎根于洋

---

① 高见顺：《高见顺日记》，转引自李相银《上海沦陷时期文学期刊研究》，上海：上海三联书店2009年版，第30页。
② 陈存仁：《抗战时代生活史》，上海：上海人民出版社2001年版，第181~183页。
③ 卢汉超：《霓虹灯外：20世纪初日常生活中的上海》，段炼等译，上海：上海古籍出版社2004年版，第12页。

场文化的上海文学在沦陷时空的压抑中，更表现出拆解宏大叙事的强烈冲动，有研究者斥之为妥协的人和妥协的文。然而也应该看到，沦陷生活的苦闷却部分地筛除了市民文化在太平盛世中的浅薄和庸俗。《大众》月刊的《发刊献辞》颇有代表性地揭示了战时文学消费的趣味变化。编者宣称：在遍地烽烟的时代，深恐被责"低级趣味"，不能谈政治也不忍再谈风月。[①] 回忆录都提及当时文化娱乐的诡异繁盛与沦陷区市民的苦闷有关。著名京剧演员顾正秋回忆，孤岛直至沦陷时期"人心苦闷，市民常到各种剧场消磨时间，在剧情里寻找精神寄托。电影、话剧、平剧、绍兴戏、苏州评弹、北方大鼓、相声等等，无不广受欢迎"。[②] 而对上海沦陷时期戏剧、电影、话剧的考察也可以发现，引起热捧的都是带有民族反抗隐性主题的作品，如《秋海棠》，这与市民文化作为底层文化与生俱来的反抗性有关。作为"精神寄托"的消费文化显然不同于继承五四精神的精英抗战文学，而是一种兼具娱乐和反抗的新大众文学。这种宏大叙事间隙里的窃窃私语，是对五四启蒙语势的一种反拨，当然反拨之中的继承也更加值得注意。

二

上海沦陷区小说对五四话语的反拨，表现在对五四经典主题、情节、人物的反讽性建构。

首先，现代的时间之轴是五四叙事的潜在母题。现代中国打破日常节令的时间感，以西方线性公元纪年方式取代天干地支的循环，以非圆周式的时间系列强化了历史演进的时代感。"现代性的概念首先是一种时间意识，或者说是一种直线向前、不可重复的历史时间意识，

---

① 《发刊献辞》，《大众》创刊号，转引自钱理群《总序》，《中国沦陷区文学大系》（评论卷），桂林：广西教育出版社 1998 年版，第 4 页。

② 顾正秋：《休恋逝水——顾正秋回忆录》，上海：上海文艺出版社 1999 年版，第 54 页。

一种与循环的、轮回的或者神话式的时间认识框架完全相反的历史观。"① 小说的现代转型与现代性的时间意识有密切的关系，五四小说往往在新旧对比中宣告一个旧世界的沉没，呼唤新世界的开始。同时，也以时间节奏的运用增加小说的现代气息。"对小说叙事时间的处理"，是"鲁迅的《狂人日记》之所以石破天惊"的重要原因之一。五四小说打断自然时序，改变了从头说起的传统故事讲述方式。"对时间因素加以戏剧性地利用"，形成了现代小说特殊的审美效果。②

上海沦陷区小说也很注重时间因素的介入，但时间性场景的出现不是对情节进行时间定位，而是表现与时间无关的亘古不变。钟，是上海沦陷区小说中最频繁的物象之一。《围城》③ 中古钟的意象具有隐喻意义。它是方家"三代传家之宝"，方鸿渐的父亲是个顽固的封建守旧派，他郑重其事地把古钟送给方鸿渐，但这个旧时代的出土文物在新式小家庭中充满荒诞的意味。小说揶揄地写："这只钟走得非常准……每点钟只走慢七分。"祖传的老钟已没有计时的功能，却"从容自在地"细数着岁月的流逝。张爱玲《倾城之恋》中也象征性地写白公馆执着地用着老钟，"他们的十点是人家的十一点"。师陀的《果园城记》中孟林太太家"放在妆台上的老座钟""忘记把它的发条开上，它不知几时就停摆了"。作者们写到这些人家"其实用不着时钟"，时间在这些小城、这些旧家"是多长并且走的是多慢啊"。正如《围城》中所说，时光"对家乡好像荷叶上泻过的水，留不下一点痕迹"，五四所激起的思想涟漪并未带来旧世界的根本变

---

① 汪晖：《韦伯与中国的现代性问题》，《汪晖自选集》，桂林：广西师范大学出版社1997年版，第2页。

② 陈平原：《中国小说叙事模式的转变》，上海：上海人民出版社1988年版，第37～61页。

③ 《围城》1947年初版，杨绛在《记钱钟书与〈围城〉》中明确指出"《围城》是沦陷在上海的时期写的"。

革。这些小说颠覆了《狂人日记》所掀起的"犹如久处黑暗的人们骤然看见了绚丽的阳光"① 的震惊体验。

其次，上海沦陷区小说线性现代观的解构，必然带来新旧、中外二元对立思想的瓦解，这较为突出地表现在离家出走情节模式的改变。五四小说对封建文化的批判首先从对家庭的叛逆开始。第一篇白话小说《狂人日记》即"意在暴露家族制度和礼教的弊害"②，五四的产儿巴金以一部《家》"向一个垂死的制度叫出……I accuse（我控诉）"③。家，成为五四批判中罪恶的渊薮、专制的牢笼。在时代激流的鼓荡下，中国家庭的孝子贤孙叛逆宗族离家出走，走上街头、走向旷野，是 20 世纪二三十年代家庭小说的典型景观。

然而，正如巴金对"家"爱恨夹杂的复杂情思（他在《家》十版序中指出人们关于《家》的自传说是误解），五四家族批判更多是时代心理的一种宣泄。巴金对"家"的真诚改写、当时读者对《家》的真诚误读，来源于对几千年封建专制文化的反抗冲动，"对家庭的种种微词与抨击，不能不是一种文学上的夸张修辞手法"。④到了抗战时期，民族战争背景使家庭、家族成为情感归依的重要指向，家族文化也成为文艺宣传凭借的传统资源。与五四时期的"出走"、抗战区的"回家"情节模式不同，上海沦陷区小说深入家庭生活的内部对传统家族制度进行了理性的分析。其中，着重表现了腐朽家族制度对全体家庭成员的精神戕害。小说以"祖"的虚弱、"父"的缺席、"母"的变态、"子"的孱弱，表现传统家族的溃败，以荒村、废园、弃宅等家园意象表现无所归依的乱世心态。张爱玲

---

① 雁冰：《读〈呐喊〉》，严家炎编《二十世纪中国小说理论资料》第 2 卷，北京：北京大学出版社 1997 年版，第 321 页。

② 鲁迅：《〈中国新文学大系〉小说二集序》，《鲁迅全集》第 6 卷，北京：人民文学出版社 1981 年版，第 238 页。

③ 巴金：《〈家〉十版代序》，《巴金论创作》，上海：上海文艺出版社 1983 年版，第 104 页。

④ 陈思和：《人格的发展——巴金传》，上海：上海人民出版社 1992 年版，第 30、31 页。

《传奇》再版的封面艺术化地表现了对传统家族进行理性审视的愿望。张爱玲说："借用了晚清的一张时装仕女图，画着个女人幽幽地在那里弄骨牌，旁边坐着奶妈，抱着孩子，仿佛是晚饭后家常的一幕。可是栏杆外，很突兀地，有个比例不对的人形，像鬼魂出现似的，那是现代人，非常好奇地孜孜往里窥视。"[①] 画的主体是晚清仕女图的日常生活，而现代人的隔栏窥视破坏了本来的稳定，以现代的审视代替情绪的宣泄进行家族衰落的内因剖析。

上海沦陷区小说中的家庭景观新旧杂陈、半土半洋，"坐在热水管烘暖的客堂里念佛"就是一种直观化的描写。古董和洋物共处既是特殊时代的投影，也暗示新旧承接并非简单、断然的过程。张爱玲喜欢表现新旧参差产生的不伦不类感：《沉香屑 第二炉香》写美式建筑中陈列着鼻烟壶、观音像；《留情》写冰箱、电话、报纸与烟榻、古董并置；《茉莉香片》中聂家的网球场多半晾满了衣服，天暖的时候用来煮鸦片。钱锺书讽刺了中西杂混在语言中留痕，说"中国话里夹无所谓的英文字""好比牙缝里嵌的肉屑"。这些都是新旧交锋的遗留物，表现在家庭关系的描写上不再是五四常见的父子冲突。"在'五四'文本里，父子对抗事件几乎是一个不变的常数，家庭就是演绎这组对立的文化语码的最佳场所。"[②] 而沦陷时期的《金锁记》中曹七巧从受害者到施虐者，自身没有反抗也未遭遇子女的反抗，母与女一起在封建压制和人性扭曲中"走进没有光的所在"；《茉莉香片》中传庆父子的紧张关系没有以儿子的出走作结，反倒是儿子在对父亲的痛恨中发现自己从外形到举止都酷肖父亲。"他（儿子）深恶痛嫉那存在于他自身内的聂介臣（父亲）"，这种叛逆者与被叛逆者血脉相连的关系，更加深刻地表现了现代与传统的纠缠扭结。

---

① 张爱玲：《有几句话同读者说》，《张爱玲文集》第 4 卷，合肥：安徽文艺出版社 1992
年版，第 259 页。
② 倪婷婷：《"非孝"与"五四"作家道德情感的困境》，《文学评论》2004 年第 5 期。

最后，对新旧更迭的复杂认识也必然带来上海沦陷区小说对五四经典形象的重塑。新青年和女学生是五四文学中最具影响力的形象，充分承载了五四青春文学的创造性、破坏性和先锋性。在以《新青年》为中心的话语场中，青年学生作为新思想的目标受众转而成为破旧立新、反对封建的动力，成为新文化的化身。《家》中觉慧作为反封建激流的原动力，具有重要的时代意义。而女学生的形象常常与废缠足、剪发、自由恋爱等革新事件相连，负荷着当时知识分子对理想现代女性的想象。五四对新青年和女学生的形象建构使新文化的影响变得具体可感，推进了现代观念在普通人群中的扩散，成为五四话语的重要载体。

然而，正如新文化运动的实际情形一样，新青年和女学生又往往是被启蒙者的身份。《新青年》第1卷封面是一排青年学生受教于各业导师的构图，蕴含着那个时代对新青年的期许。而女学生的塑造中多杂以易卜生剧作、雪莱诗歌等的明显影响。师生关系、中外关系、男女关系暗含在关于新青年、女学生的五四叙事中，使得着力于激情灌注的启蒙宣传缺少双向的对话和理性的反思，特别是对启蒙和启蒙者本身的反思。即使是《伤逝》，其中男启蒙者对话语、对情感的主导，都是非常明显的，而鲁迅对涓生男性视角忏悔的反观也是模糊的。

上海沦陷区小说则塑造了大量留学生的形象，恰与五四时不少新文学主将的经历相近。作为新儒林外史的《围城》更准确地说是一部留学生形象大观，张爱玲小说中活跃于沪港两地的大半也是留学生、混血儿。小说一反五四叙事中留学生启蒙者的角色定位，写这些血统上或文化上的"混血儿"无一例外都不是两种文化培育出来的时代精英。西洋文化装扮了他们放浪不羁的外形，骨子里仍是本土文化的变种。《围城》中方鸿渐说："海通几百年来，只有两件西洋东西在整个中国社会里长存不灭。一件是鸦片，一件是梅毒。"

这种浮夸的说辞部分揭示了现代不是简单的移植，文化的再生需要去芜存菁，防止谬种流传。方鸿渐生活上处处陷于进退失据、自我萎缩的境地，正是其文化上无所归依的显现。张爱玲小说以几桩"涉外"的恋爱故事，写外来因素对本土困境的无能为力。《金锁记》中的童世舫是个德国留学生，他的出现是长安暗无天日生活中的一线希望。但是长安终不是他怀念的、"幽娴贞静的中国闺秀"，最后只能完全陷入绝望。川娥（张爱玲《花凋》）不美丽、不出众，她在拥挤的家庭中总被忽略，而章云藩这个留学生短暂的善意也无法挽救女人花的凋谢。正如《围城》开头对留学生归来的嘲弄一样，满口 ABC 的"假洋鬼子"无法实现中华民族的救亡图存，一点西方思想的皮毛也无法解救时代的危困。

这些留学生形象已经全无铁肩担道义的精神导师光环，作家们还进一步揭开了他们身上的怯懦与自私。张爱玲在《红玫瑰与白玫瑰》中揭示中国式"好男人"的白日梦。振宝们作为"最合理想的中国现代人物"虽受新思潮影响，却无法摆脱旧观念的钳制。这些"下决心要创造一个'对'的世界"的伪君子，只能在胡混和眼泪中伤悼爱情，为了躲避真爱及时地生场病、因为旧情偶尔涕泗奔流一下是有的，却不可能与旧的生活断然决裂。张爱玲以辛辣的笔墨脱去了五四恋爱故事中的激情与勇猛，讽刺了男性主人公的苟且与虚荣。张爱玲在《留情》中更是以老夫少妻的第二次婚姻对恋爱婚姻中的一切浪漫虚饰进行了拆解。小说中的米先生和敦凤都非绝情之人，但两人相敬如宾中客气得极为生分。整个文本中"冷"字出现频率极高，家里冷、街上冷、天气的冷、器物的冷、神色的冷、心底的冷，冷笑冷眼，如侵脊背，令人生寒。热热闹闹的相聚、相跟相随的同行，心理的空间却空空荡荡、无处归依。小说开头写"十一月里就生了火"，还只是微寒；结尾说"生在这世上，没有一样感情不是千疮百孔的"，则是彻骨的悲凉了。

上海沦陷区小说描写女学生的命运更少了浪漫之词。张爱玲说："中国人从《娜拉》一剧中学会了'出走'。无疑地，这潇洒苍凉的手势给予一般中国青年极深的印象。"① 这里显然对"娜拉"虚妄的魅惑力进行了微讽。师陀的《马兰》开始于女学生与男教师的恋爱故事，但偏狭的乔式夫最后遭到了马兰的反叛。小说不仅揭开了爱情的面纱，也质询了启蒙的实质。"一个孩子要糖，你给他黄连，他就高兴了吗？一个女孩子要爱，你用爱情做幌子让她革命"，小说表现了启蒙与革命的严重错位，具有一定的时代意义。

在战时上海，女性自由已不再存在于男性导师的启蒙中，沦陷生活更增加了女性谋生与谋爱的艰难。予且说"人生最大的目的，就是求生"，这话尤其指的是女性。他的《浅水姑娘》写一群女学生的婚恋故事，写她们不同的生活状况、不同的生活遭际，却相同地失望于婚姻和人生。予且的"七女书"系列以几个女性的不同生存经历表现了婚姻家庭中所渗入的交易关系。小说中，家不是女性生存的避难所，而是男男女女钩心斗角相互博弈的战场。张爱玲的《沉香屑 第一炉香》写恋爱、婚姻之外的另一种男女关系，进一步挑战着传统道德底线。小说详写女学生葛薇龙走向堕落的几个关节点，剖析了女性更为隐幽、更为普遍的人性之伤。

三

柯灵说："日本侵略者和汪精卫政权把新文学传统一刀切断了，只要不反对他们，有点文学艺术粉饰太平，求之不得，给他们什么，当然是毫不计较的。"② 这段不断被引用的话，只是强调了张爱玲走红

---

① 张爱玲：《走！走到楼上去！》，《张爱玲文集》第 4 卷，合肥：安徽文艺出版社 1992 年版，第 73 页。

② 柯灵：《遥寄张爱玲》，《张爱玲文集》第 4 卷，合肥：安徽文艺出版社 1992 年版，第427 页。

"千载一时"的偶然性，很大程度上忽略了上海沦陷区文学的另一种现代性价值。实际上，上海沦陷区小说对五四书写的解构，与隔绝时空下必然的题材选择、文学接受有关。沦陷时期的上海文坛由大众媒介的推动关注于现实生活、民族传统，实现了五四人文精神的本土化沉潜。

其一，上海沦陷区小说题材上的日常生活转向促进了五四精神的深入。文学题材的选择在言路狭窄的沦陷区一度是个敏感话题。1940年《中华日报·文艺》出于对"和平文学"的推动作过"我们写什么"的征文，对这一带有明显政治用意的诱导上海作家应者甚少。1944年《杂志》组织"我们该写什么"的讨论，谭正璧、石木、张爱玲等提出"在这个非常的时代里，个人的苦闷就是大众的苦闷，也就是整个时代的苦闷"，文学应"抓取大时代的各个小角落里的具体事实"，写"恋爱结婚，生老病死，这一类颇为普遍的现象"。[①] 显然，这些讨论对题材日常生活化的提倡有着特殊的意味，是对民族文学生存、发展可能限度的一种探索。

日常生活的重新发现，一方面是威权体制下规避检控与迫害的隐性书写，另一方面也是非人生活的记录，在当时的沉寂中具有精神食粮的交流价值。战时的压抑包括生命的危险、生存的艰难，还包括新闻封锁带来的内心惶恐。这些具体语境使这一时期的创作不同于五四的青春书写，而是在朝不保夕的动荡中透出人生的苍凉意味，从而在思想上也将"人"的发现从个体尊严、权利等精神层面的诉求推向更为基本的生存问题。在对沦陷区散文与五四散文的比照中，研究者指出，"同是'个人的文学'"，"但二者之间也存在着并非不重要的区别"："五四时期散文中的'个人性'是以五四思想启蒙运动为其背景与动因的，主要表现为一种个体意识的觉醒；而

① 《我们该写什么》，《杂志》第13卷第5期，1944年。

20 世纪 40 年代沦陷区的散文则是战争背景下对于个体生命存在的关怀与探寻，并由此而获得了一种特殊的价值。"① 日常生活的书写不同于"为人生""为艺术"的文学，在解构理想主义、浪漫主义的过程中将人性的解剖引向了深入。

日常生活的重新发现，也伴生了不同于五四的新创作观念。张爱玲明确拒绝时代纪念碑式的作品。这一过程中，尤其催生了与软性文学相适应的女性作家群的成长。女性自我书写的开始，将"男女平等"的空泛呼吁引到关注性别差异、女性本体的细部。这些挣脱于男性支配地位的视角，才有可能带来女性意识的真正觉醒。这本来应是五四启蒙的题中之义，却只能在男性启蒙退出场域中心之后才能实现。

关注个体、关注生存、关注弱势，将五四的个性主义从民族国家、社会政治的话语范畴中解放了出来，同时又与民族、与文化的宏大话题紧密相连。这些生活书写"尽管对于大多数沦陷区的作家来说，是出于生命的直觉……但因为其对'战争'中人的生存困境的特殊关注，而同样成为一种'时代的艺术'"。② 这些战时"实录"也是一种民族化的反侵略书写，却根本性地避免了抗战区文学的公式化倾向，一定程度地改变了与抗战主旋律伴生的文学之贫困。当然，其中隐忍与顺从的含糊也是上海沦陷区小说良莠不齐的重要原因。

其二，上海沦陷区小说文学接受上的大众化、民族化促进了五四精神的流布和生根。研究者对五四文学的批评集中于文学接受上，认为"中国现代一部分作家曾力求以'写大众'实现'为大众'"，

---

① 谢茂松、叶彤、钱理群：《普通人日常生活的重新发现》，《北京大学学报》（哲学社会科学版）1996 年第 1 期。
② 钱理群：《总序》，《中国沦陷区文学大系》（评论卷），桂林：广西教育出版社 1998 年版，第 5 页。

但在'为大众'与'写大众'之间，在'写大众'与'被大众'读之间，潜存着深刻的矛盾"。① 新文学与底层大众之间的"厚壁障"在上海沦陷时期被打破了，大众化成为此时文学的生存法则。因为与日伪无涉的杂志都基本依靠商业维系，许多作家也是卖文为生。在生产停顿、物价飞涨、纸张被统制的沦陷区，要杂志不短命、要作家不饿死，文学的流通显得极为重要。

文学的生存境况使大众化成为必须，但真正的大众化还不同于庸俗、媚俗。上海沦陷区的"通俗文学运动"和"新文艺腔"讨论进一步推动了雅俗文学的精神合流，使大众化深植于民族化之中。1942 年《万象》杂志推出两期"通俗文学运动"专号，刊载了陈蝶衣的《通俗文学运动》、胡山源的《通俗文学的教育性》等六篇理论文章，并大力倡导"兼采新旧文艺之长"的"新的文艺之花"。② 1943 年《杂志》开展"新文艺写作问题笔谈"，加之笔谈前后发表的哲非、李默等人的文艺批评，共以十几篇文章集中探讨了新文艺的内容和形式问题。这些讨论以巴金的《家》等五四文学为标靶，既批判新文学因欧化的"怪腔"与中国文化传统的隔绝，也强调通俗文学应增强现实的关怀。归结起来看，通俗文学"通于俗"的内在特性在时代意识的规范下有了从俗入雅的可能，新文学去除语言形式的隔膜也有了赋予现代哲思本土风味的思路。

《万象》和《杂志》这两份在当时上海文坛具有支配力量的杂志，关于民族文学构想的双向汇流，是市场营销目的下对社会阅读心态的积极反应，同时对沦陷时期小说创作起着一定的引领作用，是一种复兴民族文化、重建民族文学的努力。现代质素，是五四文学的革新价值，它最多地转运了外来的新文化，但如李长之所指出的，五四"只

① 刘纳：《通俗文学不是文学的通俗化》，《从五四走来》，福州：福建教育出版社 2000 年版，第 133～134 页。
② 曹聚仁语，转引自陈蝶衣《通俗文学运动》，《万象》第 2 年第 4 期，1942 年 10 月。

是启蒙。那是太清浅，太低级的理智，太移植……而且和民族的根本精神太默然了！"① 在沦陷时期，上海文学对新旧文学的双向审视都植根于市民文化的主体，以市民性融合民族话语、外来文化，是上海沦陷区小说的精神内核。小说形式上也体现为故事性与哲理性、传奇化与反高潮等新旧雅俗元素上的沟通。正如张爱玲谈《倾城之恋》的创作，"除了我所要表现的那苍凉的人生的情义，此外我要人家要什么有什么"，其中包括"一个动听的而又近人情的故事"。② 现代意味在通俗故事的本帮话语中"软着陆"，正是上海沦陷区优秀小说的叙事策略，而其中对人的关照和探究是其区别于旧小说、通俗小说的精魂，这恰是五四的精神实质。

抗战时期文学研究的专家黄万华说："我一直注意到 20 世纪中国文学史中有种现象，那就是处于'民族化'中心话语状态的往往失落了民族性。当民族化直接被用于推进文学大众化、抗衡全球化（西化）等现实目的时，当民族化跟现代化一样被当作一种目标来追求时，民族（传统）性提升的过程往往被忽略了，结果反而会有民族性的某种失落。"③ 上海沦陷区小说显示了民族化与大众化互为因果的复杂关系，而民族化、大众化过程中警惕现代性的失落尤其重要。上海沦陷区小说以五四的批判精神重审五四，是其独特的继承方式。以张爱玲来说，她毕生的创作都在拒绝五四的大合唱，她把五四比作"大规模的交响乐"，"浩浩荡荡""冲了来，把每一个人的声音都变了它的声音"。④ 但是，张爱玲也深情承认，"像'五四'

---

① 李长之：《迎中国的文艺复兴 自序》，《李长之文集》第 1 卷，石家庄：河北教育出版社 2006 年版，第 5 页。

② 张爱玲：《写〈倾城之恋〉的老实话》，《张爱玲文集·补遗》，北京：中国华侨出版社 2002 年版，第 234 页。

③ 黄万华：《"边缘"切入和"断奶"之痛》，《暨南学报》（哲学社会科学版）2005 年第 5 期。

④ 张爱玲：《谈音乐》，《张爱玲文集》第 4 卷，合肥：安徽文艺出版社 1992 年版，第164 页。

这样的经验"如"民族回忆"一样，"无论湮没多久也还是在思想背景里"。① 上海沦陷区小说在解构五四的过程中，恰使用着五四的思想武器。民族化与现代化、地域化与全球化，常常被认为是方向相反的两个过程。其实，"'五四'和抗战都是决定和改变了现代中国社会和文学的重要时段，五四文学创造了现代文学思想和语言主体，抗战文学则推动了现代文学的现代转型，并成为文学的国家政治形态"。② "启蒙"与"救亡"，在解构中沉潜、以常态化合先锋，历史的复杂正在于其异向迸发、多元共存的包容和交流之中。

---

① 张爱玲：《忆胡适之》，《张爱玲散文全集》，郑州：中原农民出版社 1996 年版，第288 页。
② 王本朝：《民族国家与抗战文学的现代性问题》，《文艺争鸣》2020 年第 7 期。

结语
回望1945：再谈抗战的文学史价值

　　抗战时期文学的研究告一个段落，笔者最后还想提示人们把目光停留在 1945 年。1945 年，是中国现代文学史上极为重要却未得到充分重视的文学年份。抗战及抗战胜利在文学史中的价值有望被进一步总结。让我们从历史的记录中回到 1945 年的文学空间中。

　　1945 年，**是从艰难走向光明的一年**。1945 年 1 月 1 日，延安《解放日报》发表的《争取胜利早日实现》的新年献词称，过去的一年"是反法西斯战争决定意义的转变的一年"，"是中国战场上重大变化的一年"。① 1945 年 8 月 15 日，日本无条件投降，《大公报》以黑色超大字号打出"日本投降矣！"蒋介石在重庆中央广播电台发表演说，宣告中国抗战的胜利。在延安，《解放日报》记者记录了《狂欢之夜》的喜悦与兴奋，"全市轰动，万众欢腾，街上张灯结彩，国旗飘扬"，"晚间东南北各区到处举行火炬游行，全市灯火辉煌，欢呼声从各处发出；霎时，鼓乐喧天，无数火炬照亮山岭河畔"。② 胜利、成功、庆祝、欢呼、狂喜、游行、自由、回家、团聚，

---

① 《争取胜利早日实现》（一九四五年一月一日《解放日报》新年献词），《建党以来重要文献选编（1921~1949）》第 22 册，北京：中央文献出版社 2011 年版，第 1~2 页。

② 《狂欢之夜——延安市人民庆祝日寇投降举行火炬游行速写》，《新华社记者笔下的抗战》，北京：新华出版社 2005 年版，第 205 页。

成为中国人罹难十几年的朴素情感和迫切愿望。

然而，1945 年，也是既混乱又迷惘的一年。决战、饥荒、霍乱、黑市、货币战争、抗战夫妻、接收大员、清查违禁等，这些 1945 年的热词，每一个都包含着一串触目惊心的数字和令人泪下的故事。叶圣陶 1945 年 8 月的日记中除记录了短暂的胜利喜悦外，"霍乱""出殡""黑市""审查制度""百端待理"等多见笔端，叶圣陶认为，"去长治久安，民生康乐，为期固甚远也"。在胜利前的 8 月 13 日，叶圣陶记录着"人心大不安定"的种种："营投机生意者，因物价惨跌，惶惶不可终日，甚有损失至于破产，因而自杀者。与政界接近者，当此之际，皆思四出活动，谋得一新地位。"14 日则言"今届胜利之日，投机者有失望之感，丧利者有痛惜之感，而有心人则有沉重之感"。① 面对种种乱象，仍是《大公报》在胜利一个多月后仍加"！"发表社论——"莫失尽人心！"② 来苦口婆心地奉劝国民党政府。巴金创作于胜利前、完稿于胜利不久的《寒夜》很有代表性地写道，"胜利日，欢笑日"，"在大街上人们带着笑脸欢迎胜利游行的行列。飞机在空中表演，并且散布庆祝的传单。然而在汪文宣的屋子里却只有痛苦和哭泣"，"最后他断气时，眼睛半睁着，眼珠往上翻，口张开，好象还在向谁要求'公平'。这是在夜晚八点钟光景，街头锣鼓喧天，人们正在庆祝胜利，用花炮烧龙灯"。《寒夜》中小职员汪文宣正好死于胜利日，富有节点性地昭示 1945 年之后，民族解放之外的更多话题将回归到文学表达中，而经历了抗日战争之后，个体与民族、启蒙与革命、民族化与现代化将会在新的层面上辩证展开。

1945 年是一个胜利与屈辱、希望与失望、死亡与复兴交错的年份，也是文学界大迷惘、大丰收的年份。关于这一年份特殊文学史

---

① 叶圣陶：《叶圣陶集》20，南京：江苏教育出版社 2004 年版，第 428 ~ 434 页。

② 王芸生：《莫失尽人心！》，《王芸生》，北京：人民日报出版社 1995 年版，第 118 页。

价值的研究已逐步展开，产生了一些卓有见识的成果。① 文学出版情况的统计显示，全面抗战爆发后的 8 年中文学期刊的创刊数达 2030种，每年占整个中文刊物的 20% 以上，文学书籍的出版量是前一个十年近两倍，尤其是抗战胜利后的 1946 年是整个晚清民国时期小说书籍出版种数最多的一年。② 1946 年 1 月，作为 20 世纪 40 年代最重要的文学杂志之一的《文艺复兴》创刊，刊名概括了这一年的文学气象。为了"捐起'文艺复兴'的大纛"，"承受所有物质精神的双重的波折"③，努力出刊 22 期，至 1947 年 11 月停刊。编者想要为新的中国的文学动向、为中国的文艺复兴尽一份力，慧眼识珠，陆续刊载了一批优秀的作品，小说有巴金的《第四病室》（因故未完）、《寒夜》，李广田的《引力》，钱锺书的《围城》，师陀的《三个小人物》，汪曾祺的《小学校的钟声》《复仇》，以及其他重要的诗作、评论等。1945 年至第一次文代会的召开前夕，抗战之后的文坛经迷惘、复苏、整理，最后才呈现新中国文学的新秩序。

1945 的转折意味，在许多作家的微观研究中可以得到进一步理解，有待聚焦于此继续研究。

老舍的 1945。

1945 年，老舍 46 岁，正在全力创作《四世同堂》。他希望这部小说"成为从事抗战文艺的一个较大的纪念品"，他已进入第二部《偷生》的写作。这一年，老舍"身体特别坏"，"年初""生了个女娃娃"，"睡得不甚好，又患头晕"；"春初，又打摆子"；"秋间，患

---

① 如李晓晓《一九四五：傅雷杂文创作的生成、选择与去向》，《现代中文学刊》2021年第 6 期；安平、于淼《1945 年东北文艺期刊〈大众〉创刊号研究》，《当代作家评论》2021 年第 4 期；李斌《郭沫若 1945 年对苏联的观察与思考》，《文艺理论与批评》2018 年第 4 期；丁婕《1945—1949，平津地区文学期刊的向"左"转》，《湖南工业大学学报》社会科学版 2013 年第 2 期；等等。

② 邓集田：《中国现代文学的出版平台——晚清民国时期文学出版情况统计与分析（1902—1949）》，华东师范大学 2009 届博士学位论文。

③ 李健吾：《编后》，《文艺复兴》1 卷 3 期，1946 年 4 月 1 日。

痔，拉痢"，"简直不是写东西，而是玩命！"1946 年，老舍结束抗战回忆录《八方风雨》，带着"茫茫何处话桑麻"的心情远赴美国成就"一代文章千古事"，写作完成《四世同堂》《鼓书艺人》，但完整的中译本却散落在外。① 近年，对于《四世同堂》散佚部分的回译、修复，可以一窥老舍在抗战胜利之后对战争与和平、对做诗人还是做战士的思考。

穆旦的 1945。

1945 年，穆旦 27 岁。"这一年穆旦写诗 25 首，多收入他的诗集《穆旦诗集 1939—1945》（1947 年出版）和《旗》（1948 年出版）中，有的当年发表在文学刊物和报纸，如《诗文学》（《被围者》），有的作品在次年或隔年发表在以下报刊：《益世报·文学周刊》（《退伍》《旗》《给战士》《野外练习》《一个战士需要温柔的时候》《打出去》《奉献》《反攻基地》，1947 年发表）《大公报·文艺》（天津版，《春天和蜜蜂》《海恋》《甘地》1947 年发表）《文艺复兴》（《七七》《先导》《农民兵》《森林之魅》，1946 年发表）《文学杂志》（《森林之魅》1947 年二度发表）。"② 这一年，被称为穆旦公开自如写诗的年份；这一年，穆旦以诗歌思考战争、思考死亡；这一年，穆旦对新诗现代化的探索本意"等待后世的某个人来探视"。很有意思的是，确乎在穆旦诞辰百年后的今天，诗人穆旦引起了热潮。

沈从文的 1945。

1945 年，沈从文 43 岁。1945 年前后沈从文发表了颇受争议的《看虹摘星录》和极为晦涩的《七色魔》，引起文坛批评。沈从文在大后方、在大学校园、在乡野郊外，将对"情感"、对"偶然"、对

---

① 老舍：《老舍自传》，南京：江苏文艺出版社 1995 年版，第 208～210 页。
② 陈卫：《公开与秘写：读穆旦诗歌——以 1945 和 1976 年的诗为例》，《文学与文化》2016 年第 4 期。

"虚空"的思索引向了哲学的深邃之中。这很不合时宜，但他希望"用一支笔来好好的保留""最后一个浪漫派在二十世纪生命取予的形式"。这些玄想在《水云》等作中时而掘进一定的深度，时而陷入一种迷茫。1945 年 9 月 9 日，是日本投降后沈从文的结婚纪念日，沈从文这一天写完了小说《主妇》。这篇小说带有极强的写实性，开头回忆八年前的轰炸和胜利日的欢呼之后，便"在北方入秋特有的阳光"里细数家庭生活的"叙事诗"，检讨自己的"弱点"，自省"我的笔若再无节制使用下去。即近于将忧郁和狂热扩大延长"。这一篇小说可以看作沈从文自我思想和创作在抗战胜利后的一个小小清理，是新的创作攀升的开始。然而，回京之后的《断虹》只写了一个引言，《虹桥》也未完成。天地玄黄，对于沈从文而言，20 世纪 40 年代最后几年的外部世界和内心世界都不平静。沈从文并未成功理出 1945 年即将开启的民族国家叙事、湘西地方写作和自我抒写的新头绪。但是，1945 年沈从文的思索仍然具有研究价值。

……

在中国文学史中检索"1945"，常出现"终结"一词，如"京派的式微与终结""自由主义文学理想的终结"等。这个年份预示着一种结束与开始，抗日战争结束之后，文学空间到底发生了怎样的变化？文学怎样由一个百废待兴、百舸争流的多种可能性走向了新的规范和秩序？洪子诚作中国当代文学生成研究时指出，中国当代文学应前溯到"从 1945 年"，"就是抗战结束开始"。

这是回望 1945 年的意义，也是抗战之于中国新文学史的价值。

参考文献

一 作品、文献、论著

〔匈〕阿格妮丝·赫勒:《日常生活》,衣俊卿译,重庆:重庆出版社 1990 年版。

〔美〕埃德加·斯诺:《红星照耀中国》,董乐山译,重庆:新华出版社 1984 年版。

艾克恩编《延安文艺回忆录》,北京:中国社会科学出版社 1992 年版。

〔英〕艾勒克·博埃默:《殖民与后殖民文学》,沈阳:辽宁教育出版社、牛津大学出版社 1998 年版。

〔英〕安东尼·吉登斯:《民族—国家与暴力》,胡宗泽、赵力涛译,北京:生活·读书·新知三联书店 1998 年版。

《巴金全集》,北京:人民文学出版社 1994 年版。

〔法〕白吉尔:《上海史:走向现代之路》,王菊等译,上海:上海社会科学院出版社 2005 年版。

〔美〕白修德、贾安娜:《中国的惊雷》,端纳译,北京:新华出版社 1988 年版。

包亚明主编《现代性与空间的生产》,上海:上海教育出版社 2003 年版。

〔美〕保罗·康纳顿：《社会如何记忆》，纳日碧力戈译，上海：上海人民出版社 2000 年版。

〔美〕本尼迪克特·安德森：《想象的共同体：民族主义的起源与散布》，吴叡人译，上海：上海人民出版社 2003 年版。

卞之琳：《地图在动》（旧作重刊），《散文钞：1934～2000》，合肥：安徽教育出版社 2007 年版。

《卞之琳文集》，合肥：安徽教育出版社 2002 年版。

〔日〕柄谷行人：《日本现代文学的起源》，北京：生活·读书·新知三联书店 2003 年版。

蔡翔等：《空间、媒介和上海叙事》，上海：上海大学出版社 2013 年版。

陈存仁：《抗战时代生活史》，上海：上海人民出版社 2001 年版。

陈平原：《中国小说叙事模式的转变》，上海：上海人民出版社 1988 年版。

陈青生：《抗战时期的上海文学》，上海：上海人民出版社 1995 年版。

陈言：《忽值山河改：战时下的文化触变与异质文化中间人的见证叙事》，北京：中央编译出版社 2016 年版。

〔瑞典〕达格芬·嘉固：《走向革命——华北的战争、社会变革和中国共产党 1937—1945》，杨建立等译，北京：中共党史资料出版社 1987 年版。

戴光中：《赵树理传》，北京：北京十月文艺出版社 1987 年版。

〔美〕杜赞奇：《文化、权力与国家——1900—1942 年的华北农村》，王福明译，南京：江苏人民出版社 1996 年版。

段从学：《“文协”与抗战时期文艺运动》，北京：北京大学出版社 2012 年版。

范伯群：《中国现代通俗文学史》，北京：北京大学出版社 2007

年版。

范智红：《世变缘常——四十年代小说论》，北京：人民文学出版社 2002 年版。

房福贤：《中国抗日战争小说史论》，济南：黄河出版社 1999 年版。

费孝通：《乡土中国 生育制度 乡村重建》，北京：商务印书馆 2015 年版。

〔美〕费正清、费维恺编《剑桥中华民国史》，北京：中国社会科学出版社 1994 年版。

冯崇义：《国魂，在国难中挣扎——抗战时期的中国文化》，桂林：广西师范大学出版社 1995 年版。

〔美〕傅葆石：《灰色上海，1937—1945 中国文人的隐退、反抗与合作》，张霖译，北京：生活·读书·新知三联书店 2012 年版。

傅学敏：《1937—1945：国家意识形态与国统区戏剧运动》，北京：中国社会科学出版社 2010 年版。

〔美〕耿德华：《被冷落的缪斯——中国沦陷区文学史（1937—1945）》，张泉译，北京：新星出版社 2006 年版。

〔美〕哈里森·福尔曼：《北行漫记》，陶岱译，北京：新华出版社 1988 年版。

贺照田主编《颠踬的行走：二十世纪中国的知识与知识分子》，长春：吉林人民出版社 2004 年版。

〔德〕洪堡特：《论人类语言结构的差异及其对人类精神发展的影响》，北京：商务印书馆 2009 年版。

黄科安：《延安文学研究》，北京：文化艺术出版社 2009 年版。

黄万华：《史述与史论：战时中国文学研究》，济南：山东大学出版社 2005 年版。

〔美〕黄心村：《乱世书写：张爱玲与沦陷时期上海文学及通俗文化》，胡静译，上海：上海三联书店 2010 年版。

〔法〕加斯东·巴什拉：《空间的诗学》，张逸婧译，上海：上海译文出版社 2009 年版。

姜进等：《娱悦大众：民国上海女性文化解读》，上海：上海辞书出版社 2010 年版。

〔美〕杰克·贝尔登：《中国震撼世界》，邱应觉等译，北京：北京出版社 1980 年版。

解志熙：《摩登与现代——中国现代文学的实存分析》，北京：清华大学出版社 2006 年版。

金宏达、于青编《张爱玲文集》，合肥：安徽文艺出版社 1992 年版。

靳明全主编《大后方抗战文学的农村书写》，成都：巴蜀书社 2012 年版。

《康濯小说选》，长沙：湖南人民出版社 1984 年版。

《抗日战争时期延安及各抗日民主根据地文学运动资料》，北京：知识产权出版社 2010 年版。

《抗日战争时期延安及各抗日民主根据地文学运动资料》，刘增杰等编，太原：山西人民出版社 1983 年版。

《孔厥短篇小说》，北京：人民文学出版社 1982 年版。

〔英〕拉纳·米特：《中国，被遗忘的盟友：西方人眼中的抗日战争全史》，蒋永强等译，北京：新世界出版社 2015 年版。

蓝海（田仲济）：《中国抗战文艺史》，北京：现代出版社 1947 年版；济南：山东文艺出版社 1984 年版。

《老舍全集》，北京：人民文学出版社 2008 年版。

《老舍文集》，北京：人民文学出版社 1986 年版。

〔美〕勒内·韦勒克、奥斯汀·沃伦：《文学理论》，刘象愚等译，北京：文化艺术出版社 2010 年版。

李道新：《中国电影史（1937—1945）》，北京：首都师范大学出版社 2000 年版。

《李广田文集》，济南：山东文艺出版社1983年版。

李建平、张中良主编《抗战文化研究》，桂林：广西师范大学出版社。

〔美〕李欧梵：《上海摩登：一种新都市文化在中国1930—1945》，毛尖译，上海：上海三联书店2008年版。

李书磊：《1942：走向民间》，济南：山东教育出版社1998年版。

李松睿：《书写"我乡我土"——地方性与20世纪40年代中国小说》，上海：上海人民出版社2016年版。

厉梅：《塞下秋来风景异——抗战文学中的风景描写与民族认同》，大连：大连海事大学出版社2013年版。

刘晓丽：《异态时空中的精神世界：伪满洲国文学研究》，上海：华东师范大学出版社2008年版。

刘晓丽主编《伪满时期文学资料整理与研究丛书》，哈尔滨：北方文艺出版社2017年版。

刘增杰编《师陀研究资料》，北京：北京出版社1984年版。

刘增杰编校《师陀全集》，郑州：河南大学出版社2004年版。

刘增人等纂著《中国现代文学期刊史论》，北京：新华出版社2005年版。

刘忠：《〈在延安文艺座谈会上的讲话〉研究》，北京：人民文学出版社2009年版。

龙迪勇：《空间叙事学》，北京：生活·读书·新知三联书店2015年版。

卢汉超：《霓虹灯外：20世纪初日常生活中的上海》，段炼等译，上海：上海古籍出版社2004年版。

《路翎文集》，合肥：安徽文艺出版社1995年版。

《马烽文集》，北京：大众文艺出版社2000年版。

《马加文集》，沈阳：春风文艺出版社1991年版。

马晶：《抗战时期重庆戏剧文学的文学地理学研究》，北京：中国文联出版社 2015 年版。

〔美〕马克·赛尔登：《革命中的中国：延安道路》，魏晓明、冯崇义译，北京：社会科学文献出版社 2002 年版。

〔英〕迈克·克朗：《文化地理学》，杨淑华、宋慧敏译，南京：南京大学出版社 2003 年版。

《茅盾文艺杂论集》，上海：上海文艺出版社 1981 年版。

〔法〕莫里斯·布朗肖：《文学空间》，顾嘉琛译，北京：商务印书馆 2003 年版。

牟泽雄：《民族主义与国家文艺体制的形成——国民党南京政府时期（1927—1937）的文艺政策研究》，昆明：云南人民出版社 2013 年版。

潘梓年等：《新华日报的回忆》，重庆：重庆人民出版社 1959 年版。

〔法〕皮埃尔·布尔迪厄：《艺术的法则——文学场的生成与结构》，刘晖译，北京：中央编译出版社 2011 年版。

钱理群：《精神的炼狱》，南宁：广西教育出版社 1996 年版。

钱理群主编《中国沦陷区文学大系》，南宁：广西教育出版社 1998 年版。

秦林芳：《丁玲评传》，南京：南京大学出版社 2012 年版。

《沙汀研究资料》，北京：知识产权出版社 2009 年版。

上海市档案馆编《日伪上海市政府》，北京：档案出版社 1986 年版。

沈卫威：《东北流亡文学史论》，郑州：河南人民文学出版社 1992 年版。

《世界反法西斯文学书系》中国卷，重庆：重庆出版社 1994 年版。

〔美〕G. 斯坦因：《红色中国的挑战》，李凤鸣译，上海：上海科学技术文献出版社 2015 年版。

苏光文：《抗战文学概观》，重庆：西南师范大学出版社 1985 年版。

《苏青文集》，上海：上海书店出版社 1994 年版。

《孙犁文集》，天津：百花文艺出版社 1992 年版。

唐润明：《衣冠西渡：抗战时期政府机构大迁移》，北京：商务印书馆 2015 年版。

〔英〕特里·伊格尔顿：《当代西方文学理论》，王逢振译，北京：中国社会科学出版社 1988 年版。

王培元：《抗战时期的延安鲁艺》，桂林：广西师范大学出版社 1999 年版。

王德威：《想象中国的方法：历史·小说·叙事》，北京：生活·读书·新知三联书店 1998 年版。

王学振：《抗战时期大后方文学片论》，北京：中国社会科学出版社 2013 年版。

王羽：《施济美传》，上海：上海远东出版社 2009 年版。

文庭振编《文艺大众化问题讨论资料》，上海：上海文艺出版社 1987 年版。

《文学运动史料选》，上海：上海教育出版社 1979 年版。

《无产阶级文化派资料选编》，北京：中国社会科学出版社 1983 年版。

吴福辉：《都市漩流中的海派小说》，长沙：湖南教育出版社 1995 年版。

《西南采风录》，上海：商务印书馆 1946 年版。

西南联大《除夕副刊》主编《联大八年》，北京：新星出版社 2010 年版。

夏志清：《中国现代小说史》，上海：复旦大学出版社 2005 年版。

《萧红全集》，哈尔滨：哈尔滨出版社 1991 年版。

徐迟：《江南小镇》，北京：作家出版社 1993 年版。

徐迺翔、黄万华：《中国抗战时期沦陷区文学史》，福州：福建教育出版社 1995 年版。

徐道翔编《文学的"民族形式"讨论资料》，南宁：广西人民出版社 1986 年版。

《徐讦文集》，上海：上海三联书店 2008 年版。

《延安文艺丛书》，长沙：湖南人民出版社 1987 年版。

杨天石、黄道炫编《战时中国的社会与文化》，北京：社会科学文献出版社 2009 年版。

姚丹：《西南联大历史情境中的文学活动》，桂林：广西师范大学出版社 2000 年版。

〔美〕易劳逸：《毁灭的种子：战争与革命中的国民党中国（1937—1949）》，王建朗等译，南京：江苏人民出版社 2009 年版。

尹莹：《小说中的重庆——国统区小说研究的一个视角》，武汉：华中科技大学出版社 2014 年版。

《予且代表作》，北京：华夏出版社 1999 年版。

余彬：《张爱玲传》，桂林：广西师范大学出版社 2001 年版。

〔美〕约瑟夫·弗兰克等：《现代小说中的空间形式》，秦林芳编译，北京：北京大学出版社 1991 年版。

〔美〕约瑟夫·W.埃谢里克编著《在中国失掉的机会——美国前驻华外交官约翰·S·谢伟思第二次世界大战时期的报告》，罗清等译，北京：国际文化出版公司 1989 年版。

《张爱玲文集·补遗》，北京：中国华侨出版社 2002 年版。

张英进：《中国现代文学与电影中的城市：空间、时间与性别构形》，秦立彦译，南京：江苏人民出版社 2007 年版。

张京媛主编《新历史主义与文学批评》，北京：北京大学出版社 1993 年版。

张鸣：《乡村社会权力和文化结构的变迁（1903—1953）》，南宁：广西人民出版社 2001 年版。

张世君：《〈红楼梦〉的空间叙事》，北京：中国社会科学出版社 1999 年版。

张中良：《抗战文学与正面战场》，北京：社会科学文献出版社 2014 年版。

《赵树理全集》，太原：北岳文艺出版社 1986 年版、2000 年版。

《赵树理研究文集》，北京：中国文联出版公司 1998 年版。

郑振铎：《蛰居散记》，福州：福建人民出版社 1982 年版。

《中国出版史料》（现代部分），济南：山东教育出版社 2001 年版。

《中国共产党宣传工作文献选编》（1937—1949），北京：学习出版社 1996 年版。

《中国解放区文学书系》，重庆：重庆出版社 1992 年版。

《中国抗日战争时期大后方文学书系》，重庆：重庆出版社 1989 年版。

《中国沦陷区文学研究资料总汇》，彭放主编，哈尔滨：黑龙江人民出版社 2007 年版。

《中华民国史档案资料汇编》，南京：凤凰出版传媒集团凤凰出版社 1998 年版。

〔美〕周蕾：《妇女与中国现代性》，蔡青松译，上海：上海三联书店 2008 年版。

周晓风等主编《区域文化与文学研究集刊》，北京：中国社会科学出版社。

朱鸿召：《延安：日常生活中的历史》，桂林：广西师范大学出版社 2007 年版。

朱晓进：《"山药蛋派"与三晋文化》，长沙：湖南教育出版社 1995 年版。

子通、亦清主编《张爱玲评说六十年》，北京：中国华侨出版社 2001 年版。

Henri Lefebvre，*The Production of Space*，Blackwell Publishing，1991.

Paul Fussell，*The Great War and Modern Memory*，Oxford University Press，1975.

二 期刊论文

陈平原：《岂止诗句记飘蓬——抗战中西南联大教授的旧体诗作》，《北京大学学报》（哲学社会科学版）2014 年第 6 期。

陈青生：《树立国家主体理念 改进抗战文学研究》，《现代中文学刊》2014 年第 5 期。

陈思和：《简论抗战为文学史分界的两个问题》，《社会科学》2005 年第 8 期。

段从学：《走向古典理性的启蒙——〈莫须有先生坐飞机以后〉新解》，《中国现代文学研究丛刊》2015 年第 5 期。

冯昊：《民族意识与沦陷区文学》，山东大学 2007 届博士学位论文。

〔法〕M. 福柯：《另类空间》，王喆译，《世界哲学》2006 年第 6 期。

郭志刚：《论三四十年代的抗战小说》，《文学评论》1995 年第 4 期。

郝明工：《抗战时期中国文学的区域分化与主导特征》，《中国现代文学研究丛刊》2009 年第 3 期。

贺桂梅：《革命与"乡愁"》，《文艺争鸣》2011 年第 4 期。

胡景敏：《海派小说"现代性"质疑》，《中国现代文学研究丛刊》2011 年第 5 期。

黄科安：《大众化叙事策略与可说性的文本》，《甘肃理论学刊》2004 年第 3 期。

江倩：《民族文化重建下的家族小说》，《鲁迅研究月刊》2007 年第 4 期。

敬文东：《从铁屋子到天安门——关于 20 世纪前半叶中国文学"空

间主题"札记》,《上海文学》2004 年第 8 期。

李楠:《海派文学、现代文学的通俗化走向》,《文学评论》2008 年第 3 期。

李永东:《小说中的南京大屠杀与民族国家观念表达》,《中国社会科学》2015 年第 6 期。

刘晓丽:《殖民体制差异与作家的越域、跨语和文学想象——以台湾、伪满洲国、沦陷区文坛为例》,《社会科学辑刊》2016 年第 2 期。

龙迪勇:《论现代小说的空间叙事》,《江西社会科学》2003 年第 10 期。

马娇娇:《敌后文艺的流动与"在地化"——以西北战地服务团为中心(1939—1944)》,《中国现代文学研究丛刊》2020 年第 5 期。

梅新林:《文学地理学:基于"空间"之维的理论建构》,《浙江社会科学》2015 年第 3 期。

孟悦:《视角问题与"五四"小说的现代化》,《文学评论》1985 年第 5 期。

彭岚嘉、张文诺:《地域文化与解放区小说创作》,《贵州社会科学》2010 年第 12 期。

钱理群:《关于 20 世纪 40 年代大文学史研究的断想》,《中国现代文学研究丛刊》2005 年第 1 期。

秦弓:《抗战文学研究的概况与问题》,《抗日战争研究》2007 年第 4 期。

任茹文:《世俗性与革命性的进退沉浮》,苏州大学 2008 届博士学位论文。

邵宁宁:《40 年代后期文学的历史定位问题》,《文艺争鸣》2007 年第 3 期。

史玪:《从"熟人社会"到"说理的地方"——赵树理《邪不压正》的空间视角与土地改革》,《文艺理论与批评》2022 年第 2 期。

史承钧:《老舍〈四世同堂〉中的国民政府抗战》,《上海师范大学学报》(哲学社会科学版) 2007 年第 4 期。

王璞:《"地图在动":抗战期间现代主义诗歌的三条"旅行路线"》,《现代中文学刊》2011 年第 4 期。

王轻鸿:《乡土中国形象的现代性形态》,《南方文坛》2006 年第 6 期。

王一川:《现代性文学:中国文学的新传统》,《文学评论》1998 年第 2 期。

王永莉:《以文学作品为载体的历史地理学研究的方法论探索》,《贵州社会科学》2014 年第 9 期。

魏家文:《民族国家意识与现代乡土小说》,武汉大学 2005 届博士学位论文。

吴翔宇:《动态文化结构中"鲁迅形象"的建构与反思》,《鲁迅研究月刊》2015 年第 9 期。

杨洪承:《"公共空间"与文学社群关系》,《文学评论》2011 年第 6 期。

杨利娟:《战时中国形象的想象与书写》,《中州大学学报》2011 年第 1 期。

叶永胜:《现代中国家族叙事文学研究》,华东师范大学 2005 届博士学位论文。

仪平策:《文学民族性身份的现代人类学还原》,《文史哲》2007 年第 3 期。

袁楠:《〈果园城记〉:现代性的一种姿态》,《文学评论》2007 年第 3 期。

袁一丹:《北平沦陷时期读书人的伦理境遇与修辞策略》,北京大学

2013 届博士学位论文。

张鸿声：《海派文学的"小叙事传统"》，《郑州大学学报》（哲学社
　　会科学版）2009 年第 1 期。

张瑾：《探寻海外档案中的战时重庆图像——以哈佛大学白修德档案
　　为例》，《复旦学报》（社会科学版）2013 年第 2 期。

张俊才：《民族精神：文学民族性的核心与灵魂》，《文艺理论与批
　　评》2004 年第 1 期。

张泉：《试论中国现代文学史如何填补空白——沦陷区文学纳入文学
　　史的演化形态及存在的问题》，《文艺争鸣》2009 年第 11 期。

赵园：《乡村荒原——对于中国现当代乡村小说的一种考察》，《上
　　海文学》1991 年第 2 期。

朱晓进：《五四文学传统与三十年代文学转型》，《中国社会科学》
　　2009 年第 6 期。

朱秀清：《延安文学传播形态研究》，山东大学 2009 届博士学位
　　论文。

后 记

本著作是我主持的国家社科基金项目"空间理论视域下的抗战时期小说"结项成果的一部分。我的硕士阶段导师王爱松教授作为课题组成员给予了我许多指导。著作中的第一章第二节和第三节谈抗战时期文艺政策和出版制度的内容,为王爱松教授的研究成果,收入本著时有所改动。

回想从2003年开始硕士研究生学习,到现在近20年。我的学术之路开始得比较迟,走得也比较慢,其间还断断续续。然而非常幸运的是,我遇到了许多良师益友。在此需感谢在学术上、工作上结识的多位前辈、同道。最为感念的是我的几位导师,硕士阶段的王爱松教授、博士阶段的贺仲明教授、博士后阶段的丁帆教授。他们不仅给我以学业上的帮助,而且给了我为人为学的不同示范。

这本小书是我学术努力的一个记录。从硕士学位论文对土改题材小说的关注,到博士学位论文对20世纪40年代小说民族化的探索,再到博士后阶段对抗战时期文学的研究,我始终在寻找我的"一亩三分地"。"空间理论视域下的抗战时期小说"是我主持的第一个国家级课题,研究的过程中我发现这是一个较为宏阔的话题。完成过程中的惶惑、难驾驭、顾此失彼等感受,我到现在仍记忆犹新。但,这是一个令人难忘的学术训练过程。正是在这个过程中,我找到了自己的学术兴趣,形成了自己的学术根据地。我关于抗战时期文学价值的判定、空间理论的研究视角，一直是我这方面研究再拓进的基点。课题完成后，我感觉这个话题还没有了结，还有不少方面可以进一步展开。比如对抗战时期的乡土书写，可以做更为细致深入的研究，这将是我下一阶段研究的主要方向。

此刻，屋外阳光灿烂，屋内宁静安详、书籍相伴。安安静静地做自己，轻轻松松地读点书，是我理想的生活，而这种生活里有师友、有家人、有学术，有我爱的一切！感谢我并不知晓的专家们对我课题的肯定，感谢编辑老师们对本著作的指点，感谢南京晓庄学院的同事们，感谢学术路上的每一份支持！感谢我的先生和我可爱的女儿！

张谦芬

2022 年 10 月 10 日于南京

图书在版编目（CIP）数据

空间理论视域下抗战时期小说研究 / 张谦芬著. --
北京：社会科学文献出版社，2022.12
　ISBN 978 - 7 - 5228 - 1304 - 2

　Ⅰ.①空…　Ⅱ.①张…　Ⅲ.①小说研究 - 中国 - 现代
Ⅳ.①I207.42

　中国版本图书馆 CIP 数据核字（2022）第 254009 号

空间理论视域下抗战时期小说研究

著　　者／张谦芬

出 版 人／王利民
责任编辑／张　萍
文稿编辑／王　倩
责任印制／王京美

出　　版／社会科学文献出版社 · 当代世界出版分社（010）59367004
　　　　　　地址：北京市北三环中路甲 29 号院华龙大厦　邮编：100029
　　　　　　网址：www.ssap.com.cn
发　　行／社会科学文献出版社（010）59367028
印　　装／三河市龙林印务有限公司

规　　格／开本：787mm × 1092mm　1/16
　　　　　　印　张：16.25　字　数：211 千字
版　　次／2022 年 12 月第 1 版　2022 年 12 月第 1 次印刷
书　　号／ISBN 978 - 7 - 5228 - 1304 - 2
定　　价／98.00 元

读者服务电话：4008918866